Bettina Belitz
Aqua Mystica

RUF DES MEERES

BETTINA BELITZ

Aqua Mystica

RUF DES MEERES

Aqua Mystica
Ruf des Meeres
ISBN 978-3-96129-165-6

Edel Kids Books
Ein Verlag der Edel Germany GmbH
Copyright © Edel Germany GmbH,
Neumühlen 17, 22763 Hamburg
www.edel.com
1. Auflage 2020

Text: Bettina Belitz
Lektorat: Martina Kuscheck
Umschlaggestaltung: formlabor
Projektkoordination: Judith Haentjes und Rebecca Hirsch
Layout und Satz: Uhl + Massopust, Aalen
Herstellung: Frank Jansen
Druck und Bindung: GGP Media GmbH, Pößneck

Printed in Germany

INHALT

UNTERWASSERTRÄNEN

»Verdammt, das ist nicht fair! Du hast es mir versprochen, und ich will mit!«

Auf keinen Fall würde ich mit Sandra hier im kalten Deutschland bleiben, während Till nach Mexiko reiste und dort ohne mich das tun würde, wovon er mir seit Jahren vorgeschwärmt hatte: in einer Cenote zu tauchen und ihre mystische Unterwasserwelt zu erforschen. So lange schon träumte ich davon, ihn zu begleiten und mit ihm zusammen hinab in ihre Tiefen zu schwimmen. Diese Vorstellung war eine Art Lebenselixier für mich gewesen, manchmal auch ein Überlebenselixier.

Doch mein Temperamentsausbruch überraschte mich jetzt selbst. Erschrocken hielt ich inne und schlug die Hand vor meinen Mund, und auch Onkel Till und Sandra starrten mich an, als sähen sie mich so zum ersten Mal. Nie zuvor hatte ich laut geflucht, und schon gar nicht hatte ich die beiden angebrüllt. Oder irgendjemand anderen – selbst, wenn sie mich noch so sehr geärgert hatten. Wütend sein war nicht cool, wenn man dabei weinte. Und ich weinte bei nahezu jedem Anlass. Meistens war ich noch nicht einmal traurig dabei. Es passierte einfach, ohne dass ich es kontrollieren konnte – meine Augen liefen über, und binnen Sekunden waren meine Wangen nass, als hätte ich meinen Kopf unter Wasser gehalten. Auch jetzt kullerten dicke Tränen über mein Gesicht, doch gleichzeitig zitterte ich vor Zorn. Ja, ich war sauer, richtig sauer, und Onkel Till sollte das ruhig wissen. Allerdings war es ziemlich anstrengend, wütend zu sein. Meine Knie fühlten sich schon ganz weich an, und ich musste mich mit der Hand an der Stuhllehne abstützen, um nicht ins Torkeln zu geraten. Trotzdem hielt ich Tills Blick stand, als ich meinen letzten Satz wiederholte, etwas leiser als eben noch, aber unmissverständlich. »Du hast es mir versprochen!«

»Ach, Vicky, ich hab dir doch erklärt, das ist viel zu gefährlich für dich da unten …« Till zuckte hilflos mit den Schultern und wechselte einen fragenden Blick mit Sandra, die nicht darauf reagierte, sondern mich aufmerksam musterte. »Wir kennen diese Cenote noch nicht! Genau deshalb haben sie mich engagiert; ich soll sie zusammen mit den anderen erforschen… Das ist eine Angelegenheit für Profis.«

»Das hab ich alles verstanden, ich bin ja nicht blöd«, erwiderte ich gereizt und gab der Schwäche in meinen Knien nach, indem ich langsam auf meinen Stuhl sank. »Aber hier geht es um ein Versprechen, das du mir gegeben hast. Du hast gesagt, wenn du irgendwann wieder nach Mexiko fliegst, nimmst du mich mit, und dann darf ich auch in einer Cenote schwimmen… vielleicht sogar schnorcheln oder tauchen. Und du hast mir das nicht nur einmal gesagt. Sondern fast jeden Abend.«

»Ja, weil du damals dringend Trost gebraucht hast.«

»Also war das gar kein echtes Versprechen? Sondern nur eine Ausrede?« Mein Gesicht fühlte sich an wie frisch geduscht. Die Tränen tropften auf meinen Kragen, liefen in meine Ohren und hinterließen dunkle Punkte auf meiner Hose. »Du hast mich wirklich angelogen?«

»Nein.« Flehend blickte Till zu Sandra, doch sie ignorierte ihn, während sie mich weiterhin prüfend anschaute. Irgendetwas an mir schien sie gerade sehr spannend zu finden. »Ich hab das schon ernst gemeint. Aber du bist noch zu jung und… zu…« Seufzend brach er ab und warf Sandra einen weiteren Blick zu. »Sag doch bitte auch mal was, Schatz.«

»Ich finde, sie hat recht.«

»Was!? Na, besten Dank...« Till verdrehte die Augen, lehnte sich gegen die Wand und schaute ratlos an die Decke, als verstünde er die Welt nicht mehr. »Habt ihr euch etwa gegen mich verschworen?«

»Ich sag ja nicht, dass es eine gute Idee ist«, lenkte Sandra vorsichtig ein. »Das ist es nicht, Vicky, freu dich nicht zu früh! Ich mag keine Höhlen und mit Wasser gefüllte Höhlen erst recht nicht, das weißt du, Till. Aber ein Versprechen ist nun mal ein Versprechen, da stimme ich ihr zu. Und wenn sie nicht so allergisch gegen Chlor wäre, würde sie wahrscheinlich längst im *Jugend trainiert für Olympia*-Team schwimmen. Sie bewegt sich im Wasser so sicher wie keine andere.«

»Ihr kapiert es nicht, oder?« Till löste sich von der Wand und stemmte die Arme in die Seite, während er uns finster anstierte, was ihm nicht sonderlich gut gelang.

Mühsam unterdrückte ich ein Lächeln. Till war von Kopf bis Fuß durchtrainiert, trug seine rötlichen Haare meistens raspelkurz und garnierte sie gern mit einem stacheligen Sieben-Tage-Bart. Außerdem hatte er eine tiefe, brummige Räuberhauptmann-Stimme. Aber seine Augen waren die liebsten, die ich kannte. Dunkelbraun, riesig und mit einem dichten Wimpernkranz. Echte

Schokoladenaugen. Er konnte seine Brauen zusammenziehen, sosehr er wollte; böse gucken war nicht seins. Vor allem aber liebte ich ihn über alles. Selbst wenn ich so wütend auf ihn war wie jetzt.

»Das ist eine Cenote, ein Höhlensee mitten im Dschungel. Und wenn ich sage Dschungel, meine ich auch Dschungel. Da gibt's Schlangen, Skorpione und riesige Spinnen, die Luft wimmelt nur so von Insekten, es ist schwül und stickig, und wir haben dort weder ein richtiges Klo noch eine echte Dusche… Das ist eine Expedition, kein Strandurlaub!«

»Klingt spannend«, erwiderte ich kühl, obwohl mir gerade viel zu heiß war vor lauter Zorn. »Aber ich will immer noch mitkommen. Vielleicht hast du mich angelogen, als du gesagt hast, du würdest eines Tages mit mir in einer Cenote tauchen. Aber du hast nicht gelogen, als du davon erzählt hast, wie glücklich es einen macht, wenn man da unten ist und die Sonne von oben ins Wasser scheint… und wie schön diese Höhlenseen sind… wie geheimnisvoll… Das weiß ich genau!«

Ich erinnerte mich noch an jedes einzelne Wort. Abend für Abend hatte Till mir von seinen Tauchgängen in den mexikanischen Cenotes und ihren magischen Tiefen erzählt, nachdem meine Eltern bei diesem blöden, überflüssigen Unfall gestorben waren und ich

11

glaubte, nie wieder lachen zu können. Taucher lachten, wenn sie aus dem Wasser auftauchten, hatte Till immer wieder beteuert. Ganz egal, was vorher in ihrem Leben geschehen war. Das war ihre erste Reaktion, sobald sie die Maske vom Gesicht nahmen: Sie lachten. Und sollte ich glauben, wirklich nie wieder lachen zu können, werde er mit mir in einer Cenote tauchen, und ich würde mein Lachen dort unten, im tiefen Blau, wiederfinden. Ganz sicher.

»Ja, mich macht es glücklich«, entgegnete Till überraschend sanft. »Das stimmt. Doch ich bin seit zwanzig Jahren Berufstaucher und weiß daher genau, wie riskant es sein kann, sich in einer unerforschten Höhle zu bewegen. Wir können nächstes Jahr gerne mal einen ganz normalen Urlaub auf Yucatan buchen und in einer der öffentlichen Cenotes schwimmen, die haben außerdem auch Umkleidekabinen und Treppen und sind ungefährlich ...«

»Willst du mir nicht lieber gleich das Planschbecken aufpusten und ins Wohnzimmer stellen?«, unterbrach ich ihn schluchzend und schniefend. Ich verschluckte mich beinahe an meinen Tränen. »Ich bin vierzehn Jahre alt, keine vier! Ich will nicht in einer doofen Touri-Cenote schwimmen!«

Sandra schüttelte in sich gekehrt den Kopf und deutete mit der Linken in meine Richtung. »Schau, es geht schon wieder los…«, murmelte sie Till zu. »Und sie scheinen ganz ihrer Meinung zu sein.«

Ich musste mich nicht umdrehen, um zu wissen, auf welches Phänomen sie mit ihren Worten anspielte, denn ich hatte schon zu Beginn unserer Diskussion gespürt, dass sie näher kamen. Wann immer ich länger als ein paar Minuten an meinem Esstisch-Platz vor dem Aquarium saß, begannen die Fische sich hinter mir um meinen Kopf herum in einem Kreis zu versammeln. Irgendetwas an meinen lockigen Schlangenhaaren schienen sie hochinteressant zu finden. Vielleicht erinnerte ich sie an eine Wasserpflanze aus ihrer Heimat. Auf der anderen Seite war ich diejenige, die sie jeden Tag fütterte und mit ihnen sprach, und Fische waren nicht so dumm, wie die Menschen immer behaupteten. Sie reagierten auf meine Stimme, und der dicke Buntbarsch ließ sich sogar ab und zu seinen Rücken von mir streicheln. Ich war sogar fest davon überzeugt, dass sie mich verstanden, vielleicht besser als so manche Menschen.

Schweigend beobachteten Till und Sandra, wie die Fische sich um meinen Schopf herum positionierten, und ich musste trotz meines Zorns beinahe lachen, als ich mir vorstellte, wie wir gemeinsam diese beiden

Menschen anschauten. Es passte; ich sah meinen geliebten Fischen tatsächlich ein wenig ähnlich mit meinen großen, leicht hervortretenden Augen und meinen üppigen Lippen. Noch ein paar Jahre, und jeder würde denken, ich hätte sie mir künstlich aufspritzen lassen.

»Es tut mir leid, ich bleibe dabei.« Till verschränkte entschieden die Arme, wobei seine Schultern leise knackten. »Es ist zu gefährlich für dich, und ich werde dort keine Zeit haben, mich um ein junges Mädchen zu kümmern. Es geht nicht.«

Tills Worte klangen so endgültig, dass ich aufgab. Doch meine Wut blieb. »Ich glaube dir nie wieder etwas. Nie wieder!«, schrie ich ihn an, wobei meine Lunge seltsam blubberte. Dann stand ich auf und stolperte in mein Zimmer, wo ich mich heulend auf mein Bett fallen ließ. Binnen Sekunden bildete sich ein nasser Fleck auf meinem Kopfkissen, und ich wusste aus Erfahrung, dass es wahrscheinlich Stunden dauern würde, bis meine Augen sich wieder beruhigt hatten. Schon jetzt fühlte ich mich wie kurz vor dem Verdursten. Blind griff ich nach der Wasserflasche neben meinem Nachttisch, setzte sie an meine Lippen und trank gierig, wobei ich die Hälfte verschüttete.

Till hatte nicht nur sein Versprechen gebrochen. Er war überhaupt nicht ehrlich zu mir gewesen. Ja, eine unerforschte Cenote war sicherlich etwas anderes als ein Swimmingpool. Und ein tropischer Dschungel war nicht der Schwarzwald. Das sah ich alles ein. Aber das war es nicht, was ihn davon abhielt, mich mitzunehmen. Er dachte, ich sei zu labil für eine solche Reise, zu... na, zu sehr Vicky. Vicky mit all ihren merkwürdigen Besonderheiten. Zu wenig, um als behindert zu gelten, zu viel, um als normal durchzugehen. Zu zartbesaitet vor allem. Zu nah am Wasser gebaut... Warum verstanden sie nicht, dass das viele Weinen mir gar nichts ausmachte? Für mich war es normal. Ich weinte, wenn ich traurig war, wenn ich fröhlich war, wenn ich mich aufregte, wenn ich einen spannenden Film sah, wenn ich ein Kind singen hörte, meine Fische zu mir kamen – und so weiter. Für meine Augen gab es tausend gute Gründe zu weinen, und ich war machtlos dagegen. Doch es war keine Krankheit. Im Gegenteil, wenn ich mal ein paar Tage nicht weinte, fühlte ich mich elend. Für mich war es gut, viel zu weinen. Es fühlte sich natürlich an. Leider glaubte mir das niemand.

»Können wir denn wirklich keinen Kompromiss finden?«

»Was für ein Kompromiss denn, Herrgott?«, wetterte Till. »Der Dschungel macht keine Kompromisse!«

Jetzt sprachen sie also wieder miteinander – ohne zu ahnen, dass ich sie hörte. Ich hörte sie immer, wenn sie sich unterhielten und ich in meinem Zimmer war. Es sei denn, ich stopfte mir wie jede Nacht Oropax in die Ohren. Still war es dann zwar auch nicht, aber immerhin verstand ich ihre Worte nicht mehr. Ich vernahm nur noch ein undeutliches Genuschel, das mich manchmal sogar beruhigte. Mein empfindliches Gehör gehörte zu den vielen Vicky-Schrullen, doch nie hatte ich jemandem verraten, wie gut ich wirklich hörte. Die Neurodermitis, mein schwankender Gang und meine ständigen Tränen reichten vollauf.

»Jetzt bleib mal auf dem Teppich, Till. Es ist Yucatan, nicht der Kongo. Jedes Jahr fliegen Zigtausende von Touristen dorthin und lassen sich gepflegt die Sonne auf den Bauch scheinen.« Stühle rückten, dann knarzte das Sofa. Sie hatten es sich vor dem Fernseher bequem gemacht. »Okay, ich mach dir einen Vorschlag: Was wäre denn, wenn ich unseren Mädels-Ski-urlaub absage und Vicky und ich uns stattdessen dir anschließen? Schließlich sind dann Weihnachtsferien. Beste Reisezeit für Mexiko. Wir könnten ein nettes Hotel direkt am Strand buchen, für die ersten Tage, und zu euch stoßen, wenn euer Lager steht und ihr euch mit der Location vertraut gemacht habt. Vicky darf die Füße in die Cenote hängen lassen, aber ich fürchte mich ganz schrecklich vor Spinnen und Schlangen und ekle mich vor dem Plumpsklo, und nach einer Nacht haben wir die Nase voll und fahren zurück ins Hotel. Deal?«

Ein abgrundtiefes Seufzen drang durch die Wand. Ich blieb starr liegen, ohne zu blinzeln, um auch ja kein Wort zu verpassen, während die Tränen weiterhin in Strömen aus meinen Augenwinkeln rannen und das Kopfkissen langsam, aber sicher in einen Schwamm verwandelten. Doch es kühlte meine erhitzten Wangen, und ich schlief gerne auf einem nassen Kissen ein. Jetzt allerdings war ich so wach wie noch nie zuvor.

»Du weißt, was ich meinem Bruder versprochen habe, bevor er ...« Till verstummte.

Bevor er starb, führte ich seinen Satz in Gedanken zu Ende. Mama war sofort tot gewesen, nachdem der Kleinbus gegen die Gangway gekracht und in Flammen aufgegangen war. Papa hatte noch zwei Tage durchgehalten und war zwischendurch wach genug gewesen, um mit Till sprechen und ihn darum bitten zu können, mich bei sich und Sandra aufzunehmen – und das, obwohl Till damals die meiste Zeit des Jahres in Unterwasserhöhlen rund um den Erdball unterwegs gewesen war. Meine Eltern waren nicht bei einem Flugzeugabsturz ums Leben gekommen. Sie waren ums Leben gekommen, bevor sie das Flugzeug überhaupt bestiegen hatten, weil der Fahrer des Busses einen Herzinfarkt erlitten und die Kontrolle über das Steuer verloren hatte. Die Trauer um sie hatte mich regelrecht aufgefressen, und dabei spielte es nicht die geringste Rolle, dass sie nicht meine biologischen Eltern waren. Mama und Papa hatten nie mit mir darüber gesprochen, dass ich als Baby von ihnen adoptiert worden war, aber ich hatte es immer gewusst. Ich war nicht ihr leibliches Kind. Das hatte mich jedoch nie davon abgehalten, sie von ganzem Herzen zu lieben, und meine Sehnsucht nach ihnen hatte dafür gesorgt, dass ich manchmal weder essen noch schlafen konnte. Gestern Abend hatte ich zum ersten Mal seit Langem wieder so intensiv an sie denken müssen, dass es richtig wehgetan hatte. Doch die schlimmste Trauer hatte sich gelegt. Trotzdem lag das Unglück wie ein dunkler Schatten über meinem Leben. Und als ob Till befürchtete, dass mir Ähnliches passieren könnte wie ihnen, war ich bisher nicht einmal in die Nähe eines Flughafens gekommen. Unsere Urlaube beschränkten sich auf Ziele, die mit dem Auto erreichbar waren, und wenn Till auf einer Expedition war, ließ er Sandra und mich zu Hause, und wir unternahmen eigene, ungefährlichere Ausflüge. Sandra hatte keine Lust, ihm wie ein Hündchen hinterherzulaufen, wenn er seine »Männerabenteuer« pflegte. Aber es war auch wie ein ungeschriebenes Gesetz, dass ich für Expeditionen nicht geeignet war und einer bei mir bleiben musste. Selbst am Meer passten sie unentwegt auf mich auf, dabei konnte ich mich in der Brandung besser halten als sie.

»Ja, das weiß ich«, sagte Sandra nach einem kurzen Moment der Stille. »Und du hast dieses Versprechen auch gehalten. Du hast dich wie ein echter Vater um sie gekümmert und machst dir wie ein echter Vater Sorgen um sie. Aber wir können sie nicht ihr ganzes Leben lang in Watte packen, und Vicky auf Skiern… Ich mag es mir gar nicht ausmalen. Das kann nicht gut gehen. Sie ist dafür nicht gemacht.«

Ich wollte mir das auch nicht ausmalen. Wahrscheinlich würde ich die meiste Zeit auf dem Rücken die Piste hinunterschlittern und mir dabei alle Knochen brechen. Ich tanzte gerne, am liebsten allein in meinem Zimmer, und dabei bewegte ich mich sicher und geschmeidig. Aber beim Sport war ich eine echte Katastrophe, und alles in mir sträubte sich dagegen, mir zwei Bretter unter meine Füße zu schnallen und mich einen steilen Hang hinunterzustürzen, auch wenn die klare Luft der Alpen meiner Haut guttat. »Sie hat immer noch keine Freunde im Gymnasium gefunden, die anderen ziehen sie nur auf oder meiden sie... Sie verbringt die meiste Zeit in ihrem Zimmer oder mit mir«, sprach Sandra weiter. »Vielleicht wäre es gut für sie, mal eine aufregende Reise zu machen und etwas zu erleben, wovon die anderen nur träumen. Dann hat sie nach den Ferien etwas zu erzählen und kann tolle Fotos posten.«

»Aber was ist mit ihrer Haut? Was, wenn es in der Hitze schlimmer wird?«, wandte Till ein. »Wir wissen ja immer noch nicht, was genau sie eigentlich hat...«

»Ja, richtig. Wissen wir nicht. Nur – sie hat vorhin zum ersten Mal klar gesagt, was sie will, und sie hat ein Versprechen eingefordert. So hab ich sie noch nie erlebt. Sie war richtig sauer! Vicky braucht Selbstbewusstsein, um sich in ihrem Umfeld zu behaupten. Wenn sie endlich mal selbstbewusst auftritt, sollten wir das vielleicht fördern und nicht bestrafen. Denn anders wird sie nicht durchs Leben kommen. Sie ist viel zu lieb und zu gut für diese Welt.«

»Hm«, brummte Till, und wieder machte sich Schweigen breit.

Gespannt lauschte ich in die Stille hinein. In meinen Ohren rauschte das Blut, ein ständiges Auf und Ab, das mich an die Brandung des Meeres erinnerte.

Ich hatte Till nie erzählt, dass ich fast jede Nacht von den Cenotes träumte und dabei weit hinabtauchte. In diesen Träumen konnte ich unter Wasser atmen. Ich fühlte mich schön und gesund und so zufrieden, wie ich es noch nie zuvor erlebt hatte. Mir war klar, dass ich das auf diese Weise nicht erleben würde, wenn wir dort waren. Aber allein die Vorstellung, eine Cenote zu sehen, direkt vor mir, erfüllte mich mit solcher Sehnsucht, dass mein Herz schmerzte. Von mir aus konnte meine gesamte Haut schuppig werden und sich schälen, das war mir egal. Im Wasser spürte ich das Jucken und Brennen sowieso nicht mehr. Nur jetzt, im Winter, unter mehreren Kleidungsschichten, machte mich die Schuppenflechte schier verrückt. Dann konnte ich mich nur davor bewahren, mich blutig zu kratzen, indem ich abends stundenlang in der Badewanne lag und vergaß, dass ich das »Schuppenmonster« war, wie mich meine Klassenkameraden in der Schule manchmal hinter meinem Rücken nannten. Oder »Froschgesicht«, wenn meine Haut ausnahmsweise mal in Ordnung war. Irgendetwas fanden sie immer.

»Na gut, in Ordnung, ihr habt gewonnen. Versuchen wir es.«

Mit der Hand vor dem Mund unterdrückte ich einen Freudenschrei. Hatte ich das richtig verstanden? Till gab sein Okay, er war zu Sandras Kompromisslösung bereit?

»Such du ein passendes Hotel in der Nähe, und wenn wir dort sind, erkunde ich erst einmal mit dem Team die Location. Aber dieses Mal verspreche ich gar nichts. Denn ich habe keine Ahnung, was uns dort erwartet. Jede Cenote ist anders. In dieser ist niemand zuvor getaucht, weil sie erst vor ein paar Monaten entdeckt wurde. Ich weiß nur, wo sie grob liegt und dass sie wahrscheinlich eine direkte Unterwasser-Verbindung zum Meer hat. Alles andere erfahre ich erst vor Ort. Also, bitte kein Drama, falls ihr die gesamten Ferien über im Hotel bleiben müsst.« Till versuchte, streng zu klingen, was ihm dank seiner tiefen Stimme erstaunlich gut gelang. Doch Sandra ließ nur ein unbeeindrucktes »Pffff« ertönen, was ihn wider Willen zum Lachen brachte, während ich inzwischen beide Hände fest auf den Mund presste, um nicht laut zu jubeln.

Ich hatte es geschafft, es würde passieren! Ich würde ins Land meiner Träume reisen und das mystische Blau der Cenotes nicht nur auf Fotos und YouTube-Videos anschauen können, sondern wahrhaft vor mir sehen. Mit etwas Glück würde ich sogar darin schwimmen können, um mich herum das dichte Grün des Dschungels und unter mir – unter mir der Ruf des Meeres.

»Danke, Till, danke, danke, danke …«, flüsterte ich lächelnd und presste meine heißen Wangen an das kühle, nasse Kissen. »Ich hab dich schrecklich lieb. Denn du hast dein Versprechen gehalten. Das werde ich dir niemals vergessen.«

Entspannt schloss ich die Augen und genoss das sanfte Rauschen in meinen Ohren. Mir war, als dürfte ich nach einer langen, langen Irrfahrt endlich heimkehren.

DSCHUNGELFANTASIEN

»Bist du wirklich sicher, Vicky? Sollen wir das durchziehen?« Entkräftet lehnte Sandra sich an einen wuchtigen Baumstamm, über dessen Rinde unzählige rötliche Ameisen wuselten und dessen Wurzeln einen seltsam fauligen Geruch verströmten. Mit einem großen Blatt, das sie vorhin auf dem Boden gefunden hatte, fächelte sie sich Luft zu, während Till mit dem Rücken zu uns am Kofferraum des Jeeps stand und Vorräte in einen gigantischen Rucksack packte. »Ich geh hier noch kaputt, es ist so schwül …«

»Ja, ich bin absolut sicher.« Okay, besonders gut ging es mir heute auch nicht. Sandra und ich hatten die ersten zwei Tage nach unserer Ankunft größtenteils auf der Toilette verbracht, weil uns Montezumas Rache heimgesucht hatte – angeblich eine Art heilige Tradition unter den Yucatan-Touristen. Nur die wenigsten blieben davon verschont. Am dritten Tag hatten wir immerhin wieder mit Appetit essen können, fühlten uns aber wie lebendige Leichen. Erst am Tag vier hatten wir einen Abstecher an den Strand gewagt, und genau in dem Moment, als die erste Welle meine Füße überspülte und ich mich gerade kopfüber ins Meer stürzen wollte, war Tills Nachricht reingekommen. Normalerweise gab es nichts, das mich hätte stoppen können, in die Brandung zu laufen, doch dieses Mal drehte ich mich um und beugte mich neugierig über Sandras Schulter. Langsam scrollte sie nach unten; für Tills Verhältnisse war seine Nachricht ein echter Roman.

Alles so weit okay hier, wir haben sogar echte Dixie-Klos und eine Hütte mit Dusche. Küche steht auch, mit eigenem Koch. Luxus-Expedition! Die Cenote ist klein, aber traumhaft schön. Hole euch morgen Mittag ab; mein Zelt ist groß genug für drei. Fühlt euch umarmt, bis bald, Till.

»Da hat wohl einer Sehnsucht bekommen…«, hatte Sandra mit leicht gequältem Lächeln gemurmelt, während ich vor Freude um sie herumsprang, wobei ich zwei Mal gestolpert und fast der Länge nach hingefallen war. Anstatt zu baden, liefen wir zurück auf unsere Zimmer, um unsere Rucksäcke zu packen und anschließend Lebensmittel einzukaufen, um die Till uns in einer weiteren Nachricht gebeten hatte. Nachts konnte ich wieder kaum schlafen – dieses Mal nicht wegen Bauchschmerzen, sondern wegen Bauchflattern, das sich anfühlte, als würden kleine Fische um meinen Nabel kreisen und ihn ständig anstupsen. Außerdem war das Rauschen in meinen Ohren laut wie nie zuvor, aber nicht auf unangenehme Weise. Ich fühlte mich davon sanft geschaukelt, und gleichzeitig ließ es mein Herz höherschlagen, eine merkwürdige Mischung aus Nervosität, Vorfreude und Schwindel.

Vielleicht schaffte ich es deshalb heute kaum, einen geraden Schritt vor den anderen zu setzen, aber ich war dabei definitiv besser gelaunt als Sandra, der die Hitze trotz ihrer kurzen Haare mehr zu schaffen machte als mir und die mich sorgenvoller anschaute, als ich es von Till je erlebt hatte.

»Ich bin okay, ehrlich«, beteuerte ich und streckte wie zum Beweis meine unbedeckten Arme aus. Seitdem wir angekommen waren, war der übliche Juckreiz nach einem ersten, plötzlichen Aufflammen stündlich weniger geworden, und meine Haut wirkte beinahe glatt. Dafür spielten meine Haare verrückt und probierten ständig neue Locken und Wellen aus. Um mein Gesicht herum kringelten sie sich sogar und bildeten fingerdicke Spiralen, ganz egal, wie oft ich sie kämmte. Deshalb hatte ich es aufgegeben, sie zu bändigen. Sollten sie doch machen, was sie wollten. Sonnenbrand hatte ich bisher auch keinen bekommen, und ja, meine Knie waren wie Pudding, und zu rennen, hätte mich vermutlich umgebracht. Trotzdem drängte alles in mir in das grüne Palmen- und Kakteendickicht hinein, weg von diesem öden, staubigen Parkplatz am Rande der Straße, die sich schnurgerade durch den Regenwald zog – und der Cenote entgegen. *Klein, aber wunderschön*, hatte Till geschrieben … ich konnte es nicht erwarten, zu erfahren, was genau er damit gemeint hatte. Hoffentlich war sie nicht zu klein.

»Es gibt um Talum herum eine Menge Maya-Ruinen, teilweise direkt am Strand, und Cenotes zum Schwimmen, außerdem ist in der Nähe ein Wasserpark mit Delfinen, wir könnten jeden Tag etwas anderes unternehmen, es würde dir nicht langweilig werden.« Sandra zwang sich zu einem Lächeln. »Das hier, das ist …« Mit einem Stöhnen wischte sie sich den Schweiß von der Stirn. »Ehrlich gesagt viel schlimmer, als ich es mir vorgestellt habe.«

»Wir sind doch noch gar nicht da«, erwiderte ich belustigt und sah einem dicken, blau schillernden Brummer nach, der zwischen uns hindurchgeflogen und dabei haarscharf an Sandras Kopf vorbeigesegelt war. Die Luft um uns herum wimmelte von Insekten und Schmetterlingen.

»Nein, deshalb sage ich dir das ja. Wir können uns noch anders entscheiden. Was du aber nicht willst, oder? Okay, du willst es nicht, ich hab verstanden«, schloss Sandra resigniert und beobachtete skeptisch einen kleinen, graugrünen Leguan, der mit trübem Blick und watschelndem Gang den Parkplatz querte. »Ehrlich gesagt, ich hasse es, zu zelten. Ich hasse alles, was krabbelt und mehr als zwei Beine hat. Ich hasse enge, stinkende Dixie-Klos und vor allem…« Sie zeigte neben den kleinen Trampelpfad, wo sich auf der rechten Seite ein riesiges Spinnennetz zwischen zwei Bäumen spannte, in dem bereits zahlreiche Mücken zappelten. »Hasse ich Horror-Netze wie diese, die nur von haarigen Monsterspinnen gebaut werden können. Leider weiß man nicht, wo die Monsterspinne sich gerade befindet. Vielleicht springt sie mich aus dem Dickicht an, wenn wir daran vorbeilaufen. Und wir müssen daran vorbeilaufen. Shit.« Jetzt musste sie über sich selbst lachen und schüttelte dabei kapitulierend den Kopf. »Bin ja selbst schuld. Ich hätte Till auch einfach zustimmen können. Dann würden wir jetzt in einer gemütlichen Hütte in Österreich sitzen und uns die Bäuche mit leckerem Kaiserschmarrn vollschlagen.«

»Oder du würdest dabei zusehen, wie ein Arzt mir beide Beine eingipst, weil ich mich drei Mal überschlagen habe«, entgegnete ich. »Hier bin ich besser aufgehoben, glaub mir.«

»Komm, lass mich deine Ohren noch mal anschauen, bevor wir uns in die grüne Hölle stürzen.«

»Die sind in Ordnung, kein Problem«, versuchte ich sie auf Abstand zu halten. »Ich würde es schon merken, wenn da was nicht stimmt.«

»Ich möchte mich aber gerne selbst davon überzeugen.« Resolut trat Sandra auf mich zu und umfasste meine Schultern, um erst mein linkes Ohr und dann mein rechtes an der oberen Muschel zu fassen und leicht nach vorne zu ziehen. »Die Pflaster sind trocken und sauber, aber … lieber machen wir frische darauf.«

»Ich finde, ich brauche gar keine Pflaster«, murrte ich, doch Sandra hatte schon damit begonnen, das erste abzuziehen, behutsam wie immer. Es tat kaum weh.

»Und ich finde, du brauchst sie dringender denn je. Keine Ahnung, was hier für Keime durch die Luft schwirren, und … hm«, unterbrach sie sich selbst und stockte, als würde sie ihren Augen nicht trauen. »Sieht alles sauber aus. Aber es sind nun mal offene Wunden.«

»Sind es nicht«, flüsterte ich, hinderte sie jedoch nicht daran, die Pflaster von heute früh durch neue, wasserdichte zu ersetzen. Ich hatte diese merkwürdigen Kerben hinter meinen Ohren schon von meiner Geburt an, und sie hatten mich nie behindert oder gestört. Kein einziges Mal hatten sie sich ernsthaft entzündet. Manchmal bluteten sie plötzlich, seit unserer Ankunft auf Yucatan sogar jeden Tag, ohne dass sich anschließend ein Schorf bildete. Aber sie taten nicht weh, wenn sie bluteten, sondern kitzelten nur ein bisschen, als würden sie ganz leicht zittern. Kein Arzt hatte uns je erklären können, wodurch sie entstanden waren, aber alle vermuteten, dass sie im Mutterleib schon da gewesen waren, womöglich ein erblicher Defekt. So ähnlich wie eine Hasenscharte oder ein Wolfsrachen. Meine dichten Locken verdeckten sie die meiste Zeit, und ich sah sie ohnehin nur, wenn ich mich mithilfe eines Handspiegels im normalen Spiegel von hinten betrachtete.

»Gut, das haben wir.« Sandra verstaute die alten Pflaster in ihrem Kosmetikbeutel und stopfte ihn zurück in ihren Rucksack. »Sobald sie anfangen, heiß zu werden, zu pochen oder zu brennen, sagst du Bescheid, ja?«

»Klar.« *Und wenn ihr schlaft, löse ich die Pflaster. Wie jeden Abend und wann immer ich einige Stunden für mich bin.* Errötend sah ich zu Boden, als ich Sandras wissenden Blick bemerkte, und wollte mich gerade entschuldigen, als sie mich sanft am Unterarm berührte und den Kopf schüttelte.

»Sorry. Ich mach mich nicht gut als besorgte Mutter, aber ich will es wenigstens ab und zu versuchen. Vor allem hier in der Wildnis.«

»Bist ja auch nicht meine Mutter«, erwiderte ich leise. »Genau das mag ich an dir.« Sandra hatte sich schon immer eher wie eine gute alte Freundin angefühlt als wie eine Mutter – und ich wollte das nicht missen. Wir konnten über fast alles miteinander reden. Ich war gerne mit ihr zusammen und sie mit mir. Manchmal sagte sie sogar ihren monatlichen »Mädelsabend« ab, um mit mir einen Film zu schauen, ungenießbare Kekse zu backen oder Musik zu hören. Allerdings hatte sie ab und zu ein schlechtes Gewissen, weil sie dachte, es wäre besser für mich, Freundinnen in meinem Alter zu haben und eine reifere »Adoptiv-Tante«. Aber ich war zufrieden so, wie es war, und hatte es sowieso noch nie geschafft, mehr als ein paar Stunden in die Zukunft zu denken. Ich würde es schon merken, wenn ich mich nach jemandem in meinem Alter sehnte. Da war ich sicher.

»Und du …« Noch einmal schüttelte Sandra den Kopf und brach ab. »Egal. Dann ziehen wir es also durch?«

Wie zur Bestätigung schlug Till den Kofferraumdeckel zu, hievte sich den schweren Rucksack auf den Rücken und trat zu uns.

»Ja«, bestätigte ich mit fester Stimme und war froh, meine Sonnenbrille zu tragen, denn in meinen Augen sammelte sich schon wieder das Wasser; dieses Mal vor lauter Aufregung und Anspannung.

»Na, ihr beiden? Bereit?« Feixend schob Till seine Kappe ein Stück in den Nacken, um uns freundschaftlich anzublinzeln. Als er Sandras besorgte Miene sah, verblasste sein Grinsen jedoch. »Was ist los mit dir, geht es dir nicht gut?«

»Doch, schon, aber …« Sandra erschauerte, obwohl gerade ein warmer, feuchter Wind durch das Unterholz strich. »Ich hab ein komisches Gefühl im Bauch. Wie eine Vorahnung. Als würde es unser gesamtes Leben verändern, wenn wir da jetzt reingehen. In einer Art und Weise, auf die wir keinen Einfluss haben …«

Till atmete langsam aus und wieder ein, als wolle

er sichergehen, nichts Unbedachtes zu sagen, während eine feine Gänsehaut über meinen Rücken wanderte und mich ebenfalls frösteln ließ. Aber nicht vor Angst, sondern aus Vorfreude, ohne dass ich mir das schlüssig erklären konnte. Denn Sandra schien sich zu fürchten. Und das passierte ihr fast nie (außer bei großen Spinnen). Allein deshalb waren ihre Worte ungewöhnlich.

»Na ja, du begleitest mich zum ersten Mal auf eine Expedition und siehst zu, wie ich dort tauche und…« Nun lächelte Till wieder und stupste Sandra liebevoll in die Seite. »Zuzusehen ist anders, als sich etwas nur vorzustellen oder – zu verdrängen?«

»Verdrängen war echt klasse«, entgegnete Sandra trocken und zwang sich ebenfalls zu einem Lächeln. »Darin bin ich Spezialistin.«

Ich wusste, worauf die beiden anspielten. Vor einigen Jahren hatte Till einen Tauchunfall gehabt und war unter Wasser bewusstlos geworden. Ein Kalksteinbrocken hatte sich aus der Höhlendecke gelöst, weil ein anderer Taucher mit seinen Sauerstoffflaschen dagegen gestoßen war, und ihn am Hinterkopf und am Rücken getroffen. Seine Kollegen konnten ihn heil nach oben bringen, aber wegen seiner Schädelverletzung lag er zwei Tage im Koma. Währenddessen hatten wir nicht gewusst, ob er noch der Alte sein würde, wenn er erwachte. Da seine Schulter ebenfalls verletzt worden war und er keine Ausrüstung mehr tragen durfte, hatte er anschließend fast zwei Jahre lang nicht mehr in Höhlen tauchen können – »zwei wunderbar entspannte, ruhige Jahre«, wie Sandra immer zu sagen pflegte. Mir war stets klar gewesen, dass sie ihm zu ruhig gewesen waren. Denn ich kannte seine Geschichten aus den Cenotes. Er konnte gar nicht anders, als wieder in ihnen zu tauchen. Sie waren quasi sein zweites Zuhause.

»Sieh es doch mal so – jetzt kannst du vor Ort erleben, was ich mache und wie viele Sicherheitsvorkehrungen wir beachten, und vielleicht wird es dadurch leichter für dich«, versuchte Till, Sandra ihre letzten Zweifel zu nehmen. »Aber wir müssen uns jetzt entscheiden, die anderen warten schon auf mich, und wir müssen den Tauchgang für morgen noch vorbereiten.«

»Das ist es ja gerade. Ich muss mich gar nicht entscheiden.« Sandra sah ihn verzweifelt an und seufzte. »Ich weiß, dass wir zusammen zur Cenote müssen. Geht gar nicht anders. Das wusste ich schon, als Vicky darum bat, mitkommen zu dürfen. Ich kann dir nur nicht sagen, warum. Denn eigentlich fahre ich ziemlich gerne Ski.«

»Aber ich nicht«, erwiderte ich bestimmt und

schaffte es kaum noch, still zu stehen. »Und ich will jetzt endlich zum Camp laufen!«

»Ist ja gut.« Sandra trat einen Schritt zurück und wies mit einer übertriebenen Geste auf den Trampelpfad. »Geh du voran, Till, und töte alles, was uns gefährlich werden könnte, vor allem Spinnen und Schlangen.«

»Und Skorpione«, ergänzte Till lachend, gab mir einen sachten Klaps auf den Rücken und setzte sich an die Spitze unseres kleinen Trupps. »Keine Sorge, ich halte euch den Weg frei, Ladies.« Wie zur Bestätigung las er einen langen Ast vom Boden auf und schlug damit alle paar Schritte rechts und links ins Dickicht, während Sandra und ich ihm im Abstand von ein, zwei Metern folgten. Er zerriss damit sogar das Netz der »Horrorspinne« und stellte sich anschließend schützend vor die beiden Bäume, um Sandra und mich vorbeigehen zu lassen.

Dass Yucatan keinerlei Hügel oder gar Berge hatte, hatte ich schon vom Flugzeug aus beobachten können, und so fiel uns das Laufen trotz des weichen Bodens und der vielen quer wachsenden Wurzeln nicht schwer. Auch die Schwüle blieb einigermaßen erträglich. Ab und zu raschelte es links und rechts von uns im Gebüsch, und zwischen den Bäumen glitzerten so manche

Spinnweben. Doch noch immer verspürte ich keine Angst, sondern lediglich Ungeduld und brennende Sehnsucht, die mich so kraftvoll nach vorne trieb, dass mich selbst die sengende Hitze und die Moskitos nicht störten. Außerdem schaffte es die Sonne an manchen Stellen kaum durch das Dach des Waldes, sodass meine Augen sich endlich entspannen konnten. Und meine verdunstenden Tränen sorgten für angenehme Kühle auf meinen Wangen. Ich mochte die Sonne eigentlich nur, wenn sie durch die Lamellen meines Rollladens fiel und Streifen auf den Fußboden zauberte. Dieses Bild liebte ich. Aber ihr direktes Licht war mir schon immer zu grell gewesen, weshalb ich im Freien pechschwarze Sonnenbrillen tragen musste, sobald der Sommer ins Land zog. Tat ich das nicht, wurden meine Augen rot und trocken, und es fiel mir schwer, mich zu orientieren. Jetzt aber begann die Brille auf meinem schweißnassen Nasenrücken zu rutschen, sodass ich sie nach einigen Minuten abnahm und in meinen Rucksack schob – und tatsächlich, ich konnte die Sonnensprenkel auf dem trockenen Waldboden gut ertragen, ohne dass mir schwindelig wurde. Erst als der Pfad plötzlich in eine kreisrunde, sonnenbeschienene Lichtung mündete, die merkwürdig künstlich aussah, setzte ich sie wieder auf.

»Hubschrauberlandeplatz«, vermeldete Till knapp. »Wir haben es gleich geschafft.«

»Hubschrauberlandeplatz?« Sandra japste beim Sprechen vor Anstrengung. Sie hatte heute früh darauf bestanden, alles Schwere in ihren Rucksack zu packen und mir den leichten zu überlassen.

»Na ja, irgendwie mussten die Dixie-Klos ja in den Dschungel kommen, oder?« Till drehte sich im Laufen zu uns herum, sein Gesicht ein einziges Strahlen. »Ich sag ja, das hier ist eine Luxus-Expedition, ihr habt echt Glück gehabt. Noch ein paar Meter, dann sind wir am Banjo – unserem Dschungel-Badezimmer.«

Mich interessierte das Banjo nicht; ich musste weder aufs Klo, noch wollte ich duschen, doch ich blieb artig stehen, als Till nach der nächsten Biegung haltmachte und uns in eine roh gezimmerte, aber geräumige Hütte führte, in der drei blaue Klokabinen untergebracht waren. Eine mannshohe Holzwand trennte sie von der improvisierten Regenwasser-Dusche. Bunte Handtücher hingen an Nägeln, die in die Bretter der Hütte geschlagen worden waren, und auf einer metallenen Box standen mehrere Becher mit Zahnbürsten, Rasierzeug und Waschutensilien. Auf einer der Shampooflaschen hatte sich ein riesiger, gelb-schwarzer Schmetterling niedergelassen und bewegte in Zeitlupe seine

Flügel. Und ich war sicher, etwas mit unzähligen Beinen zwischen die Ritzen der Bohlen huschen gesehen zu haben, als wir durch den offenen Eingang getreten waren.

»Eine Dusche, das ist gut«, murmelte Sandra. »Die werde ich gleich mal benutzen. Ich könnte schwören, dass ich stinke.«

»Das tun wir hier alle früher oder später.« Till lachte entspannt. »Gehört dazu. Und ihr könnt ja bald wieder ins Hotel. Aber jetzt stelle ich euch erst mal dem Team vor.«

O nein, das Team. Auch das noch. Ich wollte endlich die Cenote sehen! Es fiel mir immer schwerer, mir meine Unruhe nicht anmerken zu lassen, und dauernd glaubte ich, das leise Glucksen von Wasser zu hören. Doch ich hatte Till vor unserer Abreise mehrfach versichern müssen, dass ich keine Alleingänge unternehmen würde, sobald wir im Camp waren. Zur Cenote durfe ich nur in seiner Begleitung gehen, das war die Bedingung gewesen, und daran musste ich mich halten, wenn ich länger als ein paar Stunden hierbleiben wollte.

Im Gänsemarsch stapften wir an einer kleinen Reihe geräumiger Zelte vorbei zu einer weiteren Hütte, die zur einen Seite offen war und deren Dach aus einer dicken, straff gespannten Plane bestand. In ihrem Schatten saßen vier Männer an einem langen Tisch, auf dem mehrere Laptops und etliche Kaffeebecher standen, und hoben neugierig ihre Köpfe, sobald sie uns erblickten. Ein Mann fiel mir sofort auf – vielleicht, weil er mich als Erster so anschaute, als würde er etwas sehen, das ihm noch nie zuvor begegnet war. Ich kannte diese Art von Blick, er war mir schon oft begegnet, und meistens hatte das zu nichts Gutem geführt. Ich sah ungewöhnlich aus mit meinen hüftlangen Haaren, die sich nicht zwischen Wellen und Ringellocken entscheiden konnten, meinen hellen, leicht hervortretenden Augen und diesem seltsamen Mund, der den Eindruck machte, als habe ein Schönheitschirurg seinen Beruf nicht ordentlich gelernt. Dazu besaß ich eine flache Nase und ein ziemlich kurzes Kinn – ich wusste nie so recht, ob ich wirkte wie aus einem skurrilen Horrorfilm entstiegen oder lieber Sandra glauben sollte, die sagte, ich sei einfach eine kreative Laune der Natur, und damit könnten die meisten Menschen nun mal nicht umgehen. Mit einer solchen Haarpracht erst recht nicht. Wenn die Mädchen in meiner Klasse über mich lästerten, würden sie das aus Neid tun, nicht aus Abscheu. Ich war mir darin nicht so sicher wie Sandra.

39

Angestarrt wurde ich jedenfalls regelmäßig, das war nichts Neues für mich. Aber noch nie hatte jemand dabei so erstaunt und zugleich beglückt gelächelt, wie jener Mann es tat, der als Erster auf mich aufmerksam geworden war. Er musste ein Einheimischer sein. Seine Augen waren so dunkel wie seine dichten, glatten Haare, und seiner Haut schien die heiße Sonne Mexikos nichts anhaben zu können. Doch jetzt folgten auch die anderen Männer seinem Beispiel – und mich schauten nicht nur einer, sondern gleich vier Fremde an, mit einer Mischung aus Neugierde, Verwunderung und Skepsis. Meine Tränendrüsen reagierten zuverlässig wie immer; vor Aufregung lief das Salzwasser nun wieder in Strömen über meine Wangen. Mit einem verzweifelten Lächeln hob ich meine Hand und winkte lässig, um allen zu zeigen, dass es mir gut ging, denn plötzlich mischte sich auch Besorgnis in ihre Mienen.

»Das ist meine Freundin Sandra«, übernahm Till souverän die Führung, und Sandra schob sich schützend vor mich, damit ich mir rasch mit dem Handrücken übers Gesicht wischen konnte. Erfahrungsgemäß nützte das nicht viel, aber für ein paar Sekunden würde es reichen. »Und das hier…« Sandra trat wieder zur Seite, sodass Till seinen Arm um meine Schultern legen konnte. »Das ist meine wunderschöne Nichte Victoria. Benannt übrigens nach dem allerersten Segelschiff, das die Welt umrundet hat! Ich hab ihr schon von den Cenotes erzählt, als sie noch ein kleines Kind war. Und sie schwimmt schneller als ihr Schatten!« Während Till seine Worte ins Englische und dann ins Spanische übersetzte, schüttelte ich die Hände der Männer, begrüßte sie mit einem verlegenen »Hello« und versuchte weiterhin tapfer zu lächeln. Wie so oft, wenn ich weinte, war ich nicht traurig, aber ich spürte allzu deutlich, dass ich selbst für solch hartgesottene Kerle eine befremdliche Erscheinung war. Nur der Mann mit den dunklen Augen und Haaren reagierte anders. Sein Händedruck war ruhig und vertraut, und als ich mein vorerst letztes »Hello, nice to meet you« stotterte, erwiderte er etwas auf Spanisch, das sich anhörte wie ein bewunderndes Kompliment.

»Das ist Carlos, unser Biologe«, stellte Till ihn Sandra und mir vor und legte freundschaftlich die Hand auf seinen Oberarm. »Er kennt Yucatan und die Cenotes wie kein anderer. Sein Vater ist einigen Maya-Geheimnissen auf die Schliche gekommen, und Carlos hat ihn schon als Kind bei seinen Wanderungen durch den Regenwald begleitet. Ohne ihn wären wir hier aufgeschmissen.«

41

Carlos lachte fröhlich und hob beschwichtigend die Hände, als seien Tills Worte zu viel des Lobes; offensichtlich verstand er ein bisschen Deutsch.

»Und das sind Jack und Michel, meine Tauchkollegen aus den USA und Frankreich.« Till wies auf zwei sonnengebräunte Typen, einer kurzhaarig wie Till, der andere mit einem schulterlangen, blonden Zopf und Bart, die sich redlich bemühten, ihr anfängliches Starren durch freundliches Lächeln auszugleichen, und mir dabei fast schon leidtaten. »Last, but not least: Antonio.« Knapp nickte Antonio mir zu, und ich erinnerte mich sofort wieder an das seltsam kalte Gefühl, das mich ergriffen hatte, als er meine Hand genommen hatte. Er trug einen Cowboyhut mit breiter Krempe, und in seinem linken Mundwinkel hing ein qualmender Zigarillo. »Er leitet das Camp, kocht für uns und sorgt dafür, dass wir keinen Unsinn machen. Außerdem kriegen wir ab und zu Besuch von einheimischen Biologie- und Geologie-Studenten, die uns dabei helfen, die gesammelten Daten auszuwerten und Karten zu erstellen.«

Ein leicht angespanntes Schweigen dehnte sich aus – vermutlich, weil meine Tränen sich wieder selbstständig gemacht hatten und nicht aufhören wollten, über mein Gesicht zu fließen. Meine Schultern waren schon ganz nass. Selbst Sandra hatte es die Sprache verschlagen. Nur Till ließ sich nicht aus der Ruhe bringen.

»Ihre Augen reagieren nur auf die Hitze, eine Allergie, aber es geht ihr gut«, erklärte er knapp und legte mir beschützend die Hand um den Hinterkopf. »Vicky ist übrigens eine hervorragende Schwimmerin. In den Brandungswellen würde sie euch alle alt aussehen lassen, glaubt mir.«

»Ist schon gut«, flüsterte ich. Jetzt wurde die Situation auch mir langsam peinlich.

»Okay, dann zeig ich den Mädels mal die Cenote«, beendete Till seine Ansprache und gab mir einen leichten Stups, um mir zu bedeuten, dass ich mich wieder bewegen durfte.

»Mädels…«, echote Sandra strafend und stieß Till den Ellenbogen in die Seite, nachdem wir die Hütte hinter uns gelassen hatten und die Männer außer Hörweite waren. »Ich glaub, du spinnst.«

»Sorry, mir fiel nichts anderes ein. War eine komische Situation. Die haben seit Wochen keine Frauen mehr gesehen.«

»Und schon gar nicht so etwas wie mich…«, mischte ich mich entschuldigend ein und schluckte ein paar Tränen herunter. »War wohl zu viel auf einmal.«

»So etwas wie dich!?« Tills Entrüstung klang echt.

»Mach dich nicht immer runter, Vicky. Ich hab das ernst gemeint, als ich gesagt hab, dass du wunderschön bist.«

»Vielleicht bei Alice im Wunderland.«

»Nein, auch in unserer Welt. Carlos ist da übrigens ganz meiner Meinung. Denn im Gegensatz zu dir verstehe ich Spanisch. – So, und jetzt…« Till blieb stehen und drehte sich langsam zu uns um, »…sind wir an der Cenote.« Vergeblich versuchte ich, über seine Schulter zu spähen, um einen Blick auf sie zu erhaschen. War sie wirklich so klein, dass er sie mit seinem Oberkörper komplett vor mir verbergen konnte? »Du kannst sie hier noch gar nicht sehen, Vicky. Sie liegt ungefähr zwanzig Meter weiter unten. Man kommt nur über einen einzigen steilen Pfad zum Ufer, den wir, so gut es geht, mit Seilen abgesichert haben, und heute Abend bringen wir unten an der Plattform noch eine kleine Leiter an. Denn das Gefährliche ist nicht, in der Cenote zu baden. Das Gefährliche ist, dass man aus den meisten Cenotes ohne Leiter nicht mehr herauskommt und dann jämmerlich in ihnen ertrinken muss. Denn die Wände sind zu steil, um an ihnen hochzuklettern. Also, ohne mich geht ihr da nicht runter. Habt ihr das verstanden?«

Ich wusste, dass diese Worte vor allem mir galten, doch Sandra nickte ebenfalls.

»Dann komm, Vicky, du darfst zuerst gucken. Na, komm schon...«

Till streckte mir seine Hand entgegen, und obwohl ich die ganze Zeit vor Ungeduld fast geplatzt wäre, kam es mir plötzlich vor, als würden alle Uhren der Welt gleichzeitig stehen bleiben und Sekunden sich in zähe Stunden verwandeln. Aus dem Jetzt war Ewigkeit geworden. Das Rauschen in meinen Ohren wurde so laut, dass ich Till und Sandra nicht mehr hören konnte. Selbst die Rufe der unzähligen Vögel und das Zirpen der Grillen schienen für immer zu verstummen. Stattdessen vernahm ich etwas anderes in dem beständigen Auf und Ab meines pulsierenden Blutes, wie eine Art Rufen und Singen... es kam von unten, aus der Cenote...

Jetzt begegneten sich unsere Hände. Tills Finger fühlten sich so warm und trocken an, dass ich erschrak; seine Berührung tat mir fast weh. Trotzdem ließ ich mich von ihm unter ein paar letzten Ästen und Palmwedeln hindurch zum Rand des Kraters führen, wo ich beim Anblick der kreisrunden Cenote wie zum andächtigen Gebet auf die Knie sank und meine Haare sich weich auf meine nackten Oberschenkel legten, während meine Tränen hinab in das vertraute, magische Türkisblau tropften, als würden sie es begrüßen.

Es war wie ein Versprechen, das vor langer, langer Zeit besiegelt worden war. Ein Zurück gab es nicht.

Ich musste bleiben.

Hier.

Für immer.

DER SOG DES JENSEITS

»Ist sie okay?«

Sandra klang fast panisch, doch als Till antwortete, hörte seine Stimme sich ebenso sicher und fest an, wie sich auch seine Umarmung anfühlte.

»Ja, alles in bester Ordnung.«

»Aber sie sagt nichts…«

»Na, dieser Anblick kann einem ja auch die Sprache verschlagen. Komm rüber und überzeug dich selbst.« Till wandte sich um und griff nach Sandras Handgelenk. »Hier, setz dich neben mich, es ist genug Platz für uns drei.«

Till hatte recht, ich hatte meine Sprache verloren. Doch es war nicht der Anblick der Cenote gewesen, der sie mir geraubt hatte. Es war jener Moment gewesen, in dem meine Tränen sich mit ihrem türkisblauen Wasser vermischt hatten. Mir war dabei gewesen, als müsste ich nie wieder weinen, weil etwas anderes, viel Mächtigeres von mir Besitz ergriffen hatte, wodurch ich mich genauer und intensiver verständigen konnte als durch Worte. Etwas, das schon mein gesamtes Leben in mir gewartet hatte und nun mit einem Schlag erwacht war. Doch jetzt, nachdem mein Zeitgefühl sich wieder normalisiert hatte und das Rauschen in meinen Ohren sich abschwächte, kamen mir meine eigenen Gefühle ein wenig albern und übertrieben vor.

Geblieben war meine Sehnsucht. Ich befand mich immer noch viel zu weit weg von der Cenote. Sie von oben zu betrachten, genügte mir nicht, auch wenn ich längst noch nicht alles entdeckt hatte, was es aus dieser Entfernung zu sehen gab. Aber ich würde verrückt werden, wenn Till mich nicht heute noch nach unten brachte, zu der hölzernen Plattform, an deren Rand schon ein Teil der Taucherausrüstung lagerte und die ausreichend Platz für mehrere Menschen bot. Neugierig musterte ich den Teil des Abgrunds, in den die Männer den Pfad zur Plattform geschlagen hatten. Er war breiter, als ich gedacht hatte, und an den gefährlichsten Stellen mit dicken Pfosten und Seilen zum Festhalten gesichert. Bei unseren Bergwanderungen hatte ich schon gefährlichere Wege bewältigt – und das trotz meines schwankenden Gangs. Es gab nicht den geringsten Grund, eine Sekunde länger hier oben zu bleiben und tatenlos auf die Cenote hinabzustarren, als würden wir uns einen Film anschauen. Ich war alt genug, um nach unten zu klettern. Also versuchte ich, mich mit einem energischen Ruck loszureißen und aus Tills Umarmung zu befreien.

»Keine Chance, Fräulein. Du bleibst hier.« Tills Arme schlossen sich noch etwas fester um meine Schultern. Ich wollte gerade anfangen, mit ihm zu diskutieren und ihm vorzuwerfen, dass sein Griff mir wehtue, als Sandra neben uns auftauchte. Wie ich vorhin lugte sie auf allen vieren über den Rand der Böschung.

»Oh, das ist ja … das ist … wow«, stammelte sie andächtig. »Krass. Größer, als ich dachte. Und sie ist fast kreisrund, unglaublich … Sind das etwa Lianen?« Sie deutete auf die armdicken, grünen Gewächse, die pfeilgerade von der obersten Kante des Trichters bis hinab ins Wasser reichten und auch unterhalb der Oberfläche noch zu sehen waren. Trotz der Windstille schienen sie sich dort ganz leicht zu bewegen, als wären sie in der Cenote lebendig geworden. »Oder Wurzeln? Ja, die daneben sehen aus wie Wurzeln … aber von welchen Bäumen?« Suchend wandte sie den Kopf, um herauszufinden, woher sie stammten.

»Beides«, antwortete Till ruhig. »Lianen und Wurzeln, sie erfüllen denselben Zweck. Anders kommt die Vegetation hier nicht ans Wasser. Es gibt keinen einzigen Fluss auf Yucatan, und in den Wintermonaten regnet es kaum.« Till lächelte, ich spürte es, doch sein Griff blieb eisern. »Deshalb lassen die Bäume ihre Wurzeln ins Wasser wachsen, manchmal auch wie hier über mehrere Meter hinweg.«

»Was ist denn das da unten? Nisten dort Vögel?« Sandra ließ sich flach auf den Bauch sinken und legte das Kinn auf ihre verschränkten Hände, um bequemer schauen zu können. »Nein, das sind… Fledermäuse. Brrrr.«

»Es gibt auch zahlreiche Vogelarten hier, Carlos hat in den letzten Tagen schon einige seltene bestimmt und mehrere Kolibris gesichtet. Gestern früh hat er sogar den Quetzal gehört, hat er gesagt. Das ist der heilige Vogel der Maya. Nur gesehen hat er ihn noch nicht. Er ist sehr scheu und galt deshalb lange Zeit als ausgestorben.«

»Noch mal zurück zu den Fledermäusen…« Sandra machte ihren Hals lang. »Die wohnen also unter dem Felsvorsprung und kacken die ganze Zeit ins Wasser? Ist ja lecker.«

»Die blinde Höhlenassel freut es.« Till lachte glucksend. »Sonst würde sie verhungern. Aber viele sind es in dieser Cenote nicht, und das Wasser ist auf den ersten Metern glasklar. Alles andere sehen wir morgen und... Vicky, ich bin stärker als du. Hör auf zu zappeln«, unterbrach er seinen Vortrag und pustete mir kühl in den Nacken.

»Aber ich will nach unten, bitte! Ich muss da runter... von mir aus kannst du mir danach sämtliche Tierarten aufzählen, die Carlos gefunden hat, und ihr könnt euch über Lianen und Wurzeln und die Verdauung von Fledermäusen austauschen, solange ihr wollt, aber ich halte es hier oben nicht mehr aus!«

»Du. Wirst. Nicht. Schwimmen.« Tills drohende Bassstimme konnte nicht darüber hinwegtäuschen, dass er sich in Wirklichkeit über meine Begeisterung freute. »Und wenn ich dich fesseln und knebeln muss.«

»Ist doch klar.« Ich versuchte, beleidigt zu klingen. Natürlich wollte ich in der Cenote schwimmen, am liebsten sofort. Ich konnte mir nichts Erfrischenderes vorstellen nach unserem Marsch durch den Dschungel. Aber ich sah auch ein, dass es mir ohne die Leiter wahrscheinlich nicht gelingen würde, wieder an Land zu kommen, und das wollte ich nicht riskieren, sosehr mich das Wasser auch lockte. Außerdem war es mir lieber, wenn zuerst die Taucher dieses unbekannte Gewässer erforschten, bevor ich mich hineinwagte.

Trotzdem war es eine Unverschämtheit von Till, mir ein solches Paradies zu zeigen, ohne mich an seine Ufer zu lassen. Ich wollte nicht von oben auf die Fledermäuse schauen, sondern sie über meinen Kopf schwirren lassen, nachts, unter dem Licht der Sterne – und die bunten Vögel, die gerade im Halbkreis um die Lianen geflogen waren, während die Sonne in langen Streifen ins Wasser schien. Ob am Tag oder in der Nacht: Ich war hier oben vollkommen fehl am Platz.

»Okay, das wird langsam ein bisschen anstrengend.« Till lockerte ächzend seinen Griff. »Ich wusste gar nicht, dass du so kräftig bist. Du hast gewonnen, wir gehen nach unten. Aber nur zum Gucken und nur für zehn Minuten, länger nicht. Ich muss nämlich gleich weiterarbeiten, die Jungs warten auf mich.«

»Zehn Minuten sind super«, beteuerte ich strahlend.

»Ich komme mit.« Sandra robbte ein Stück rückwärts und erhob sich, klopfte sich ein paar welke Blätter von der Hose und half Till, mich auf meine Beine zu stellen. Irgendwie gelang es mir, nicht zu schwanken, sondern ohne das übliche Gewackel vor ihnen stehen zu bleiben, um den beiden einen möglichst soliden Eindruck zu vermitteln. Sie schauten mich so zweifelnd an, dass ich laut lachen musste.

»Glücklicher hab ich sie selten gesehen«, kommen-

52

tierte Sandra meinen Heiterkeitsausbruch amüsiert und hakte sich wieder bei mir unter. »Mal schauen, ob wir das noch toppen können.«

Sie nahmen mich in ihre Mitte – ich kam mir vor wie ein kleines Kind – und machten sich auf den Weg nach unten, sahen aber schon nach wenigen Metern ein, dass das so keinen Sinn hatte. Der Pfad war zu schmal, um ihn zu dritt nebeneinander bewältigen zu können. Also formierten wir uns wieder im Gänsemarsch; Till vor mir und Sandra hinter mir, beide bereit, mich jederzeit vor einem Sturz zu bewahren, falls ich stolperte. Doch es war, als ob meine Füße begriffen hätten, was sie tun mussten. Kein einziges Mal stolperte ich, griff jedoch Till und Sandra zuliebe trotzdem mit beiden Händen an jedes Führungsseil, das das Team angebracht hatte. Manche Passagen waren knifflig, weil der Boden recht weich war und sich rasch Steine aus ihm lösten, aber auch nicht schwieriger als das, was ich bei unseren wenigen Bergwanderungen erlebt hatte. Das größte Risiko bestand darin, das Gleichgewicht zu verlieren und in die Cenote zu stürzen – und das fühlte sich für mich nicht wie eine Gefahr an, sondern eher wie eine Verlockung. Schließlich konnte ich schwimmen, und sie war zu tief, als dass man sich dabei hätte verletzen können. Wäre ich allein gewesen und hätte es eine Leiter an der Plattform gegeben, hätte ich den mühseligen Weg nach unten auf diese Art und Weise abgekürzt. Es musste ein atemberaubendes Gefühl sein, aus der Hitze des Regenwaldes in die erfrischende Kühle des Höhlensees einzutauchen.

Nach wenigen Minuten hatten wir die Plattform erreicht. Jetzt tat mir die Anziehungskraft der Cenote fast körperlich weh. Außerdem hatte mich der Abstieg angestrengt. Das Atmen kostete mich Kraft, und ich hatte das Gefühl, dass die offenen Stellen hinter meinen Ohren wieder zu bluten begonnen hatten, weshalb ich meine Haare trotz der Hitze nicht zurückstrich. Ich hatte keine Lust, erneut von Sandra verarztet zu werden – viel lieber wollte ich die verbleibenden Minuten voll auskosten, ohne mich mit meinen körperlichen Zipperlein zu befassen.

»Können wir uns setzen?« Ich wies auf die Plattform. Ob ich meine Füße ins Wasser baumeln lassen durfte? Sie kochten beinahe in den viel zu dicken und engen Trekkingschuhen, die Till Sandra und mir vor unserer Abreise geschenkt hatte. Wie nebenbei begann ich an den Schnürsenkeln zu nesteln, erntete aber nur einen strengen Blick von Till.

»Ja, wir setzen uns, aber die Schuhe bleiben an, wir müssen ja gleich wieder hoch.«

Wie oben schon nahmen die beiden mich zwischen sich, als wir uns keuchend auf die glatten Holzplanken niederließen; Sandras klamme Hand in meiner rechten, Tills Arm um meine Taille. Sie trauten mir nicht, zu recht.

So nah..., dachte ich wehmütig. Das Wasser war so nah und ich doch so weit weg. Trotzdem hätte ich vor Glück singen und tanzen können.

Sandra jedoch sah sich Nase rümpfend um. Auch ich hatte den eigenartigen Geruch schon bemerkt. Es wehte von den überhängenden Felsen auf der anderen Seite der Cenote zu uns herüber, vermischt mit modriger Kühle, und erinnerte mich an unseren alten, feuchten Schulkeller. Doch da war auch noch etwas anderes, dessen Ursprung ich im Wasser vermutete. Ja, dieses Aroma musste aus dem Wasser kommen...

»Was riecht denn hier so komisch?«

»Mineralien aus der Tiefe der Cenote – und Fledermausdreck. Ist aber noch harmlos.« Till winkte lässig ab, und auch mich störte der Geruch nicht. Sobald man sich in der Cenote bewegte, würde man ihn sicher nicht mehr wahrnehmen. »In manchen Höhleneingängen kriegt man kaum Luft vor lauter Gestank.«

Versonnen schaute ich in das unwirkliche Blau hinein, auf dessen Oberfläche sich die Sonne in gleißenden Reflexen spiegelte und einzelne, bunte Blätter und Blüten trieben. Meine Sonnenbrille hatte ich längst wieder abgenommen, doch auch hier schien ich sie nicht zu brauchen. Wenn ich ins Wasser blickte, blendete mich das ständige Funkeln und Glitzern nicht. Doch weitaus faszinierender fand ich, was ich unterhalb des Wasserspiegels sah: die Enden der Wurzeln. Sie wirkten beinahe wie urzeitliche Tiere mit ungewöhnlich vielen langen Armen und Beinen, die dort unten gefangen waren und vergeblich versuchten, zurück ans Licht zu gelangen … Zwischen ihnen schossen kleine, gestreifte Fische munter hin und her, und jetzt entdeckte ich auch eine hellgrüne Wasserpflanze, die sich in Spiralen um einen knorrigen Ast gewunden hatte.

»Lass dich nicht täuschen.« Tills tiefe Stimme zerstörte meine Träumereien. »Ein paar Meter weiter unten wächst gar nichts mehr. Keine Sonne, kein Leben. Da wartet nur öder Kalkstein und pechschwarze Finsternis. Ohne künstliches Licht bist du dort verloren. Für die Maya waren die Tiefen der Cenotes die Unterwelt, das Reich der Toten, dem sie immer wieder Opfergaben schenkten. Und wenn du in den Katakomben der Cenotes tauchst und spaßeshalber mal die Lampe ausmachst, weißt du auch, warum. Das ist nichts für schwache Nerven.«

»Spaßeshalber die Lampe ausmachen?« Sandras Stimme klang belegt. Dieser Gedanke gefiel ihr offenbar überhaupt nicht.

»Ja, das gehört zu jeder guten Höhlentaucherausbildung. Danach vergisst du nie wieder deine Ersatzlampe.«

»Ich pack dir morgen gleich noch eine dritte ein...«

»Keine Sorge. Ich will ja sehen, was ich erforsche.«

Noch immer folgten meine Blicke den farbigen Fischen, die aussahen, als würden sie miteinander Fangen und Verstecken spielen. Ich konnte sie so gut verstehen. Wie sie wollte ich zwischen den Ästen hin und her huschen und mich dann in aller Ruhe in diesem prachtvollen Reich umschauen. Unter Wasser. Nicht über Wasser. Wie es wohl schmeckte? Es war Süßwasser, das wusste ich, doch weiter unten... weiter unten, im Zugang zum offenen Meer, befand sich die Sprungschicht. Till hatte mir oft von ihr erzählt. Dort gingen das Süßwasser der Cenote und das Salzwasser der Karibik ineinander über, wodurch der Eindruck entstand, als beginne eine neue Welt... Doch auch das täuschte. Denn zwischen Süß- und Salzwasser wurde die Sicht milchig, sodass beide Sphären miteinander verschwammen und die Taucher sich für kurze Zeit im schieren Nichts bewegten. Sie mussten die Nerven behalten und ihrem Instinkt vertrauen – und wenn sie das taten, ihren Kurs beibehielten, gelangten sie irgendwann ins offene Meer … zurück ins Licht …

»Ich verstehe dich«, gab Sandra widerstrebend zu, nachdem wir eine Weile stumm ins sonnenbeschienene Wasser geschaut hatten und jeder seinen eigenen Gedanken nachhing. »Die Cenote ist wirklich wunderschön. Schöner als jeder Pool und jede Wellnesslandschaft. So etwas kann nur die Natur erschaffen. Aber ich finde sie auch irgendwie unheimlich.«

»Einigen wir uns doch auf unheimlich schön«, schlug Till vor. »Morgen kann ich mir das Schätzchen endlich genauer anschauen … Aber jetzt müssen wir wieder zurück zum Camp, sonst kriege ich noch Ärger.«

»Kann ich nicht wenigstens kurz meine Finger ins Wasser halten?« Ich versuchte mich lang zu machen, um auf dem Bauch an den Rand der Plattform zu robben.

»Nee, Süße. Das ist wie mit Chips. Man will nur eine Handvoll essen, und nach zehn Minuten ist die ganze Tüte leer.« Till schob sicherheitshalber einen Finger in meine hintere Gürtelschlaufe. »Morgen weiß ich mehr. Wenn alles glattläuft, können wir abends vielleicht sogar zusammen eine Runde schwimmen, okay?«

Nein, nicht okay. Ich wusste nicht, wie ich es ertragen sollte, bis morgen Abend oben im Camp zu bleiben. Der Abschied fiel mir schon jetzt unendlich schwer, obwohl ich noch gar nicht erfahren hatte, wie die Cenote sich wirklich anfühlte. Dennoch war es ein unschlagbares Angebot, mit dem Till mich eben überrascht hatte.

»Gut, einverstanden«, willigte ich ein. »Morgen Abend schwimmen wir.«

»Dann bleiben wir wohl doch länger als eine Nacht hier ... Boah, diese Moskitos, ich werde noch wahnsinnig!« Sandra fuchtelte hektisch mit den Händen durch die Luft. Die Mücken umgaben uns nun in Schwärmen, aber mich hatte noch keine einzige erwischt. Es sah ganz so aus, als ob ihnen mein Blut nicht schmeckte. Auf Sandras nackten Armen prangten jedoch bereits mehrere dunkelrote Stiche, und auch Till hatten sie schon gepiesackt.

»Ja, gegen Abend wird es schlimmer, und hier unten sind sie um diese Uhrzeit besonders aggressiv. Deshalb: auf nach oben. Wir haben literweise Insektenschutzmittel dabei, ihr müsst euch hier abends unbedingt eincremen.« Erneut zogen Till und Sandra mich in die Senkrechte, und wir machten uns an den Aufstieg. Dieses Mal gehorchten meine Füße mir nicht mehr so zuverlässig wie bei unserem Weg nach unten. Zwei Mal rutschte ich beinahe ab, weil der Boden nachgab, und konnte mich gerade noch am Seil festhalten, um nicht zu fallen; ein anderes Mal musste Till mich stabilisieren, damit ich nicht nach vorne kippte. Ich war auf einmal so müde, dass es mir schwerfiel, meine Augen offen zu halten und mich auf meine Bewegungen zu konzentrieren. Nach einem letzten sehnsüchtigen, verschwommenen Blick von der Böschung aus auf die Cenote ließ ich mich von Sandra und Till direkt zu den Zelten dirigieren, wo ich, gefangen zwischen Glück, Sehnsucht und Schmerz, mit tränennassem Gesicht auf die Luftmatratze fiel und sofort einschlief; flach auf dem Bauch liegend und die Arme weit von mir gestreckt.

Erst spätabends wachte ich wieder auf. Sandra hatte die ganze Zeit neben mir Wache gehalten, obwohl ihr Magen vor Hunger knurrte. Ich hatte vor allem Durst, und meine Wasserflasche hatte ich längst leer getrunken. Hand in Hand suchten wir unseren Weg durch die Dunkelheit und zu den Männern, die hinter der Küchenhütte auf Campingstühlen ums Feuer saßen, Tequila tranken, einander derbe Witze in drei Sprachen erzählten und zwischendurch Carlos zuhörten, der abseits an einem Baum saß und auf seiner selbst geschnitzten Flöte Melodien spielte, deren magische Klänge sich untrennbar mit dem gleichförmigen Nachtgesang der Vögel und Zikaden vermischte.

Doch all das konnte nicht übertönen, was ich selbst im tiefsten Schlaf noch wahrgenommen hatte.

Etwas rief mich. Sang zu mir. Lockte mich.

Es war nicht die Cenote.

Nein.

Es war IN der Cenote.

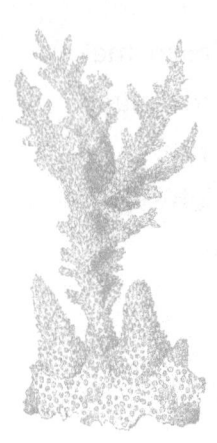

AUS DEM NICHTS

»Okay, das ist echt bescheuert.« Sandra ließ die Müslischale, die sie eben noch mit der Bürste bearbeitet hatte, zurück in das Plastikbecken fallen, in dem das schmutzige Frühstücksgeschirr lag und darauf wartete, gespült zu werden. Dann drehte sie sich mit entschlossener Miene zu mir um und stemmte die Hände in die Seite. »Leg das Handtuch weg. Wir machen hier doch nicht einen auf brave Hausmädchen, während die Kerle da unten ihre Abenteuer erleben. Bis gestern haben sie das bisschen Abwasch schließlich auch allein hinbekommen.«

»…und was machen wir dann?«, fragte ich hoffnungsvoll und hängte das feuchte Handtuch zurück an den Haken.

»Wir gucken ihnen bei ihrem Tauchgang zu. Selbst Antonio ist mit nach unten gegangen!«

»Aber vorhin hast du noch gesagt, du willst das nicht...«

»Der denkende Mensch ändert hin und wieder seine Meinung«, unterbrach Sandra mich achselzuckend. »Ich weiß, ich wollte nicht zuschauen, wenn Till abtaucht. Aber jetzt merke ich, wie idiotisch es ist, theoretisch dabei sein zu können, aber stattdessen wenige Höhenmeter entfernt Geschirr zu spülen. Ich denke ja doch ununterbrochen an ihn und frage mich, was er gerade tut. Dabei finde ich schon normale Höhlen gruselig, aber mit Wasser gefüllte Höhlen, in denen es stockdunkel ist...«

»Ist es dort vielleicht ja gar nicht.« Beim Frühstück hatten Till, Jack und Michel sich noch angeregt darüber ausgetauscht, dass das Unterwassersystem, das unsere Cenote mit dem Karibischen Meer verband, möglicherweise gar nicht durchweg finster war, sondern in regelmäßigen Abständen Licht von oben bekam; durch weitere Löcher in der brüchigen Kalksteindecke des Dschungels. Zwei verborgene Mini-Cenotes in der Umgebung hatten sie mithilfe ihrer Drohne schon entdeckt; beide waren nicht größer als ein Planschbecken. Aber um die Mittagsstunden schien die Sonne direkt hinein und sandte ihre Strahlen weit in die Tiefe.

»Kann schon sein.« Sandra schlüpfte barfuß in ihre Trekkingschuhe. »Ich verstehe trotzdem nicht, wieso er diese Höhlentaucherei so liebt. Und es jagt mir Angst ein, mir vorzustellen, was er da unten macht. Im Totenreich.« Sie schnitt eine drollige Grimasse. »Lieber schau ich es mir an, als es mir auszumalen. Oder doch nicht? Was meinst du?«

»Ich will es mir auch ansehen.« Nun zog ich ebenfalls die lästigen Schuhe über, obwohl ich lieber barfuß gelaufen wäre. Heute Nacht hatte es einen kurzen Wolkenbruch gegeben, begleitet von ein paar Blitzen und drei Donnerschlägen. Möglicherweise war der Pfad nach unten glitschig geworden. »Wir können ja ein paar Fotos machen. Antonio filmt schließlich auch.«

»Gute Idee.« Sandra stopfte ihr Handy in die Po-Tasche ihrer Shorts, schnappte sich zwei Flaschen Wasser und verließ mit mir im Gefolge die Küchenhütte. Ich sagte nichts mehr, um sie nicht noch versehentlich umzustimmen. Sandra hatte Till bisher auf keine seiner Expeditionen begleitet. Doch seit seinem schweren Unfall hatte sie Angst um ihn, auch wenn sie das selten offen zugab. Vielleicht war es wirklich besser für sie, zuzuschauen, was er tat, und immerhin hatte er uns nicht verboten, mit nach unten zu kommen. Wahrscheinlich war er ganz selbstverständlich davon ausgegangen, dass Sandra sowieso freiwillig oben bleiben würde. Aber gegen ein paar zusätzliche Fotos oder Filmaufnahmen hatte er sicher nichts einzuwenden.

Sandras Atem ging schwer, als wir uns bis zur Böschung durchschlugen und den Pfad nach unten nahmen, doch sie verlangsamte ihren Schritt nicht, als habe sie Angst, den Augenblick zu verpassen, in dem die Männer abtauchten. Doch die waren noch vollauf damit beschäftigt, sich in ihre engen Anzüge zu zwängen, die Masken aufzusetzen und die Gasflaschen an ihren Hüften zu befestigen. Antonio stand währenddessen breitbeinig auf der Plattform und filmte das Geschehen. Nur Carlos lag bäuchlings auf einigen flachen Steinen und schien gerade etwas Winziges zu beobachten, das sich durchs Wasser bewegte.

Grüßend hob Till seine Hand, als er uns entdeckte, und bedeutete Sandra gestikulierend, gut auf mich aufzupassen. Sie drehte sich nur kurz zu mir um und verdrehte leicht die Augen. »Als ob dieses bisschen Klettern gefährlicher wäre …«

Auch mein Herz begann höherzuschlagen, je näher wir den Männern kamen. Doch es war mehr Vorfreude als Angst, die sich in mir ausbreitete, obwohl ich gleichzeitig ein mulmiges Gefühl in der Magengegend hatte. Die drei bewegten sich nun in ein Gewässer hinab, in dem noch nie zuvor ein Mensch geschwommen war. Sie hatten keine Ahnung, was sie dort unten erwartete. Ich war ein bisschen neidisch auf sie – und gleichzeitig froh, mir die ganze Sache in Ruhe vom Steg aus anschauen zu können.

Als wir unten angekommen waren, saßen Jack und Michel schon in kompletter Montur auf dem Rand der Plattform, die Flossen im Wasser, und besprachen, wie sie vorgehen wollten, während Till ein Seil an seinem Gürtel verstaute, das er im Inneren der Cenote als Orientierung für zukünftige Tauchgänge von Stalagmit zu Stalagmit spannen würde. Als erfahrenster Taucher würde er den Trupp anführen. Die anderen beiden Männer waren für Filmaufnahmen, zusätzliches Licht und das Aufsammeln von eventuellen Maya-Fundstücken zuständig. Till hatte in einer der Cenotes, die er bisher erforscht hatte, sogar mal einen Totenschädel aus dem Schlamm gegraben. Wenn ich ihn und Carlos gestern richtig verstanden hatte, hatten die Maya den Cenotes manchmal lebendige Menschen und Tiere geopfert, um den Gott des Regens und Wassers friedlich zu stimmen.

Ohne ein Wort zu sagen, stellten Sandra und ich uns an den hinteren Rand der Plattform, wo wir den Männern auf keinen Fall im Weg waren. Sandra hatte ihr

Handy in Position gebracht, doch ich sah, dass sie den Kamerabutton gar nicht aktiviert hatte; wahrscheinlich hatte sie es vor Nervosität vergessen. Ihre Hand zitterte leicht.

Bevor Till seine Maske überzog, drehte er sich noch einmal zu uns um. »Ihr wartet hier auf uns, ja?«

Wir nickten nur.

»Kann aber ein Weilchen dauern, bis wir zurück sind… Wir haben Luft für drei Stunden. Pass gut auf Vicky auf, ja, Schatz?«

Sandra nickte erneut und flüsterte kaum hörbar: »Pass du gut auf dich auf.«

Beklommen nahm ich ihre Hand. Sie fühlte sich kalt und feucht an. Auch mir lief ein dicker Schweißtropfen den Nacken hinunter, und die Stellen hinter meinen Ohren kitzelten, als würde jemand mit einer Feder darüberstreichen. Ich musste tief durchatmen, um mich nicht daran zu kratzen, und sobald Till und die anderen ins Wasser glitten und sich die Mundstücke zwischen die Lippen schoben, wummerte mein Herz stolpernd gegen mein Brustbein.

Das Letzte, was wir sahen, war Tills Hand, die für uns das Okay-Zeichen formte, dann hatte die Cenote die Taucher verschluckt. Wir nahmen ihre Silhouetten noch wahr, doch sie wirkten nicht mehr wie vertraute

Menschen auf mich, sondern als habe die andere Welt sie direkt vor uns in andere Wesen verwandelt, weil sie aufgehört hatten, frische Luft zu atmen. Die Männer gehörten jetzt zu ihr, und die Cenote konnte mit ihnen machen, was sie wollte. Trotzdem fürchtete ich mich nicht. Noch immer wollte ich zusammen mit ihnen nach unten gleiten und mir dann meinen eigenen Weg zum Meer bahnen, wobei ich sie hinter mir lassen würde, weil ich viel schneller und geschmeidiger als sie schwamm und tauchte, ohne meine Ausrüstung … und ich …

»Sie sind weg.« Sandras Stimme ließ mich zusammenzucken, und meine Tagtraumbilder lösten sich auf. »Schau doch, die Wasseroberfläche der Cenote liegt wieder still da. Als wären Till und die anderen nie hier gewesen.« Seufzend legte sie die flache Hand auf ihre Brust und biss sich auf die Unterlippe.

Stumm trat Carlos zu uns und schaute wie wir aufs Wasser, das unter den überhängenden Kalksteinfelsen gegenüber der Plattform in einem satten, tiefen Petrol schimmerte; ein starker Kontrast zu den hellgrünen Pflanzen, die sich direkt oberhalb des Wasserspiegels am Kalkstein ausgebreitet hatten. Fledermäuse waren so früh am Tag nicht zu sehen, ich roch nur ab und zu ihren Kot.

Durstig trank Sandra aus ihrer Wasserflasche, wobei das Plastik laut knackte und sein Echo einige winzige Vögel aufscheuchte, die spiralförmig nach oben flatterten und wie von Geisterhand gelenkt über uns im Regenwald verschwanden. Sie hatten keinen einzigen Laut von sich gegeben. Stattdessen ertönte weit über uns ein lang gezogener, melodischer Schrei, der mich zusammenzucken ließ – denn er klang sehnsüchtig und fordernd zugleich. Auch Sandra schreckte auf.

»Madre de dios…«, raunte Carlos und zeigte auf die Mitte der Cenote, wo eine lange, grünblaue Feder wie aus dem Nichts dem Wasser entgegentrudelte und sich dabei mehrfach um sich selbst drehte, um schließlich exakt dort liegen zu blieben, wo die Männer eben abgetaucht waren. Fassungslos schüttelte Carlos den Kopf und trat näher, um sich die Feder genauer anzusehen. Niemals konnten sie von jenen Vögeln stammen, die Sandra eben aufgescheucht hatte. Dazu waren sie viel zu klein gewesen. »Quetzal… Si, Quetzal.« Carlos legte sich auf den Bauch und streckte den rechten Arm lang aus, um nach der Feder zu greifen, doch sie war zu weit weg; er konnte sie nicht einmal mit den Fingerspitzen berühren. Träge drehte sie sich auf dem Wasser nach links und rechts, obwohl es weder Wind noch Wellen gab. Aber womöglich unsichtbare Strömungen oder gar verborgene Strudel?

»Quetzal?«, wisperte Sandra. »Hat Till gestern nicht gesagt, das sei der heilige Vogel der Maya gewesen und fast ausgestorben?«

Ja, und wenn er eine seiner langen, smaragdgrünen Schwanzfedern fallen ließ, bedeutete dies im Glauben der Ureinwohner, dass bald zwei Welten zusammenfinden würden, die lange voneinander getrennt gewesen waren, und alle Wesen, die in der verkehrten Welt gefangen gewesen waren, endlich zurück in ihre ersehnte Freiheit gelangten. Doch ich kam nicht mehr dazu, ihr zu antworten. Innerhalb von Sekundenbruchteilen zersprang die eben noch so glatte Oberfläche der Cenote in Abertausend winzige Wellen, durchsetzt von sprudelnden Luftbläschen, und ich glaubte, unter Wasser einen erstickten Schrei zu hören. Dann schoss eine schwarze Hand aus dem See und verschwand wieder, als habe sie uns um Hilfe bitten wollen, wobei sich ein kleiner Trichter bildete, der die Feder des Quetzal hinab in die Tiefe zog.

»Till!«, schrie Sandra gellend. »O Gott, das muss Till gewesen sein… Irgendwas stimmt nicht. Mach doch was, Carlos, bitte!«

Ich wusste nicht, ob es Tills Hand gewesen war oder

eine der anderen Männer, aber die Situation war eindeutig. Die Taucher waren in Not, etwas lief nicht wie geplant, und ich musste zu ihnen und sie retten, sofort... Doch es gelang mir nicht, von der Plattform zu springen. Carlos hatte sich rechtzeitig gegen mich gestemmt und mich in Sandras geöffnete Arme gestupst, um selbst ins Wasser zu hechten. Er hatte die Stelle, an der die Hand nach oben geschossen war, noch nicht erreicht, als um ihn herum drei Köpfe auftauchten. Sie lebten noch... Fast gleichzeitig rissen die Taucher sich ihre Masken vom Gesicht und spuckten die Mundstücke aus, um nach Luft zu ringen und sich hektisch umzuschauen.

»Are you okay, Till?« Jack schloss zu ihm auf und stützte ihn einhändig.

Till nickte, doch sein Gesicht war kalkweiß und seine Augen schreckgeweitet. In Windeseile schwammen die drei samt Ausrüstung zum Steg und zogen sich an der dort verankerten Leiter hoch, gefolgt von Carlos, dessen Klamotten pitschnass an seinem Körper klebten.

»O Gott, Till... Mir ist fast das Herz stehen geblieben!« Endlich ließ Sandra mich los und stürzte zu ihm. An seiner linken Wade war das Neopren zerrissen, und hellrotes Blut sickerte durch die Löcher. Er war verwundet!

»Keine Panik, alles halb so wild. Ich bin okay, ist nur ein Kratzer.« Keuchend befreite Till sich von den schweren Gasflaschen und seinem Gürtel und öffnete den Reißverschluss seines Anzugs. »Heilige Scheiße, was war das denn!?«

Schnell trat Carlos zu ihm, um ihm Sandras Wasserflasche an die Lippen zu halten, damit er daraus trinken konnte, während Sandra den Anzug vorsichtig über seine Hüften und die Beine zog. Darunter trug er seine knallbunten Badeshorts, die in all dem Schrecken irgendwie unpassend fröhlich wirkten. »War das etwa wieder ein herabstürzender Felsen?« Sandras Stimme zitterte, doch sie hörte sich an, als sei sie wieder bei Verstand. »Falls ja, dann suchst du dir entweder sofort einen ungefährlichen Bürojob oder eine andere Frau, das schwöre ich dir! Denn ich mach das nicht mehr länger mit!«

»Nein, kein Felsen.« Jack und Michel saßen wie erschlagen neben Till auf der Plattform, als versuchten sie zu verstehen, was gerade mit ihnen geschehen war. »Did you see it?«, fragte Till in ihre Richtung, doch sie schüttelten beide nur stumm den Kopf.

»Any pictures?«

Ein zweites Mal verneinten sie wortlos.

»Wovon? Was meint ihr mit ›it‹?« Sandra nahm

72

Carlos die Flasche aus der Hand und versuchte, Tills Wunde auszuspülen. »Willst du mir nicht endlich erzählen, was los war? – Nein, stopp.« Sandra verschloss die Flasche wieder. »Wir müssen zuerst zum Camp gehen, das muss sofort desinfiziert werden. Kannst du laufen?«

»Ja, kein Problem. Wie gesagt, es ist nur ein … Es ist nichts.« Noch immer war Till weiß wie die Wand, doch es gelang ihm, sich aus eigener Kraft aufzurichten und probeweise ein paar humpelnde Schritte zu machen. Bei jeder Bewegung rann Blut aus seiner Wunde und hinterließ glitzernde, rubinrote Spuren auf den feuchten Planken der Plattform.

»Ich helfe dir, mein Freund. Alors …« Michels starker französischer Akzent, über den sich alle regelmäßig amüsierten – auch Jack, Antonio und Carlos, obwohl sie nicht alles von seinem Deutsch verstanden –, löste die Spannung ein wenig. »On y va.«

Sandra und ich ließen den Männern den Vortritt. Je schneller Michel, der eine Ausbildung als Sanitäter hatte, Till verarzten konnte, desto besser. Erst nachdem die Taucher und Carlos die ersten Meter des Pfades bewältigt hatten, konnten wir daran denken, ihnen zu folgen. Selbst jetzt fiel es mir schwer, das Ufer der Cenote zu verlassen, und ich schaute mich mehrmals um, um zu überprüfen, ob die Feder des Quetzal wieder aufgetaucht war. Doch die Tiefe wollte sie nicht freigeben. Still dankte ich der Cenote, dass sie mir Till nicht genommen hatte, und fühlte gleichzeitig kalte Wut in mir aufsteigen. Till und ich hatten heute Abend zusammen in der Cenote schwimmen wollen, friedlich und ruhig. Vor lauter Vorfreude hatte ich heute Nacht kaum ein Auge zubekommen. Doch jetzt hatte sie sich uns auf eine Art und Weise gezeigt, wie ich es niemals von meinem Paradies vermutet hätte. Tills Unkenrufe hatten sich bewahrheitet, offenbar lauerten dort unten ernsthafte Gefahren, und ich konnte mir ausmalen, was das für mich bedeutete. Wahrscheinlich hatte ich sie zum letzten Mal gesehen. Ach, wahrscheinlich würde ich nie wieder eine Cenote zu Gesicht bekommen. Mein Traum war wie eine Seifenblase zerplatzt, bevor er hatte wahr werden können.

»Nicht mehr weinen, cherie. Alles wird gut«, versuchte Michel mich in seinem sanften Singsang zu beruhigen, als Sandra und ich zu dem Esstisch unter der Plane traten, auf dem Till bereits mit aufgestützten Händen saß, um sein Bein untersuchen zu lassen.

»Ich weine fast immer, das hat nichts zu bedeuten«, erwiderte ich bedrückt und ging in die Hocke, damit ich die Verletzung besser betrachten konnte, ohne

Michel bei seiner Arbeit zu stören. Nein, die blutende Wunde sah wirklich nicht aus, als sei Till von einem herabfallenden Felsbrocken gestreift worden, sondern vielmehr, als habe etwas mutwillig sein Bein gepackt und den dicken Neoprenstoff zerrissen, mit... mit seinen Zähnen? Waren das etwa Einkerbungen von spitzen Zähnen in seiner Wade?

Till gab einen zischenden Laut von sich und spannte sämtliche Bauchmuskeln an, als Michel die Wunde mit einer scharf riechenden Lösung reinigte. »Muss sein, mein Freund«, murmelte der, als er die Prozedur wiederholte. »Wissen nicht, was es war. Deshalb auch das hier...« Er griff in seinen Koffer und zückte eine Spritze. »Breitband-Antibiotikum, zur Sicherheit. Her mit deinem Hintern.«

»Okay, ich bin raus...«, verkündete ich, und Michel lachte leise. »Das muss ich mir nicht anschauen.« Mit wackeligen Knien entfernte ich mich aus der Küchenhütte, lief ein paar Meter in Richtung der Zelte und setzte mich mit den Rücken zu den Männern auf einen Felsbrocken, um ungestört zu verarbeiten, was Michel eben angedeutet hatte. *Wissen nicht, was es war. Es...* Also ein Tier? War Till etwa von einem Tier attackiert worden? Ich hatte bisher nur harmlose, bunte Fische in der Cenote herumschwirren gesehen, und weiter unten gab es kaum noch Nährstoffe. Die Tiere, die dort lebten, waren winzig, farblos und blind. Niemals waren sie in der Lage, einen Menschen zu verletzen. Es sei denn… es sei denn, die Höhle war ganz anders beschaffen, als die Männer bislang angenommen hatten. Oder…

»Vicky? Wir sind fertig, kommst du bitte wieder zu uns? Wir müssen etwas besprechen.« Till klang bereits wesentlich ruhiger als eben noch, und ich wusste, dass ihn nichts so leicht schrecken konnte. Er spielte mir das nicht vor.

Seufzend erhob ich mich und schlenderte betont lässig zu den anderen zurück, damit Sandra und Till nicht merkten, wie wabbelig sich meine Knie immer noch anfühlten. Wahrscheinlich sah ich trotzdem aus wie ein betrunkener Seemann. Die Taucher wirkten gefasst, Jack und Michel scherzten sogar schon wieder miteinander. Alles in allem kamen sie mir vor wie Jungs, die gerade eine riskante Mutprobe überstanden hatten und mächtig stolz darauf waren. Ein weißer Verband zierte Tills Bein, und er hatte sich ein grellgrünes Shirt über den nackten Oberkörper gezogen. Auch Jack und Michel trugen wieder ihre üblichen Shirts und Tanktops zu ihren Badeshorts. Nur Carlos hatte es vorgezogen, seine nassen Sachen anzubehalten und an der warmen Luft trocknen zu lassen. Ich konnte sogar kleine Dunstwolken von seinem Rücken aufsteigen sehen. Antonio war ebenfalls wieder zu den Männern gestoßen und stand breitbeinig und mit verschränkten Armen in der Ecke, im Mundwinkel eine seiner Zigarillos, die er ständig rauchte. Sein Gesicht zeigte kaum Regung, er wirkte weder erschrocken noch besorgt. Allerdings musterte er die anderen unentwegt, als wäre er ihr Anführer und würde keine Rebellion ihrerseits dulden. Sandra hingegen wirkte immer noch angespannt und nestelte nervös an ihrer Sonnenbrille herum, ohne Tills verbundene Wade aus den Augen zu lassen.

»Was ist denn?«, fragte ich matt, nachdem ich mich neben Sandra an die hintere Wand der Hütte gelehnt hatte. Till schien uns etwas verkünden zu wollen. Doch er begann erst nach einem stummen Blickaustausch mit Carlos und einem knappen beiderseitigen Nicken zu sprechen.

»Ihr habt meine Verletzung gesehen, ich bin für heute außer Gefecht gesetzt«, begann er und übersetzte seine Worte anschließend sofort wieder ins Englische. »Aber wir müssen herausfinden, was da gerade unter Wasser passiert ist – und haben möglicherweise eine große Entdeckung vor uns.«

Sandra holte zischend Luft, sagte aber nichts. Auch ich gab keinen Mucks von mir.

»Wie es aussieht, bin ich gebissen worden. Wahrscheinlich von einem größeren Fisch. Was das für ein Fisch war, wissen wir nicht. Niemand von uns konnte ihn sehen, weil die Sicht schlecht war. Aufgewirbelte Sedimente. Aber er hat es geschafft, meinen Anzug zu zerreißen und mein Bein zu packen, also... ist es wohl keine Sardine gewesen. Theoretisch könnte es auch eine größere, aggressive Schildkrötenart oder ein Krokodil gewesen sein...«

Sandra schnappte erneut nach Luft.

»Aber wir haben im Uferbereich bisher weder das eine noch das andere gesichtet. Möglicherweise lebt in dieser Cenote eine Fischart, die bisher unentdeckt geblieben ist und in den anderen Cenotes nicht vorkommt. Das wäre eine echte Sensation. Deshalb wird Carlos heute Nachmittag noch einmal einen Tauchgang wagen. Onkel Till muss leider draußen bleiben.« Er zuckte mit den Schultern und zeigte uns einen bedauernswerten Hundeblick, woraufhin die anderen Männer breit zu grinsen anfingen. Nur Sandra wirkte, als würde ihr gleich schlecht werden.

»Ihr brecht also nicht ab?«, vergewisserte sie sich ungläubig.

Verwundert starrten die Männer Sandra an. »Nein, natürlich nicht…«, antwortete Till langsam, als hätte sie etwas besonders Blödes gefragt. »Nur ich kann erst einmal nicht mehr runter. Morgen vielleicht, aber heute nicht mehr.«

»Danke, ich habe genug gehört.« In aller Ruhe nahm Sandra meine Hand und zog mich aus der Hütte, wobei ich die fragenden Blicke von Till und den anderen auf meinem Rücken spüren konnte. Sie starrten uns hinterher.

»War das etwa eine Szene?« Sandra hatte meine Hand losgelassen und stapfte mir voraus zum Banjo, wo das Camp endete und nur noch der kleine Hubschrauberlandeplatz auf uns wartete, beschienen von der grellen, heißen Mittagssonne. »Das war es, oder? O nein. Ich war zickig und hab ihm eine Szene gemacht«, beantwortete sie ihre Frage selbst und hockte sich im Schatten des Banjo-Daches auf den Boden. »Genau das, was ich nie wollte. So eine Freundin will ich nicht sein. Aber ich hab gedacht, er kommt da nie wieder raus… und dass die Cenote zu seinem Grab wird. Ihn hat etwas gebissen, etwas Großes!« Sandra malte mit den Händen die Umrisse eines wild gezackten Wesens in die Luft. »Und wie reagieren die alle darauf? Sie wollen gleich wieder da rein. Finde nur ich das restlos bescheuert?«

Ich wusste nicht, was ich erwidern sollte, denn meine größte Angst war es nach wie vor, dass Sandra unsere Rucksäcke packen und einen der Männer darum bitten würde, uns zurück zum Parkplatz zu bringen und ein Taxi zu bestellen. Till konnte diese Strecke durch das Dickicht heute bestimmt nicht ohne Schmerzen zurücklegen.

»Was soll ich denn jetzt machen? Ich wollte euch beide heute Abend da unten schwimmen lassen, vielleicht sogar selbst hineingehen, und morgen mit dir zurück ins Hotel fahren. Aber jetzt wollen die Ritter ihren Drachen erlegen. Nachdem er einen von ihnen gebissen hat…«

»Willst du gar nicht wissen, was das für ein Tier ist?«

»Doch, natürlich.« Sandra lehnte ihren Kopf mit geschlossenen Augen gegen die Wand. »Aber ich würde mir das Ganze gerne in Form einer Doku anschauen. Zu Hause vor dem Fernseher. Wenigstens ist Till für heute in Sicherheit…«

Ja, das zu wissen, war auch für mich eine Erleichterung. »Ich finde es seltsam, dass Carlos sich in die Cenote traut«, sprach ich aus, was mich ununterbrochen beschäftigte, seitdem ich davon erfahren hatte. »Er wirkt auf mich gar nicht so abenteuerlustig.«

»Genau deshalb mag ich ihn.« Sandra schenkte mir

zum ersten Mal wieder ein blasses Lächeln. »Er redet nicht viel, ist freundlich und rücksichtsvoll und lässt sich durch nichts aus der Ruhe bringen. Solange er hier ist, hab ich Hoffnung… Vielleicht bringt er die anderen zur Vernunft.« Sanft drückte sie ihren Ellenbogen gegen meinen. »Und was ist mit dir? Hierbleiben oder zurück ins Hotel fahren?«

»Hierbleiben.«

»Ach, Vicky… Muss ich das jetzt echt aussprechen?«

»Was? Dass ich nicht in der Cenote schwimmen darf? Das weiß ich doch längst…«

»Nicht nur das. Ich lasse dich da überhaupt nicht mehr runter. Geistesgestörte Schildkröten und blutrünstige Alligatoren können sich auch an Land fortbewegen. Die Cenote gibt es für dich von nun an nur noch aus der Ferne. Und wenn dein Onkel wirklich so bescheuert ist, dass er morgen wieder tauchen will, muss ich mir etwas einfallen lassen.«

Ich schluckte schwer. »Dann bleiben wir also noch bis morgen?« *Nur noch bis morgen? Und dann reisen wir doch ab?*

»Ja, klar. Ich will Till nicht mit dieser Verletzung allein lassen, und aus der Ferne kann ich ihm nichts verbieten. Ich weiß, kann ich sowieso nicht«, lenkte sie etwas leiser ein. »Aber solange ich hier bin, habe ich

81

wenigstens ein vages Gefühl von Kontrolle. Und du bewegst dich ab sofort keinen Meter mehr von uns weg.«

Das könnt ihr nicht machen, dachte ich verzweifelt, während meine Tränen zu fließen begannen und mein Gesicht nicht mehr kühlten, sondern die Haut reizten, als würden sie Zitronensaft enthalten. *Ich verstehe, warum ihr das tun wollt, aber ich schaffe das nicht ... Es geht nicht. Ich kann nicht den Rest der Zeit hier oben in dem langweiligen Camp verbringen, ich muss zurück zur Cenote ... wenigstens in ihr Wasser schauen ...*

»Ich meine das ernst, Vicky.« Vergeblich versuchte Sandra mir in die Augen zu sehen. »Ich kann das nicht verantworten; nicht, solange niemand weiß, was da unten so scharf auf Menschenfleisch ist. Hast du denn gar keine Angst davor?«

Ich hatte Angst um Till, ja. Ich wollte ihn ebenso wenig verlieren wie Sandra. Aber ich hatte keine Angst um mich. Irgendwie ließ mich diese fixe Idee nicht los, dass das Tier lediglich auf die Flossen und die schwarzen Taucheranzüge reagiert hatte; so wie Haie in Wahrheit gar nicht die Surfer angriffen, sondern die Surfbretter, weil sie sie für Robben hielten. Das Ganze musste ein Missverständnis gewesen sein, mehr nicht. Ich war sicher, dass mir nichts geschehen würde, wenn ich im Bikini in der Cenote schwimmen würde. Aber das konnte ich unmöglich laut aussprechen. Ich durfte jetzt Sandra und Till gegenüber nicht den winzigsten Verdacht erwecken, dass ich einen Alleingang wagen würde – nachts, wenn alle tief und fest schliefen und niemand mich dort unten sah. Denn das würde ich tun, meine Entscheidung stand längst fest. Ich würde nicht in der Cenote schwimmen; lebensmüde war ich nicht. Aber ich musste sie besuchen, an ihrem Wasser sitzen, sie riechen und hören und mir von ihren Geheimnissen erzählen lassen. Vor allem aber wollte ich sie bitten, Till am Leben zu lassen. So verrückt das auch sein mochte.

»Doch, ich habe Angst«, sagte ich nach einer langen Schweigepause und rieb trotz der Wärme fröstelnd über meine nackten Unterschenkel.

Angst, dass ich die Cenote nie wieder sehen würde – und nie wieder spürte, wie sie nach mir rief; nachts, wenn der Mond schien und der gesamte Regenwald sich in ein uraltes Märchen verwandelte. Ich musste hierbleiben.

Mein altes Leben war nur noch ein blasser Traum, der nie eine echte Bedeutung für mich gehabt hatte. Doch das, was mich rief, war echt.

Ich konnte es nicht erwarten, ihm zu begegnen.

WEDER FISCH
NOCH FLEISCH

Noch einmal wälzte ich mich lautstark hin und her, bis ich mit dem Gesicht zum Luftbett von Till und Sandra liegen blieb, und lauschte konzentriert. Als ich mich das letzte Mal umgedreht hatte, hatte Sandra sofort reagiert; ich hatte es am Stocken ihres Atems erkannt und auch an der angespannten Stille, die anschließend folgte. Doch jetzt schien auch sie in den Tiefschlaf übergeglitten zu sein. Langsam öffnete ich meine Augen und wartete darauf, dass sie sich an die Dunkelheit gewöhnten, sodass ich die beiden betrachten konnte. Trotz der Schwüle im Zelt, hatte Sandra sich mit dem Rücken an Tills Brust gekuschelt, und sein linker Arm umfasste ihre Taille. Sie sahen aus wie ein frisch verliebtes Paar, obwohl sie sich in den späten Abendstunden hitzig gestritten hatten; abseits, im

Banjo, wo sie dachten, dass sie niemand hörte. Doch ich hatte jedes Wort mitbekommen.

Sandra wollte, dass Till die Expedition abbrach, und warf ihm vor, dass er ihr verschwiegen hatte, wie gefährlich die Umgebung der Cenotes in Wirklichkeit sei. Von Krokodilen habe er bisher nämlich kein Sterbenswörtchen gesagt – und nun hätte eines versucht, sein Bein abzureißen, und Carlos hätte es wenige Stunden später ebenfalls um ein Haar erwischt. Tills Beteuerungen, dass dieses Tier aller Wahrscheinlichkeit nach kein Krokodil wäre und auch Haie da unten nicht leben könnten, machten es nicht besser. Denn noch immer wussten die Männer nicht, um was für ein Wesen es sich bei dem Angreifer aus der Tiefe handelte. Doch inzwischen zweifelte niemand mehr daran, dass es menschliche Eindringlinge nicht mochte. Deshalb hatten die Männer sich auch darauf geeinigt, dass Carlos sich erst einmal allein und ohne Sauerstofftanks in die Cenote wagte. Als Apnoetaucher war er fähig, minutenlang zu tauchen, ohne Luft holen zu müssen. Ganz langsam und behutsam war er ins Wasser gestiegen, nur mit Schnorchel und einer großen, einzelnen Flosse, die es ihm ermöglichte, sich wie ein Fisch zu bewegen. Mehrere Minuten lang dümpelte er bäuchlings in der Mitte der Cenote, ohne dass irgendetwas passierte;

Sandra und ich beobachteten ihn von der Böschung aus, während die Männer ihn von der Plattform aus im Auge behielten.

Schließlich wagte er es, einige Meter abzutauchen, während Till, Jack und Michel raunend Vermutungen austauschten, was jetzt wohl geschehen würde; ein ständiges, tiefes Gemurmel, das in Wellen zu uns nach oben drang. Doch es geschah das Gleiche wie am Vormittag, nur nicht so spektakulär. Plötzlich wurde das Wasser unruhig, und Blasen stiegen auf, Carlos schoss an die Oberfläche und kraulte im Eiltempo zur Plattform, wo die Männer ihn sekundenschnell nach oben zogen. Weder war sein kurzer Taucheranzug zerrissen, noch hatte er blutende Bisswunden davongetragen. Doch er berichtete stockend, aber gefasst von einem großen, dunklen Schatten, der mit einem Mal aus jener Schicht, in der die Sedimente die Sicht trübten, zu ihm nach oben geschossen war. Er habe nicht erkennen können, ob es ein Fisch, eine Schildkröte oder ein Krokodil war – oder etwas ganz anderes. Aber es war ungefähr so groß wie ein erwachsener Mann, und er sei sein Ziel gewesen. Das war für ihn sicher, und niemand stellte seinen Bericht infrage.

»Wir brauchen Verstärkung. Und wir müssen es fangen«, lautete der letzte Beschluss des Abends, nach einer weiteren langen Besprechung, von der ich nur die Hälfte verstanden hatte, weil Till meistens durchweg englisch oder spanisch mit seinen Kollegen gesprochen hatte. Doch die Männer waren sich einig, dass sie das Tier weder töten noch verletzen wollten – denn wenn es sich um eine Art handelte, die bisher unentdeckt geblieben war, musste das Wesen auf jeden Fall lebendig und unversehrt gefasst werden.

Schon am nächsten Morgen sollte ein großes Netz angeliefert werden, samt Harpunen, die mit Betäubungsmitteln bestückt waren. Außerdem hatte Carlos fast den gesamten Abend über mit Kollegen gechattet und Mutmaßungen ausgetauscht, um welches Tier es sich bei dem Wesen handeln könnte. Sie schlossen nicht aus, dass es möglicherweise eine urzeitliche Kreatur war, die sich an die ungewöhnlichen Lebensbedingungen im Höhlensystem angepasst hatte und sich nun von den Bewegungen der seltsamen dunklen Gestalten an der Wasseroberfläche massiv bedroht fühlte.

Nachdem Till verkündet hatte, am nächsten Morgen wieder an weiteren Tauchgängen teilnehmen zu wollen, hatte Sandra unsere Runde wortlos verlassen. Nur wenige Minuten später war Till ihr gefolgt, und die beiden hatten am Banjo miteinander zu diskutieren begonnen, während ich mich ins Zelt zurückzog.

Doch ihr Streit dauerte trotz seiner Heftigkeit nicht lange. Till versprach Sandra, so vorsichtig wie möglich zu sein und auf keinen Fall unnötige Risiken einzugehen; außerdem hatten die Taucher vor, das Wesen erst einmal mit einer Attrappe anzulocken und ihm dann das Netz überzustülpen. Niemand war scharf darauf, von ihm angegriffen zu werden. Doch um es zu fangen, mussten sie sich nun mal in die Cenote begeben. Trotzdem würden sie es erst von einem kleinen Floß aus versuchen, das morgen ebenfalls herbeigeschafft und an der Plattform befestigt werden sollte. Ich bezweifelte, dass diese Taktik funktionieren würde. Offenbar griff das Tier ja erst ab einer gewissen Tiefe an – und stellte damit die gesamte Expedition infrage. Die Taucher hatten es nicht einmal bis zum Grund der Cenote geschafft, geschweige denn das Höhlensystem und seinen Zugang zum Meer erkunden können. Und das war ihr Auftrag, wie Antonio beim Abendessen mehrfach betont hatte. Die Cenote musste erforscht werden, was auch immer dafür nötig war. Und wenn das Team dabei Schlagzeilen machte – umso besser.

»Von so etwas träumt unsereiner sein Leben lang…«, hatte Till Sandra zu erklären versucht, was ihn antrieb. Darum konnte er auf keinen Fall abbrechen und nach Hause fahren. »Es geht in meinem Beruf im Kern darum, etwas zu entdecken, was Rätsel aufwirft und niemand je zuvor gesehen hat. Antonio hat recht, diese Schlagzeilen könnten unser Team und die Cenote weltberühmt machen! Außerdem habe ich mich nun mal zu dieser Expedition verpflichtet, ich habe einen Vertrag unterschrieben, und von einem Teil des Vorschusses haben wir das Hotel und die Flüge bezahlt. Ich kann und will mich nicht verpissen. Die Jungs brauchen mich. Und ich will wissen, was da unten lebt.«

Das wollte ich auch – aber noch mehr wollte ich, dass dieses Etwas verschwand. Konnte es nicht hinaus ins offene Meer schwimmen und dort sein Unwesen treiben? Warum hatte es sich ausgerechnet jene Cenote als sein Zuhause ausgesucht, in die ich mich vom ersten Augenblick an unsterblich verliebt hatte? Ich fühlte mich tatsächlich unsterblich, wenn ich an sie dachte. Als könnte mir nichts Böses widerfahren, solange ich in ihrer Nähe blieb. Umso mehr wünschte ich mir, dass der Störenfried verschwand und mir ihre nachtblauen Tiefen überließ. Denn jetzt hatte es auch Carlos angegriffen, obwohl er sich bei seinem Tauchgang ganz behutsam und umsichtig bewegt hatte.

Till war der gleichen Meinung wie Sandra. Ich hatte dort unten nichts mehr verloren, solange nicht klar war, was da hauste und ob es das einzige seiner Art war. Zumal niemand wissen konnte, ob es in unbeobachteten Momenten womöglich an Land ging und sich dort verbarg. Ich hatte quasi Hausarrest – und deshalb würde ich jetzt genau das machen, was alle Teenager taten, wenn man sie zu lange einsperrte: Ich würde mich heimlich davonstehlen und der Cenote einen Besuch abstatten; das fühlte sich ein bisschen an wie ein heimliches Treffen mit einem Freund. Beinahe musste ich wegen dieses Vergleichs kichern. Ich war noch nie verliebt gewesen; bisher war ich keinem Jungen begegnet, dem ich mein Herz geschenkt und der eine derartige Sehnsucht in mir ausgelöst hatte, wie die Cenote es tat. Aber das Gefühl war da, und es war stark – stärker als jedes andere. Ich musste sie besuchen, jetzt, bei Nacht, und ihrem Störenfried sagen, dass er verschwinden sollte.

Es war mir nicht schwergefallen, wach zu bleiben. Die Grillen, Zikaden, Frösche und Vögel sangen, zirpten und quakten seit Einbruch der Dunkelheit in einem fort, jedes Tierchen in seinem eigenen Rhythmus und seiner eigenen Tonart; ein unendliches, vielstimmiges Konzert, das uns von allen Seiten umgab und mir half, nicht einzudösen. Obwohl ich sicher war, dass Till und Sandra nun beide fest schliefen, wartete ich noch einige Minuten ab, in denen ich einen schwarzen, handtellergroßen Schatten beobachtete, der sich auf der Zeltplane abzeichnete und nur in jenen kurzen Momenten zu sehen war, wenn ein Wetterleuchten die Finsternis erhellte. Ich konnte nicht genau sagen, ob es eine Tarantel, ein Skorpion oder ein Gecko war, verspürte aber bei seinem Anblick nicht die geringste Furcht – fast so, als hätte dieses Tierchen nichts mit mir zu tun und sei nur eine Illusion aus einer Welt, die für mich bald keine Bedeutung mehr haben würde.

Sandra hätte wahrscheinlich fast den Verstand verloren, wenn sie diesen Schatten über sich erblickt hätte. Nachdem ich mich endlich in Zeitlupe von meiner Luftmatratze gerollt hatte, prüfte ich deshalb sicherheitshalber, ob das Moskitonetz, unter dem die beiden lagen, sich auch nicht gelöst hatte. Mein eigenes hatte ich schon längst zur Seite geschoben, ohne dass sich mir auch nur ein einziges Fluginsekt genähert hatte.

Jetzt kam der kniffligste Teil des Unternehmens: den Reißverschluss am Zelteingang zu öffnen, ohne dass er dabei zu viel Geräusche von sich gab. Sandra hatte darauf bestanden, ihn ganz zuzuziehen, weil sie sich vor ungebetenen Gästen fürchtete. Doch es ging leichter als erwartet; ich musste nicht einmal das Sonnenöl zu Hilfe nehmen, dass ich mir vorhin noch für den Fall bereitgelegt hatte, dass er klemmte. Genauso lautlos, wie ich ihn hatte öffnen können, schloss ich den Reißverschluss wieder, und blieb einige Sekunden lang ohne jede Regung auf dem blätterbedeckten Boden liegen. Im Zeltinneren blieb es still. Auch nachdem in der Ferne leises Donnergrollen ertönte – nicht drohend, sondern beinahe beruhigend; wie eine Bassstimme im nächtlichen Konzert der Tiere –, atmeten Till und Sandra gleichmäßig weiter.

Die ersten Meter robbte ich auf dem Bauch durch das Lager. Nur so konnte ich unbeobachtet bleiben, falls die Männer wach in ihren Zelten lagen und das Wetterleuchten blitzartig Licht in die Dunkelheit sendete. Immer wieder wisperte und raschelte es um mich herum, wenn ich mich über den trockenen, noch warmen Boden bewegte, und ab und zu glaubte ich, die Bewegungen von Schlangenleibern und kleinen Beinchen neben mir zu hören. Doch der Sog der Cenote war so stark, dass ich wahrscheinlich nicht einmal zusammengezuckt wäre, wenn eine Tarantel oder ein Skorpion über meine nackten Waden gekrabbelt wäre. Ich hätte sie nur ganz cool abgeschüttelt.

Sobald ich die Küchenhütte erreicht hatte, nutzte ich einen der Pfähle, um mich mit angehaltenem Atem aufzurichten. Es kam mir nach dem vielen Robben und Kriechen merkwürdig vor, auf meinen Füßen zu stehen, und kurz wurde mir so schwindelig, dass ich meine Augen schließen musste. Nach einem weiteren Blick nach hinten auf die Zelte wagte ich es, meine kleine Taschenlampe aus meinen Shorts zu ziehen, sie anzuschalten und ihren Lichtkegel vor mich zu richten. Till hatte sie mir für den Fall, dass ich nachts zum Banjo gehen musste, nach unserer Ankunft in die Hand gedrückt. Ich fand den kleinen Trampelpfad zum Abgrund sofort und sah den Weg nach unten an die Plattform wie auf einer leuchtenden Karte vor mir. Wahrscheinlich hätte ich ihn blind laufen können. Trotzdem schaltete ich die Taschenlampe nicht aus, als ich barfuß das Camp verließ und wie ein Geist zur Abbruchkante lief. In dem Moment, in dem ich mich vorbeugte und nach unten schaute, zuckte erneut ein Blitz über den Dschungel und beleuchtete für einen Sekundenbruchteil die schwarze, glatte Oberfläche der Cenote. Sofort schlug mein Herz höher, und ein sehnsüchtiges Seufzen kam über meine Lippen, das sich beinahe anhörte wie ein Blubbern.

Plötzlich erschien mir das Camp kilometerweit entfernt zu sein. Till und Sandra und die Männer spielten ab jetzt keine Rolle mehr, nicht für mich und für mein Leben – und auch nicht für das, was in dieser Nacht noch geschehen würde. Mit schlafwandlerischer Sicherheit bewältigte ich den steilen Abstieg, ohne mich ein einziges Mal an einem der Seile festhalten zu müssen. Meine nackten Füße spürte ich kaum mehr, und doch brachten sie mich zuverlässig nach unten und drohten nie zu rutschen oder zu straucheln. Als ich die Plattform erreicht hatte, versuchte ich meine Zehen zu spreizen, weil ich das Gefühl hatte, sie seien eingeschlafen, doch sie sperrten sich unwillig dagegen. Vermutlich waren meine Füße es einfach nicht gewohnt, barfuß zu laufen. Trotzdem genoss ich dieses freie, unbeschwerte Gefühl, das meine Beine durchströmte, und atmete erlöst auf, als ich mich auf den glatten Holzplanken niederließ, die Waden rechts zur Seite angewinkelt und mein Gewicht auf die linke Hand gestützt, sodass meine Haare lang herunterfielen und mit ihren lockigen Spitzen meine Finger streiften.

Verzückt lauschte ich dem zarten Flattern der Fledermäuse, die über meinem Kopf emsig hin und her schwirrten, ohne dass ich sie dabei sehen konnte. Das Wasser roch süß und herb zugleich, und ich konnte nicht anders, als mich vorzubeugen und mit der Hand hineinzugreifen, wobei mir ein leiser Freudenjauchzer entfuhr, denn es fühlte sich an wie kühle, flüssige Seide. Instinktiv fuhr ich mir mit der nassen Hand über mein erhitztes Gesicht und leckte dabei gierig ein paar kühle

Tropfen von meinen Fingern. Ja, ich war durstig. Beim langen Warten oben im Zelt hatte ich völlig vergessen zu trinken, und das Abendessen war würzig und scharf gewesen. Proviant hatte ich keinen mitgenommen. War das Wasser der Cenote denn für Menschen genießbar? Till hatte gestern nur von Mineralien gesprochen, aber nicht von schädlichen Substanzen oder gar Gift ... Und schließlich hatten die Maya sich damals ihr Trinkwasser aus den Cenotes geholt.

Wieder fuhr ich mit der Hand durch das kühle Nass, als es um mich herum plötzlich heller wurde und die Oberfläche der Cenote milchig zu leuchten begann. Verwundert legte ich den Kopf in den Nacken und schaute nach oben. Die Wolken hatten sich verzogen und dem zunehmenden Mond Platz gemacht, der nun seinen silbrigen Glanz über den Dschungel legte und mir das Gefühl schenkte, in einer verzauberten Märchenwelt gelandet zu sein. Nun sah ich die Fledermäuse über meinem Kopf, anstatt sie nur zu hören – und ich erkannte auch die Felsen und die Lianen und Wurzeln, wie sie glitzernd und funkelnd dem Wasser entgegenstrebten. Dort spiegelte sich der Mond so klar, als sei er in Wahrheit zweifach vorhanden. Einmal am Himmel und einmal in den Tiefen der Cenote.

Sein Licht ließ mich den letzten Rest von Vorsicht

oder gar Vernunft vergessen, und ich beugte mich noch weiter vor, um mir mit der hohlen Hand Wasser ins Gesicht und in den Mund zu schöpfen, bis mein Durst sich gelegt hatte und das Glühen meiner Wangen einem erfrischten Gefühl gewichen war. Seufzend richtete ich mich wieder auf und wagte es, einen Fuß von der Plattform baumeln zu lassen, die Zehen nur wenige Millimeter über dem Wasser. Schon lag es wieder ruhig und still da – eine trügerische Stille?

Sosehr mich die Ereignisse des Tages auch geschockt hatten – jetzt, in diesem Augenblick, konnte ich mir beim besten Willen nicht vorstellen, dass mir in dieser Cenote etwas Schreckliches oder gar Gefährliches widerfahren konnte. Nein, da war kein Krokodil, das irgendwo am Ufer auf mich lauerte, auch keine aggressive Schildkröte, die Hunger auf Menschenfleisch hatte. Ich hätte sie längst bemerkt, denn wacher als jetzt hatte ich mich nie gefühlt. Hier waren nur ich, die Fledermäuse und Nachtfalter und…

Mein Atem stockte, als ich die faustgroßen Wasserblasen aufsteigen sah, nur wenige Meter vor mir. Fast lautlos zerplatzten sie an der mondbeschienenen Oberfläche. Es war wieder da… Rasch zog ich meinen Fuß auf die Plattform und wich ein paar Zentimeter zurück, schaffte es aber nicht, aufzustehen und zu fliehen. Stattdessen ergriff mich wie aus dem Nichts ein heißer, brennender Zorn, vermischt mit nackter Panik. Doch mein Zorn war stärker.

»Verschwinde!«, zischte ich in die Dunkelheit hinein, ballte meine Hände zu Fäusten und erhob drohend die Rechte, was einen Raubfisch vermutlich kaum beeindrucken würde – aber mir gab es ein Gefühl von Stärke. »Lass uns in Frieden, und lass vor allem Till in Frieden, er hat dir nichts getan! Hau ab, wir wollen dich hier nicht! Ich will dich hier nicht, ich möchte die Cenote für mich allein haben, und ...«

Meine letzten Worte gingen in einem erstickten Keuchen unter, bevor meine Hand schlaff herabfiel und meine Augen sich weiteten. Ich wusste, dass das, was ich sah, nur Sekundenbruchteile dauerte, doch jede Einzelheit prägte sich mir fest ein, und ich konnte sie mir anschauen wie einen Film, der in ultralangsamer Geschwindigkeit abgespielt wurde: Die gewaltige, blauschwarz-silbrig glitzernde Fontäne, die das Wesen verursachte, während es aus dem Wasser schoss, sein wildes, gelocktes Haar, in dem sich Schlangen zu winden schienen, seine Faust, die im Schwung brutal nach unten schlug und dabei eine weitere Fontäne aufwirbelte, sein üppiger, scharf geschnittener Mund, seine schräg stehenden, tiefgrünen Augen, seine spitzen

Zähne, seine nackte Brust und sein Lachen … O Gott, er lachte mich aus und sah dabei so furcherregend aus, dass ich am ganzen Leib zu zittern begann. Doch eines hatten wir gemeinsam. Wir waren beide wütend, und als unsere Blicke sich begegneten, schrie ich vor Zorn leise auf – und gleichzeitig wollte ich wie er laut lachen und spürte eine wilde, ungestüme Freude, die ich weder verstehen noch kontrollieren konnte.

Noch einmal hieb die Kreatur ihre Faust ins Wasser, und dieses Mal wühlte sie es damit so stark auf, dass seine Wellen die Plattform überspülten und mich beinahe aus dem Gleichgewicht rissen. Dann hechtete sie kopfüber zurück in die Cenote. Das Letzte, was ich von ihr sah, war ein geschuppter, kräftiger Fischleib mit einer zweigeteilten, elegant geformten Schwanzflosse, die wie zum drohenden Gruß dumpf klatschend eine weitere Welle gegen die Holzpfähle schickte und schließlich ebenfalls verschwand.

Es dauerte nur wenige Augenblicke, bis das Wasser wieder still vor mir lag; dunkelblau und geheimnisvoll im Mondschein.

Schwer atmend presste ich die Hände auf mein Herz.

»Das kann nicht sein …«, hörte ich mich angstvoll wispern. »Das … nein … Nein!«

Was ich gesehen hatte, gab es nicht. Gut, ich wusste

schon, was ich gesehen hatte. Wir Menschen hatten unsere Bezeichnungen dafür. Aber das so war wie mit den Hexen und Zauberern in meinen Kinderbüchern. Man erkannte sie sofort, an ihren krummen Rücken und Besen und langen Bärten und lila Gewändern, weil wir sie uns nun einmal so vorstellten, aber gleichzeitig wusste man ab einem gewissen Alter: alles nur erfunden. Gibt es nicht wirklich.

Das galt auch für Meerjungfrauen. Oder... oder Meermänner? War es das gewesen, was ich gerade zu sehen geglaubt hatte – einen jungen Meermann?

»Scheiße«, flüsterte ich und schlang bibbernd die Arme um meine angezogenen Knie. »Was ist nur los mit mir?« Hatte ich eben meine erste waschechte Halluzination erlebt? Gab es da vielleicht irgendeine beginnende Geisteskrankheit, von der Till und Sandra mir nie erzählt hatten und die erst in der Pubertät ausbrach? Heulte ich deshalb so viel, waren das die ersten Anzeichen gewesen, und packten mich deshalb alle immer in Watte?

Oh, ich heulte auch jetzt, wie ein Schlosshund... Das Schluchzen schüttelte meinen gesamten Körper. Aber warum wollte ich dann immer noch lachen, warum fühlte ich mich gleichzeitig glücklicher denn je? Auch das kam mir ziemlich geisteskrank vor, und ich fand, dass das, was mich bisher im Leben geplagt hatte, schon dicke ausreichte. Schuppenflechte, komische offene Stellen hinter den Ohren, keine Freunde in meinem Alter, nicht nur nah am, sondern im Wasser gebaut...

»Im Wasser gebaut«, wiederholte ich meine eigenen Gedanken. Das, was ich eben gesehen hatte – oder geglaubt hatte, zu sehen –, war offenbar tatsächlich im Wasser gebaut worden. Ich hatte mir Meermänner zwar immer anders vorgestellt. Nicht so jung. Mit lockigen Bärten, einer goldenen Krone auf dem Kopf und hellhäutig. Seine Haut war dunkel gewesen, ein satter Olivton, und das Grün seiner Augen fast schwärzlich, und seine Haare... Rot? War das ein tiefes, bräunliches Rot gewesen? Hatten sich wirklich Wasserschlangen in ihnen gewunden, oder bestand das Haar aus Schlangen? O verdammt, wieso dachte ich überhaupt noch über eine Sache nach, die pure Einbildung gewesen sein musste... Ich musste diese Erscheinung vergessen, sofort.

»Ich habe viel zu wenig geschlafen, gegessen und getrunken«, versuchte ich mich in einem hektischen Selbstgespräch zur Ordnung zu rufen. »Es ist Nacht, der Mond scheint, ich bin im Dschungel, und es ist ein Fisch aus dem Wasser gesprungen, mehr nicht.« Mir entfuhr ein kieksendes Lachen. Ein Fisch in der Größe eines ausgewachsenen Mannes ... Halb Mensch, halb Wasserwesen. Das war es, was ich gesehen hatte, und nichts anderes. »Stopp«, zwang ich mich erneut zur Vernunft, stand mit butterweichen Knien auf und strich meine Haare streng zurück, um sie mit dem Gummi, das ich um mein Handgelenk trug, zu einem Knoten zu binden. Manchmal half mir das, klarer zu denken – zumindest so lange, bis das Gummi unter der Macht meiner Locken zerriss. »Wahrscheinlich habe ich kurz geträumt. Sekundenschlaf. Kann passieren. Und deshalb gehe ich jetzt zurück zum Camp, bevor es mir wieder passiert und ich den größten Ärger meines Lebens kriege ...«

Meine Füße sperrten sich unwillig, als ich der Cenote den Rücken zuwandte, um die Plattform zu verlassen und den Aufstieg nach oben in Angriff zu nehmen. Ich musste unbedingt etwas trinken, sauberes Wasser, aus Flaschen, nicht aus einem Dschungelteich. Und dann lange schlafen. Sonst würden Sandra und Till noch recht behalten, und diese Reise wurde zur echten Gefahr für mich – aber nicht wegen der Cenote oder irgendwelcher streitlustiger Wasserbewohner, sondern weil ich Fantasie und Realität nicht mehr voneinander unterscheiden konnte.

Jetzt sehnte ich mich nach dem sicheren Zelt, dem Moskitonetz und Tills Schnarchen, doch der Aufstieg wurde zur Tortur. Ich war so durcheinander, dass ich bei fast jeder Bewegung mit den nackten Füßen ins Rutschen geriet, und ein kribbelndes Gefühl in meinem Nacken verleitete mich ständig dazu, mich umzudrehen, um hinab zur Cenote zu schauen und dabei beinahe das Gleichgewicht zu verlieren. Doch jedes Mal lag das Wasser unberührt unter mir.

Als ich endlich das Camp erreicht hatte, zweifelte ich nicht mehr daran, auf der Plattform kurz in einen Sekundenschlaf gefallen zu sein und dabei lebhaft geträumt zu haben. Die Cenote war mystisch, ja, aber so mystisch nun doch wieder nicht, dass in ihr rothaarige Wassermänner hausten, die mir nachts ein spontanes Mondscheinballett vorführten.

»Vicky…?«, murmelte Sandra verschlafen, als ich mich durch den Zelteingang schob und den Reißverschluss wieder zuzog. »Alles okay?«

»Alles okay, war nur im Banjo und hab mich bisschen abgekühlt«, log ich und suchte im Dunkeln nach meiner Wasserflasche. Ich setzte sie erst ab, nachdem ich sie ausgetrunken hatte. Dann ließ ich mich leise auf die Luftmatratze sinken und starrte reglos in die Dunkelheit, bis das gleichmäßige Atmen von Sandra und

Tills sonores Schnarchen mich beruhigt hatten und meine Augen langsam zufielen.

Eine letzte Träne rann meine Schläfe hinab, bevor mir in jenem Moment, in dem der Schlaf mich packte, noch einmal die Augen des Meermannes begegneten und mich direkt anblickten, als würden sie alles von mir wissen. Mehr als ich selbst.

Ja, er wusste alles von mir.

Doch es gab ihn nicht.

Ich war wieder allein.

FISCHERS FRITZE

»Nachts sind alle Katzen grau …«

»Was!?«

Ich zuckte zusammen, weil mir Sandras Stimme unangenehm schrill zu klingen schien, obwohl ich wusste, dass sie das niemals war – einer der vielen Gründe, weshalb ich lieber Zeit mit ihr als mit meinen Klassenkameraden verbrachte. Doch mir kam heute die ganze Welt vor wie ein einziger, lästiger Lärm. Zu grell und bunt war sie für mein Empfinden ebenfalls. Vermutlich fühlten sich andere Menschen so, wenn sie zu viel getrunken und einen Kater hatten. Außerdem hatte ich überhaupt keine Lust, zu reden. Jedes Wort war eines zu viel und kostete mich Unmengen von Kraft. Trotzdem hatte ich diesen einen Gedanken, mit dem ich aufgewacht war und der mich nicht mehr loslassen wollte, gerade aussprechen müssen – ganz so, als würde er dadurch meine letzten Zweifel zerstreuen.

»Was hast du da eben gesagt?«

»Nachts sind alle Katzen grau«, wiederholte ich träge und unterdrückte ein Gähnen. »Stimmt doch, oder?«

»Jaaa, ich glaube schon. Die Dunkelheit hat keine Farben.« Verständnislos und ein wenig zweifelnd blickte Sandra mich an. »Und was hat das mit dem zu tun, was ich eben gesagt habe?«

»Du hast was gesagt?«

»Oh, Vicky...« Schnaufend gab Sandra mir einen Stups in die Seite. »Wo bist du heute nur wieder mit deinen Gedanken? Warum denkst du über graue Katzen nach?«

Ich dachte nicht über graue Katzen nach. Ich dachte über dunkelgrüne, blitzende Wasserwesenaugen nach, die es nicht geben durfte, nicht geben konnte... und doch hatte ich sie gesehen. Im Traum. Ja, im Traum! Denn nachts gab es keine Farben. Das war der finale Beweis. Es sei denn...

»Aber bei Mondlicht. Wie ist das, wenn der Mond scheint?«

Sandras Augen wurden noch größer. »Bitte?«

»Was ist dann mit den Katzen – sieht man ihre Farben bei Mondschein?«

»Nein, ich... ich glaube nicht. Mondschein ist ja eher silbrig, manchmal auch bläulich, aber es ist immer noch dunkel. Der Mond reflektiert das Licht der Sonne ja nur. Also... graue Katzen. Warum willst du das denn wissen?«

»Ach, einfach so«, schwindelte ich und trank ein paar Schlucke Wasser. Noch immer hatte ich unerträglichen Durst, und es gelang mir nur für wenige Minuten, ihn zu löschen. Allerdings war es heute brütend heiß, schon seit den Morgenstunden lagen die Temperaturen knapp über dreißig Grad. »Ging mir halt gerade durch den Kopf.«

»Aha.«

Ich ignorierte Sandras durchbohrende Blicke und versuchte, mir meine plötzliche Enttäuschung nicht anmerken zu lassen. Bei Mondschein gab es also auch keine Farben, vielleicht allenfalls ein schwaches Blau. Damit war die Sache wohl endgültig geklärt. Kein Tageslicht, keine grünen Augen und keine roten Haare. Kein Wesen, das halb Mensch, halb Fisch war... Wobei ich bei seinem Anblick nicht an einen Fisch hatte denken müssen. Trotzdem erinnerte ich mich an eine markante, zweigeteilte Flosse. Ja, da war eine Flosse gewesen... statt Beinen...

»Bitte sag, was los ist.« Erneut verpasste Sandra mir

einen Stups. »Ich werde hier sonst verrückt. Was geht in deinem Kopf vor sich?«

Ich wollte Sandra antworten, mit einer neuen Schwindelei, doch plötzlich fuhr ein heftiges Zittern durch meinen Körper, das mich von der Bank schnellen ließ, als hätte ich mit beiden Händen an eine offene Stromleitung gefasst. Unter pfeifendem Keuchen presste ich die Fäuste auf meine Brust. Kalt klebte mein dünnes Shirt auf meiner Haut. Mir war schlagartig der Schweiß ausgebrochen – aber nicht, weil mir heiß war, sondern weil ich das Gefühl hatte, mir würden die Lungen zerquetscht.

»Vicky, alles okay? Hey, was ist denn los mit dir, du bist ja auf einmal schneeweiß...« Sandra griff nach meinem Handgelenk, und nun war sie es, die zusammenzuckte. »...frierst du etwa?«

»Ich... ich habe...« Nein, das konnte ich ihr nicht sagen. Das war zu abgefahren, zu schräg. Niemand würde es verstehen. Mühsam holte ich Luft und kämpfte dabei gegen das überwältigende Engegefühl an, das mir gerade den Atem genommen hatte. Ich konnte Sandra nicht anvertrauen, was ich gerade so deutlich gespürt hatte, dass ich tatsächlich unter Schock stand. Ein Netz hatte sich um mich geschlungen und meine Kehle eingeschnürt... ausgeworfen von

Männern, die mich lieber tot als lebendig sehen wollten... unten in der Cenote. »Es geht schon wieder.« Auch das war gelogen. Zitternd drehte ich mich zu Sandra um, die ebenfalls aufgestanden war und noch immer mein eiskaltes Handgelenk umfasste. Sie hatte Angst, wie ich. »Ich halte das nur nicht aus, hier oben zu sitzen und nicht zu wissen, was gerade passiert«, stotterte ich. »Mir ist kalt, weil ich Angst habe. Ich mache mir Sorgen um Till und...« *Und um das Wesen.* Dieses Wesen, das ich eben noch als Traumerscheinung entlarvt hatte, weil nachts alle Katzen grau waren. Selbst bei Mondschein. Mein Herz aber interessierte das nicht. Und mein Körper stellte sich an, als würde er gerade selbst in einem engen Netz zappeln.

»Okay, das verstehe ich. Mir ist auch nicht wohl. Hab schon seit heute Morgen Bauchschmerzen.« Wie zum Beweis strich Sandra mit der freien Hand über ihren Unterleib. »Aber wir können jetzt nicht runtergehen, da ist kein Platz für uns, die Männer brauchen die gesamte Plattform für ihre Ausrüstung und die Netze und...«

Die Harpunen? Falls es wieder angriff und die Situation zu eskalieren drohte? Dann würden sie mit den Harpunen auf das Wesen feuern.

»Weißt du was? Wir schauen einfach von oben zu,

wie gestern. Das kann uns keiner verbieten und ist besser, als hier wieder tatenlos herumzusitzen.« Entschlossen zog Sandra mich hinter sich her. »Ich kriege nämlich langsam selbst einen Rappel. Du weißt, ich liebe dich, aber wenn du einen deiner Schweigetage hast, kannst du einen wirklich wahnsinnig machen…«

Ja, ich wusste das. Sandra redete gerne. Sie liebte es, mit anderen Menschen über Gedanken, Erlebnisse und Erinnerungen zu sprechen. Manchmal hatte ich das Gefühl, ihre Kindheit besser zu kennen als meine eigene. Aber in letzter Zeit war es immer öfter vorgekommen, dass ich mundfaul war und lieber stumm und still in einer Ecke saß und vor mich hin träumte… So extrem wie heute war es allerdings noch nie gewesen, und ich konnte verstehen, dass das nicht leicht zu ertragen war – nicht, während die Männer da unten gegen einen tollwütigen Fisch in die Schlacht zogen. Das Camp wirkte wie ausgestorben ohne sie, und Sandra und ich hatten im Küchenzelt längst alles getan, was getan werden musste. Wir hatten aus Langeweile sogar Wachstropfen von der Tischfläche geschabt.

»Geht es denn wieder? Bist du fit genug? Du siehst immer noch so blass aus.«

Sandra zögerte und schaute mich an, als überlege sie, was eine gute Mutter jetzt machen würde. Doch ehe sie eine vernünftige Entscheidung fällen und mich auf die Luftmatratze ins Zelt schicken konnte, um mir einen Kamillentee zu kochen, schallten plötzlich aufgeregte Rufe zu uns herauf – ein Durcheinander aus verschiedenen Sprachen, aber so chaotisch und drängend, dass jedes weitere Überlegen überflüssig wurde. Ohne ein Wort setzten wir uns in Bewegung und trabten hintereinander den schmalen Pfad zum Steilufer der Cenote entlang, bis wir den Abgrund erreicht hatten und uns auf die Knie fallen ließen, um hinunterzuschauen.

Die kreisrunde Wasseroberfläche sah aus, als hätten die Männer eine unterirdische Wellenanlage installiert und würden sie nun auf höchster Stufe testen. Die Plattform und die Kalksteinwände wurden immer wieder von kräftigen Wogen überschwemmt, deren Brandung teilweise das Konzert der Vögel und Zikaden übertönte und in meinen Ohren wie Musik und Kriegsgeschrei in einem klang. Die Taucher konnten sich offenbar nur mit Mühe über Wasser halten, doch auf ihren Gesichtern leuchtete eine beklemmende Mischung aus Triumph, Siegeswillen und Anstrengung.

»Zieht!«, brüllte Till, der es gerade geschafft hatte, an die Plattform zu gelangen, und sich keuchend an der Leiter nach oben hangelte, ein dickes Seil in seiner linken Faust.

»Das Netz hängt fest!«, rief Michelle von der anderen Seite der Cenote zurück, tauchte ab und nach einigen Sekunden wieder auf. »Ich kann es nicht genau sehen, aber es hängt, vielleicht an einer dicken Wurzel!«

Nun erkannte ich Jack und Carlos, die ebenfalls Seile in den Händen hielten. Es sah aus, als würden sie immer wieder von unten durchgeschüttelt und könnten sich nur mit letzter Kraft an der Wasseroberfläche halten – ich wusste längst, warum. Sie hatten das Wesen in ihrem Netz gefangen, und es versuchte gerade verzweifelt, sich zu befreien. Es war keine unterirdische Wellenanlage, die die Cenote zum Schäumen brauchte. Ihre Beute verursachte die Wogen, und am liebsten hätte ich die Männer angeschrien, die Seile loszulassen und sich aus einem Reich zu entfernen, das ihnen nicht gehörte – für alle Zeiten.

»Verdammte Scheiße…«, flüsterte Sandra angespannt und umfasste wie vorhin mein Handgelenk. Es war immer noch eiskalt. »Was machen die da, warum kommen sie nicht aus dem Wasser?«

Immerhin befand sich Till nun in Sicherheit, auch wenn ich mich um ihn wesentlich weniger sorgte als um seinen Fang, der das Wasser noch immer zum Brodeln und Schäumen brachte. Kniend schlang Till das Seilende um einen Pfosten der Plattform und sicherte es mit einem festen Knoten. Erst dann wandte er sich wieder zu den anderen. »Were you able to see it?«

»Nope!«, antwortete Jack nach Luft schnappend und schaffte es, sich an einer etwas seichteren Uferböschung nach oben zu hieven, sodass er sein Seilende an einem versteinert wirkenden Ast befestigen konnte. Stumm tat Carlos an einer anderen Stelle dasselbe, während die Wasseroberfläche sich langsam zu beruhigen begann. Doch das Floß hatten die Wellen mit sich gerissen. Es war nicht mehr zu sehen.

Gab das Wesen auf? Oder wartet es lediglich ab, was nun geschehen würde?

»Sie haben es, oder? Sie haben was«, murmelte Sandra.

Ich antwortete nicht, sondern sah mit ihr zusammen ängstlich dabei zu, wie Carlos, Jack und Michel sich wieder vollständig ins Wasser gleiten ließen und am Steilufer entlang zur sicheren Plattform vorarbeiteten. Einer nach dem anderen zog sich an der Leiter in Sicherheit. Michel hatte nicht nur seine Ausrüstung, sondern auch eine Kamera bei sich, und mir wurde ein wenig übel, als ich erkannte, dass Jack mehrere Harpunen an seinem Tauchergürtel befestigt hatte. Schweigend streiften sie die Sauerstoffflaschen von ihren Rücken, sobald sie die Plattform erreicht hatten, öffneten ihre Anzüge und klatschten einander ab, als hätten sie gerade gemeinsam das achte Weltwunder entdeckt – und womöglich lag ich mit diesem Vergleich gar nicht so falsch.

Erst nachdem alle zu Atem gekommen waren und ein paar Schlucke Wasser getrunken hatten, begann Till auf Englisch zu sprechen. Obwohl es eigentlich unmöglich war, sein gedämpftes Raunen hier oben zwischen all dem Rufen der Vögel und dem ununterbrochenen Sägen und Zirpen der Zikaden wahrzunehmen, verstand ich jedes Wort – und einmal mehr war ich froh um mein feines Gehör. Mühelos konnte ich seine kurze Ansprache übersetzen.

»Sie haben es gefangen, in ihrem Netz, aber es hat so viele Sedimente aufgewirbelt, dass sie es nicht sehen können. Hochziehen können sie das Netz auch nicht, es hängt unter Wasser anscheinend irgendwo an einer Wurzel fest, und es ist zu gefährlich, ans Netz heranzuschwimmen, solange die Sicht so schlecht ist… Aber das Tier scheint unverletzt zu sein, und sobald es sich beruhigt hat und die Sedimente sich wieder abgesetzt haben, können sie einen neuen Anlauf wagen… Morgen früh sollte es so weit sein, sagt Till gerade…«

»Sagt Till gerade!?«, unterbrach Sandra mich fassungslos.

O verdammt… Ertappt senkte ich den Blick und strich mir eine eigenwillige Locke hinter mein Ohr – dort, wo die Kerben eifrig vor sich hin pulsierten und brannten, seitdem wir uns hier oben auf die Lauer gelegt hatten.

Jetzt war es Sandra, der sämtliche Farbe aus dem Gesicht gewichen war. »Du – du hast gehört, was er gerade zu den anderen gesagt hat?«

»Ich… Also ich…«, stammelte ich. »Ich denke mir das so, ich… Ich habe es von seinen Lippen abgelesen.«

»Sei nicht albern, er steht mit dem Rücken zu uns. Gott, was hast du nur für gute Ohren? Das ist ja gruselig.«

»Wie gesagt, hab mir das so zurechtgereimt.«

»Aha.« Langsam kam wieder Farbe in Sandras Wangen, während sich glitzernde Schweißtropfen an ihren Schläfen bildeten und im zarten Flaum unter ihrem Haaransatz hängen blieben.

Ich hatte so etwas nicht. Flaum im Gesicht und Nacken oder Haare auf meinen Armen und Beinen. Meine Waden würde ich mir wahrscheinlich niemals rasieren müssen. Stattdessen trug ich zum Ausgleich eine groteske Lockenmähne auf dem Kopf. Ich erschauerte, als mir wieder einmal bewusst wurde, wie anders ich doch war – nicht nur anders als Sandra, sondern anders als alle Menschen, die ich bisher kennengelernt hatte. Und jetzt hatte ich vor lauter Nervosität auch noch verraten, dass meine Ohren nicht nur seltsam geformt waren, sondern dass ich mit ihnen auch unnatürlich gut hören konnte.

»Außerdem ist es doch irgendwie klar!«, startete ich einen letzten kläglichen Versuch, mein kleines Geheimnis zu bewahren. »Das… Tier ist im Netz, aber das Netz hängt fest, deshalb können sie es nicht hochziehen, und jetzt müssen sie eben warten.«

»Ja, und wir können sie gleich selbst danach fragen, anstatt hier wild herumzuspekulieren, denn sie kommen nach oben.«

Sandra ließ mir keine Zeit, abzuwarten und dabei zuzusehen, wie das Wasser immer stiller und glatter wurde, sondern zog mich auf die Füße, hakte sich in gewohnter Manier bei mir unter und dirigierte mich zum Küchenzelt, als wollte sie es vermeiden, dass Till von unserem Lauschangriff erfuhr.

Dort angekommen wartete ich die Ankunft der Männer nicht mehr ab, sondern gab vor, leichte Kopfschmerzen bekommen zu haben und deshalb eine Dusche nehmen und mich anschließend im Zelt hinlegen zu wollen. Wie Sandra war ich erleichtert und dankbar, dass Till und die anderen Männer unverletzt geblieben waren.

Doch ich hatte keine Lust, ihnen zuzuhören, wie sie sich mit ihren Heldentaten brüsteten, und erst recht nicht, wie sie gemeinsam neue Pläne schmiedeten.

Denn ich hatte längst meinen eigenen Plan.

RETTUNGSANGRIFF

Ja, ich hatte meinen eigenen Plan. Es war ein Plan abseits jeder Vernunft, aber in seiner Konsequenz für mich ohne Alternative. Er würde alle anderen Pläne scheitern lassen und den Schrecken der Cenote beenden, ein für alle Mal.

Sandra leistete keinen Widerstand, als ich ihr ankündigte, mich zurückzuziehen. Pflichtbewusst, aber immer mit halbem Ohr den Gesprächen der Männer lauschend, begleitete sie mich zum Zelt und bot mir zerstreut eine Aspirintablette an, die ich jedoch dankend ablehnte. Inzwischen verspürte ich tatsächlich einen unangenehmen Druck im Nacken und zwischen meinen Augen, aber Medikamente wirkten manchmal unberechenbar auf mich. Nach meiner letzten Schmerztablette hatte sich die komplette Haut an meinem Rücken geschält – ähnlich wie nach einem leichten Sonnenbrand. Es hatte nicht wehgetan und war rasch wieder abgeheilt, doch ich wollte keine neuen kuriosen Nebeneffekte riskieren; nicht jetzt, wo ich so wach, fit und aufmerksam bleiben musste wie möglich.

Zum Glück ließ Sandra mich rasch wieder allein, nachdem sie mir noch eine Sprühflasche mit kaltem Wasser organisiert hatte. Als ich mich unter der armselig tropfenden Dusche erfrischte, sah ich beinahe teilnahmslos zu, wie ein schillernder Käfer über meine nackten Zehen krabbelte, so sehr war ich mit meinen Eindrücken und Überlegungen beschäftigt. Kaum hatte ich mich im Zelt auf die Luftmatratze gelegt, lastete die Hitze des Dschungels wieder auf mir. Das Wasser in der Flasche konnte ich zwar über meine Beine, Arme und mein Gesicht sprühen, wenn mir zu warm wurde, doch bevor die Verdunstung für einen kühlenden Effekt sorgte, sog meine Haut es auf wie ein Schwamm.

Obwohl ich mich bemühte, das Geschehen im Küchenbereich von der Ferne zu verfolgen – unruhiges Stimmengewirr, Klappern von Geschirr und hin und wieder Gelächter –, begann ich bald auf dem Rücken liegend vor mich hin zu dösen. Dabei driftete ich zu jenem Augenblick zurück, in dem ich kurz vor unserer Abreise nach Mexiko langsam von Zimmer zu Zimmer gegangen war. Ich hatte versucht, mir jedes Detail unserer Wohnung genau einzuprägen, als würde ich für immer Abschied von dort nehmen müssen. Dabei hatte ich keine Angst vor unserem Abenteuertrip verspürt und auch nicht befürchtet, der Flieger könne abstürzen. Allerdings war ich bei Start und Landung vor Panik fast gestorben, und ich hasste es, mich in einem engen Stahlkäfig Tausende von Metern über dem Meer in der Luft zu befinden. Außerdem waren meine Augen im Flugzeug so trocken geworden, dass ich nach einigen Stunden kaum noch blinzeln konnte, und meine Handrücken sahen irgendwann aus wie eine Salzwüste in Miniaturform.

Trotzdem – es hatte nicht am Reisefieber gelegen, dass ich die Räume unserer Wohnung noch einmal durchstreift und ihnen dann jeweils leise Tschüss gesagt hatte. Es war ein tiefer sitzendes Gefühl gewesen, das mich dazu getrieben hatte, und dieses Gefühl hatte mich seitdem nicht mehr verlassen. Mir war, als seien der Dschungel und die Cenote eine Art Endstation meines bisherigen Lebens, ohne dass ich mir das erklären konnte.

Ich befürchtete nicht, hier den Tod zu finden, und tief in meinem Inneren war ich sogar felsenfest davon überzeugt, dass das Wesen in der Cenote mir niemals auch nur ein Härchen krümmen würde. Den Männern vielleicht – aber nicht mir. Genauso hielt ich es für ausgeschlossen, dass Till und Sandra beschließen würden, für immer hierzubleiben, auch wenn Till heute Morgen angedeutet hatte, dass die Expedition wegen der Komplikationen möglicherweise länger dauern könnte als geplant.

Es war etwas anderes… Ein tiefes seufzendes Abschiednehmen von allem, was ich bisher erfahren hatte und gegen dessen Kraft und Konsequenz ich vollkommen machtlos war. Doch auch diese Erkenntnis jagte mir keine Angst ein. So wandelte ich im Halbschlaf wieder und wieder von Zimmer zu Zimmer meines früheren Zuhauses, als würde ich ihm erneut Lebewohl sagen, bis Sandra mich aufschreckte, indem sie durch das Moskitonetz am Zelteingang gekrochen kam, den wir wegen der Hitze offen gelassen hatten.

Sie brachte mir eine Schüssel mit Reis und scharf gewürzten Fleischstückchen vom Grill und frisches Wasser – und wirkte um ein Vielfaches lebendiger und munterer als heute Mittag. Aber sie merkte schnell, dass mir immer noch nicht nach Reden oder gar Gesellschaft zumute war. So kehrte sie ohne mich zu den Männern zurück, nachdem sie mir kurz berichtet hatte, dass Michels Fotos wohl nichts geworden seien, das Netz aber halte und die Männer es kaum erwarten könnten, ihren Fang bei Tageslicht und klarem Wasser zu begutachten.

Genau das musste ich verhindern. Wenn es nur eine winzige Chance gab, dass ich nicht geträumt hatte, sondern in der Cenote tatsächlich ein Wasserwesen lebte, wie man es nur aus Sagen und Legenden kannte, dann durften sie es niemals zu Gesicht bekommen. Es beschäftigte mich, was ich seit heute Morgen ununterbrochen durch das rhythmische Rauschen meiner Ohren zu hören glaubte: »Rette mich. Rette mich, und du wirst frei … Komm zu mir und rette mich!«

Es waren keine menschlichen Worte. Ich konnte sie nur grob wiedergeben; sie klangen eher wie ein melodischer, wellenartiger Singsang. Doch ich hatte sofort verstanden, was sie bedeuteten.

Das war die eine Seite. Empfindungen. Gefühle. Wahrnehmungen. Und auf der anderen Seite, immer weiter in die Ferne rückend, stand der bedrückende Gedanke, dass ich langsam wahnsinnig wurde und Stück für Stück meinen Verstand verlor.

Dennoch: Ich war eine gute Schwimmerin, konnte minutenlang unter Wasser die Luft anhalten, wenn es sein musste, das Mondlicht würde für ausreichend Helligkeit sorgen, und wie der Zufall es wollte, hatte einer der Männer sein Überlebensmesser im Banjo liegen lassen, wahrscheinlich nach dem Duschen. Ohne darüber nachzudenken oder gar ein schlechtes Gewissen zu bekommen, hatte ich es an mich genommen. Seitdem steckte es, gut geschützt durch seine Lederhülle, in meinem Hosenbund. Von Till wusste ich, dass die Klingen solcher Messer fast alle Materialien durchtrennen konnten, im Ernstfall sogar eine Autofensterscheibe. Dann wären die Maschen eines Fischernetzes ein Kinderspiel für sie, auch wenn sie mit Draht verstärkt worden waren.

Heute Abend schafften die Männer und Sandra es, die Stimmen der Tiere zu übertönen. Einer der Taucher spielte auf seiner Gitarre, und alle sangen lautstark mit; sogar Sandra, die zwischendurch kicherte und lachte wie ein übermütiges Kind. Sie und Till hatten offenbar einen glücklichen Abend, heiter und unbesorgt. Wieder einmal flossen bei mir die Tränen in Strömen, als ich spürte, wie sehr ich sie doch liebte – und dass es trotzdem keine andere Möglichkeit gab, als das zu tun, was ich nun tun würde.

Sobald der Mond durch die dünne Zeltwand schien, kroch ich nach draußen und schlängelte mich bäuchlings an der Küchenhütte vorbei zum Pfad Richtung Cenote. Wie in der vorigen Nacht fanden meine nackten Füße den Weg nach unten von selbst, und wieder überfiel mich der Wunsch, einfach kopfüber ins kühle Nass zu springen, anstatt mich umständlich abwärtszuhangeln.

Die Plattform war noch feucht, aber angenehm warm; die Luft hatte sich seit Anbruch des Abends kaum abgekühlt. Schwere, riesige Nachtfalter mischten sich torkelnd zwischen die umherschwirrenden Fledermäuse und streiften ab und zu meine Locken, als ich mich langsam in das kühle, seidige Wasser der Cenote gleiten ließ; das Messer fest in meiner linken Hand.

So einfach ist das also…, dachte ich und lächelte verzückt, als ich spürte, wie mein Haar sich schwerelos um meinen Kopf herum auszubreiten begann. *So einfach…* Dabei fragte ich mich einmal mehr, warum Till und Sandra solche Panik davor gehabt hatten, mich allein in der Cenote schwimmen zu lassen. Sie begrüßte mich sanft und vertraut wie eine uralte Gefährtin. Entgegen meinen normalen Gewohnheiten hielt ich in den ersten Sekunden vor lauter Wonne sogar meine Augen geschlossen. In der Badewanne hatte ich es immer geliebt, abzutauchen, mich zu drehen und die in allen Regenbogenfarben schimmernden Schaumbläschen an der Oberfläche von unten anzuschauen. Ich hatte mich kaum daran sattsehen können.

Jetzt genoss ich die Umarmung der Cenote erst einmal blind; dieses wundervolle Gefühl, ganz von ihrem Wasser umschlossen zu werden, kein Quadratmillimeter Luft an meiner Haut, bevor ich langsam meine Augen öffnete – und vor Verblüffung gluckernd auflachte. Helle Bläschen sprudelten zwischen meinen Lippen hervor, als ich mich, meinen Kopf weit in den Nacken gelegt, mit einer eleganten Bewegung einmal um meine eigene Achse drehte.

Es dauerte eine Weile, bis ich begriff, was ich da eigentlich beobachtete – winzige, letzte Sedimentpartikel, die langsam herabsanken und dabei vom Mondlicht angestrahlt wurden, sodass sie aussahen wie Körnchen aus funkelndem Kristall. Überall um mich herum blinkte und glitzerte es, und auch ich spürte einen magischen Sog abwärts, zum Grund der Cenote, sodass ich fast vergaß, warum ich eigentlich hier war. Doch ich hatte keine Zeit, wie eine verträumte Meeresprinzessin den Sedimentkristallen hinterherzutauchen, sondern trug ein Messer in der Hand und war kurz davor, jenem grausigen Fang gegenüberzutreten – oder besser: gegenüberzuschweben –, für den Till und die anderen Männer in den vergangenen zwei Tagen ihr Leben riskiert hatten. Außerdem musste ich langsam Luft holen, auch wenn mich schon wieder diese lästige, irreführende Stimme in meinem Bauch bedrängte, einfach tief einzuatmen, unter Wasser. Einmal hatte ich dieser Stimme in der Badewanne vertraut und mich dabei so fürchterlich verschluckt, dass ich beinahe das gesamte Abendessen wieder ausgespuckt hätte, und zwar mitten hinein in die knisternden Schaumberge.

Nein, ihr durfte ich nicht glauben, auch wenn die Vorstellung nach wie vor verlockend war. Unter Wasser zu atmen, funktionierte nur in meinen Träumen und hatte nichts mit dem Wunsch, sterben zu wollen, zu tun. Es war eher so, als würde ich erst dann wirklich zu leben beginnen, wenn es mir gelang, diese Träume zu meiner Realität werden zu lassen. Doch meine Lungen brauchten ihren Sauerstoff, und deshalb beförderte ich mich durch ein leichtes Paddeln meiner Beine an die Wasseroberfläche und sah mich in aller Ruhe um, wobei meine Augen sich nach und nach an die diffuse Dämmerung der beginnenden Nacht gewöhnten.

Ich hatte mich rasch orientiert. Es fiel mir nicht schwer, abzuschätzen, wo sich das Netz befinden musste. Mehr als fünf kräftige Schwimmzüge würde ich nicht benötigen, um die Stelle zu erreichen – und dann konnte ich mich hinabsinken lassen und endlich sehen, womit wir es zu tun hatten. Ein verhaltensgestörter Raubfisch oder… Oder? Unter Wasser presste ich die linke Hand auf meinen Magen und hatte plötzlich das Gefühl, eine Schüssel lebendiger Sardinen heruntergeschlungen zu haben, die nun in meinen Eingeweiden ein ehrgeiziges Wettschwimmen veranstalteten.

Ich hatte Angst. Angst, dass das, was ich sehen würde, nicht das war, was ich vorige Nacht zu sehen geglaubt hatte… Doch genauso fürchtete ich, mich nicht in einem märchenhaften Sekundentraum verloren zu haben. Denn dann würde ich mein Messer benutzen müssen – ohne zu wissen, ob es mich mein Leben kosten würde, wenn ich ein anderes rettete. Und ob es womöglich anschließend auch die Leben jener Menschen vernichten würde, die ich liebte. Dennoch – hatte ich keine Wahl.

Das Wasser machte kaum ein Geräusch, als ich mich in die Waagrechte bugsierte und in langen, gleichmäßigen Schwimmzügen jene Stelle ansteuerte, an der ich das Netz vermutete. Nichts regte sich. Nur die Fledermäuse schossen unentwegt über mir hin und her – ich glaubte sogar, ihre Ultraschalllaute zu hören.

Mit der Linken streifte ich die Schutzhülle von der Messerklinge, brachte mich wieder in die Senkrechte, holte tief Luft und ließ mich kerzengerade und mit weit geöffneten Augen hinabsinken.

Ich sah ihn sofort – ein Anblick, der mein Herz erschütterte und einen tiefen, reißenden Schmerz in mir auslöste. Mein gesamter Körper erbebte unter seiner Wucht, als würde er geschüttelt. Bläulich leuchtend verbreiteten sich Ringe im Wasser ringsum und erreichten schließlich auch ihn... Wie eine magische Verbindung zwischen uns, die nun sichtbar wurde, in Wahrheit aber schon immer da gewesen war, vom Anbeginn aller Zeiten.

Er ist real, dachte ich zitternd. *Kein Traum, keine Einbildung oder gar Sinnestäuschung.* Dieser junge Wassermann war echt – und er blutete; dunkelblaue Tropfen, die wie kleine Wolken aus Tinte aus den Wunden an Hals und Brust ins Wasser flossen. Er musste mit der Wut eines verletzten Hais gekämpft haben, um sich aus dem Netz zu befreien, und hatte sich dabei versehentlich selbst stranguliert. Sein Kopf steckte in einer Schlinge, deren Stränge fest auf seinen Hals drückten. Jede weitere Bewegung musste ihn unweigerlich töten. Ich verstand nicht, wie er atmen konnte. Ich sah nur, dass er es tat. Seine olivfarbene Brust, deren glatte Haut irisierend im Mondlicht schimmerte, hob und senkte sich angestrengt, doch es traten nur wenige Bläschen aus seinen leicht geöffneten Lippen. Immer wieder näherten sich fingerlange Fische seinem

Kopf und streiften seine Wangen und seine Stirn, als wollten sie ihm durch ihre Berührungen Trost und Linderung verschaffen, doch auch sie konnten ihm nicht helfen.

Diese Macht hatte nur ich – und obwohl mir sein Anblick körperliche Schmerzen bereitete und ich die Männer anschreien wollte für das, was sie ihm angetan hatten, traute ich ihm nicht. Trotz seines Elends und seiner blutenden Wunden wirkte er ungeheuer stark auf mich, und in seiner Miene war kein Leid erkennbar – und erst recht keine Angst. Forsch sah er mich an, ohne ein einziges Mal zu blinzeln; ein hypnotischer Blick, den ich nicht nur spürte, sondern auch hörte – ja, seine Augen sangen, sobald ich es zuließ, dass sein Blick dem meinen direkt begegnete.

War das ein Trick, eine Falle? Tat er nur so, als ob er festhing, und würde mich mit sich in die Tiefe ziehen, sobald ich ihm zu nahe kam? Mit einer drohenden Geste zeigte ich ihm mein Messer. *Ja, sieh genau hin. Ich kann dich damit retten, aber ich kann dich damit auch verletzen. Im Notfall sogar töten. Such es dir aus.*

Statt sich davon beeindrucken zu lassen, hob er mit dem spöttischen, überheblichen Anflug eines Grinsens seinen linken Mundwinkel, sog spielerisch einen der Fische zwischen seine Lippen und gab ihn wieder frei.

Vor Empörung ließ ich die Luft aus meinen Lungen weichen – jetzt reichte es mir.

Der Kerl machte sich über mich lustig – und schien sich dabei immer noch verflucht sicher zu sein, dass ich ihm helfen würde. Dabei verkrampften meine Bronchien sich schon. Ich musste dringend zurück an die Oberfläche, um Luft zu holen und meine Gedanken zu sortieren.

Doch kaum hatte ich die Wasseroberfläche erreicht und die kühle Nachtluft eingeatmet, drang ein fernes, vertrautes Rufen an meine Ohren, was die Situation schlagartig verschärfte. »Vicky! Vicky, wo steckst du denn? Vicky!« Ich erkannte die Stimme sofort – und nun hörte ich auch Sandra rufen. »Bitte antworte uns! Vicky!? – Gott, wo ist die nur hin?«

Nein, ich hatte keine Zeit, zu überlegen, ob das Wesen dort unten es wert war, von mir gerettet zu werden. Schon näherten sich die Schreie, und ich sah die Lichtkegel der Taschenlampen durch das nächtliche Dickicht des Regenwaldes huschen. Ich musste handeln, bevor es zu spät war – ganz egal, was mir dabei geschehen konnte.

Weit öffnete ich meinen Mund, um so viel Sauerstoff in meine Lungen zu saugen, wie sie fassen konnten, und hechtete kopfüber ins mondlichtdurchflutete

Wasser zurück. Pfeilschnell schoss ich auf das Netz zu, das Messer gezückt, während mein Herz im Stakkato hämmerte. Ich musste mehrere Maschen durchtrennen – erst, um selbst ins Innere des Netzes zu gelangen, und dann, um das Wesen aus seiner tödlichen Schlinge zu befreien. Ich schaute den jungen Wassermann gar nicht erst an, sondern machte mich ohne Verzögerung an die Arbeit. Mir war nicht danach, einen neuerlichen spöttischen Blick zu ernten – und noch weniger, seine spitzen Zähne zu sehen, wenn er grinste, weil ihm wahrscheinlich die ganze Zeit vollkommen klar gewesen war, dass ich ihn nicht im Stich lassen würde.

Das Netz war stabiler, als ich vermutet hatte, und ich musste das Messer mit aller Kraft hin und her bewegen, um die Taue durchzuschneiden. Das kostete Zeit – und wertvolle Luft. Gewaltsam versuchte ich meine aufsteigende Panik im Griff zu halten. Das hier war etwas völlig anderes, als in der Badewanne Tauchtests zu veranstalten und bunte Schaumbläschen zu beobachten. Das Säbeln war anstrengend, und ich hatte das beängstigende Gefühl, dass Till und Sandra schon auf dem Weg zur Cenote waren und mich jederzeit entdecken konnten. Endlich – nach dem nächsten durchtrennten Stück Netz hatte ich ein Loch fabriziert, das groß genug war, um mich hindurchzwängen zu können.

Meine Lungen flatterten bereits unruhig, weil sie unbedingt atmen wollten, doch ich versuchte meine Luftknappheit zu ignorieren und katapultierte mich mit einem kräftigen Paddeln meiner Unterschenkel dem gefangenen Wassermann entgegen. Er hielt ganz still, als ich mich ihm näherte, und seine funkelnden, schwarzgrünen Augen starrten mich unverwandt an. Dann drehte er sein Kinn ein Stückchen zur Seite, damit ich die Klinge leichter unter das Seil jener Schlinge schieben konnte, in der er sich verfangen hatte.

Doch jetzt begann der Sauerstoffmangel bereits meinen Verstand zu vernebeln. Ich dachte gar nicht daran, dass seine Hände ja gar nicht gefesselt waren – diese Tatsache hatte ich bisher völlig ignoriert; vielleicht, weil er seine Arme die ganze Zeit an seinen Körper gepresst hatte. Kaum hatte ich die Klinge unter das Seil geschoben, zuckte seine Rechte hoch, um mich zu packen. Ich erschrak so heftig, dass mir das Messer aus den Fingern rutschte. Mittels einer gewagten Rückwärtsrolle riss ich mich von ihm los und trat die Flucht an – und sah aus den Augenwinkeln, dass er das Messer geschickt auffing und das Seil um seinen Hals mit einem einzigen Ruck durchtrennte.

Also war das Ganze nur eine heimtückische Falle gewesen – er hatte auf mein Mitleid vertraut, obwohl er sich wahrscheinlich ohne jede Anstrengung selbst hätte befreien können... Ich musste die Oberfläche erreichen, bevor er mich innerhalb des Netzes einholen konnte, schnell! Schwarze Sternchen begannen vor meinen Augen zu tanzen, und der brennende Druck in meinen Lungen wurde nahezu unerträglich. Mit letzter Kraft kämpfte ich dagegen an, denn ich wollte keinesfalls der Stimme in mir nachgeben und einfach das Wasser einsaugen, tief und durstig...

Jetzt stolperte mein Herz, als würde es gleich zu schlagen aufhören, doch irgendwie gelang es mir, das Loch im Netz anzusteuern. Ich sah es durch die tanzenden Sternchen hindurch direkt vor mir – und kam trotzdem zu spät. Kurz bevor ich hätte hindurchgleiten können, gehorchte mein Körper mir nicht mehr. Meine Arme und Beine wurden schlaff und taub, und ich sank willenlos dem Grund der Cenote entgegen, dorthin, wo es dunkel und tot war, ins Reich der Geister...

»Nox«, flüsterte es tief in meinem Herzen, das seinen Rhythmus längst verloren hatte. »Nox, bitte verlass mich nicht...«

»Du kennst meinen Namen...«, erreichte mich seine Antwort, und ich hörte sie ebenfalls in meinem Herzen, nicht in meinem Kopf.

Ja, jetzt, im Augenblick meines Todes kannte ich ihn. Mein ganzes Leben hatte sich immer nur auf diesen einen Moment zubewegt – und doch wollte ich nicht, dass es schon vorbei war.

»Es ist nicht vorbei … Es fängt gerade erst an.«

Kühl und kraftvoll schlang sich sein Arm um meine Taille, und mit einem Ruck, der sich anfühlte, als würde ich durch die Fluten der Cenote fliegen, beförderte er mich durch die Lücke des Netzes. Mit einem weiteren Ruck schickte er mich zurück an die Oberfläche und schoss davon, ehe Till nach mir griff und meinen Kopf umfasste, um mein Gesicht nach oben zu drehen, dem Mond entgegen. Mein Atemreflex funktionierte nicht sofort. Es dauerte ein paar Sekunden, bis ich hustend und röchelnd nach Luft zu ringen begann, Wasser spuckte, dann keuchend zu atmen versuchte. Die Cenote hatte mich wieder freigegeben, ich war zurück in der Welt der Menschen, ich lebte.

Doch ich war nicht in der Lage, auf Tills und Sandras Fragen zu antworten, mit denen sie mich überfielen, nachdem sie mich an Land gebracht und nach oben zum Camp getragen hatten. Mit geschlossenen Augen lag ich auf dem Dschungelboden, während die beiden direkt neben mir hitzig darüber stritten, ob ich in ein Krankenhaus gebracht werden müsste oder nicht. Doch schließlich gab Michel nach einer gründlichen Untersuchung Entwarnung. Meine Atmung sei stabil und es gebe keinerlei Hinweise auf Wasser in meiner Lunge, aber wahrscheinlich stünde ich unter Schock. Schlaf und Erholung seien jetzt wichtiger als alles andere.

Nox..., dachte ich voller Sehnsucht, als endlich Ruhe einkehrte und sie mich für einen kurzen Moment im Zelt allein ließen. *Du bist wieder frei!*

Und ich – ich musste für immer in mein altes Gefängnis zurückkehren. Jetzt erkannte ich seine Mauern. Sie bestanden aus Luft, und ihre Hüter waren Menschen, die ich liebte.

Meine Bestimmung aber war das Wasser. So war es seit jeher gewesen.

Ich hatte das nur vergessen.

TAUCHERKRANKHEITEN

»Okay, womit fange ich an…« Zum gefühlt hundertsten Mal an diesem erdrückend schwülen Morgen senkte Till den Kopf und fuhr sich mit allen zehn Fingern durch sein kurzes Haar, als könnte er damit ordnen, was längst nicht mehr zu ordnen war. Ich hatte mit meiner nächtlichen Rettungsaktion das gesamte Camp in helle Aufregung versetzt und Till und Sandra einen Schrecken eingejagt, den sie wahrscheinlich im ganzen Leben nicht vergessen würden. Doch noch viel schlimmer war die Verständnislosigkeit, mit der die beiden mich seitdem anschauten. Ich hatte tausend und Abertausend Fragen in ihnen heraufbeschworen – und nun versuchte Till, die wichtigste herauszufiltern. Mir graute es bereits vor jeder einzelnen. Denn ich würde stets lügen müssen, wenn ich versuchte, sie zu beantworten. Mit der Wahrheit würde ich hier nicht durchkommen, auch wenn ich es hasste, Geschichten zu erfinden.

Weil Till noch immer schwieg, hob ich kurz den Blick – ein Fehler, denn alle starrten mich abwartend an, obwohl Till noch gar keine Frage gestellt hatte: Jack, Michel, Carlos, Sandra und auch Antonio, der wieder einmal einen seiner Zigarillos im Mundwinkel balancierte und nervös mit dem linken Fuß wippte. Wahrscheinlich hielt er mich für ein unverschämtes junges Mädchen, das ihm seine wertvolle Zeit stahl und alles durcheinanderbrachte. Sofort schossen mir Tränen in die Augen. Das hier war zu viel für mich. Ich kam mir schon jetzt vor wie in einem Kreuzverhör.

»Bitte nicht vor den anderen«, bat ich ihn flüsternd, während dicke Tränen auf meinen nackten Oberschenkel tropften.

»Schatz, das geht nicht, ich kann sie doch nicht wegschicken … zumal ich gar nicht wüsste, wohin!«, entgegnete Till mit gesenkter Stimme. »Und wir alle wollen natürlich wissen, was genau heute Nacht passiert ist!«

»Aber ich … Ich kann das so nicht.« Ich würde es nicht durchhalten, Till eine Lüge nach der anderen aufzutischen. Nicht, wenn er so ratlos wie jetzt vor mir saß – und nicht nach dem, was heute Nacht geschehen war, nachdem er mich aus der Cenote gezogen hatte (obwohl es eigentlich Nox gewesen war, dem ich mein Leben zu verdanken hatte – ohne sein Eingreifen wäre ich da unten ertrunken). Die Männer konnte ich anlügen, kein Problem. Aber Till?

Bis zum Morgengrauen hatten Sandra und er flüsternd miteinander gestritten, weil sie unterschiedlicher Meinung waren, was sie nun tun sollten. Sandra wäre am liebsten sofort mit uns zurück zum Hotel gefahren und hätte den nächsten Flug nach Hause gebucht. Sie hatte die Nase gestrichen voll von diesem Urlaub. Till hingegen wollte seine Männer auf keinen Fall im Stich lassen; in dieser vertrackten Situation weniger denn je. Und anscheinend machte auch Antonio mächtig Druck. Die Expedition müsse endlich vorangehen, und er drohte damit, die Gelder zu kürzen oder andere Taucher zu engagieren. Das wiederum wollte Till auf keinen Fall riskieren. Gleichzeitig weigerte Sandra sich, Till allein zu lassen – nicht jetzt, wo »das Untier«, wie sie es inzwischen nannte, wieder frei war und beinahe ihre Nichte getötet hatte. Sie war sich sicher, dass es auch bei Till noch einmal sein Glück versuchen würde.

Irgendwann gaben die beiden es auf, zu diskutieren, und seufzten nur ununterbrochen vor sich hin. Doch nach einer Weile des Schweigens setzte Sandra erneut an; immer noch flüsternd, aber weicher, friedfertiger und auch trauriger als vorhin.

»Hast du eigentlich ihre Haut gesehen, als Michel sie untersucht hat?«

»Ja...« Wieder seufzte Till.

»Sie war so... so seltsam dunkel... Fast grünlich. Dabei ist sie doch sonst immer so blass.«

»Das lag bestimmt am Mondlicht.« Till glaubte sich selbst offenbar kein Wort.

»Sie hat geschimmert, Till. Am ganzen Körper!«

Ein weiteres langes Schweigen folgte. Erst Minuten später hörte ich Sandra ein letztes Mal flüstern, nun wie zu sich selbst. »Der Mond war doch längst hinter Wolken verschwunden.«

Sie hatte recht. Der Mond war verschwunden, nachdem sie mich nach oben getragen hatten, als wäre sein Dienst für diese Nacht beendet. Kurz vor Tagesanbruch gewitterte es, ohne einen einzigen Tropfen Regen, und zwischen den Donnerschlägen hörte ich ab und zu ein ersticktes Schnaufen von Sandras und Tills Luftbett, wie ein erfolgloser Versuch, nicht zu weinen. Es dauerte eine Weile, bis ich begriff, dass dieses Geräusch nicht von Sandra kam, sondern von Till.

Jetzt erinnerte ich mich wieder daran, und ich fühlte mich noch stärker in die Enge getrieben als ohnehin schon. Till befand sich in einem Konflikt, aus dem nur ich ihn befreien konnte – und zwar, indem ich die Wahrheit aussprach. Aber das musste unter vier Augen passieren. Die anderen durften davon nichts wissen.

»Gut, lass uns anfangen.« Till ignorierte meine Bitte und sah mir fest ins Gesicht. »Warum bist du zum Netz mit dem Raubfisch getaucht? Und was hast du dort gesehen? War er schon weg gewesen, als du unten warst?«

»Es ist kein Raubfisch«, antwortete ich so leise, dass nur er mich hören konnte.

Doch ich spürte, wie Carlos' Blick sich in jener Intensität auf mich richtete, mit der er mich immer wieder mal anschaute – fast so, als sähe er mehr in mir als die anderen.

»Wie bitte…?« Till kratzte sich verwirrt hinter dem rechten Ohr. »Was sagst du da?«

»Es ist kein Fisch.«

»Schluss jetzt«, mischte sich Sandra ein, bevor einer der Männer etwas sagen oder gar fragen konnte. »Ich finde es nicht richtig, wie das hier läuft. Ja, ihr seid Forscher und wollt ganz genau wissen, was geschehen ist, aber so wie ich das sehe, ist das eine Familienangelegenheit – und die sollte auch wie eine Familienangelegenheit geregelt werden. Ohne fremde Zuhörer.«

»Na gut, von mir aus.« Stöhnend erhob sich Till und nickte seinen Kollegen knapp zu, ohne dem mahnenden Blick von Antonio Beachtung zu schenken. »Ich weiß, guys, wir müssen planen und neue Tauchgänge starten – und ja, Vicky könnte wichtige Informationen für uns haben. Aber ich möchte zuerst allein mit ihr sprechen. Ihr erfahrt alles Wichtige später, versprochen.«

Bevor Antonio etwas erwidern konnte, nahm er meinen Oberarm und führte mich zum Banjo, wo wir uns neben der Dusche auf die klapprigen Campingstühle in den Schatten setzten.

»Vicky, dir muss eines klar sein: Uns fehlt ein Messer, das Netz ist zerschnitten worden, der Fisch ist fort – und ich musste dich mitten in der Nacht aus der Cenote ziehen. Ich habe Antonio erzählt, dass der Fisch von allein entkommen ist und das Netz mit seinen Zähnen zerrissen hat, aber wenn nur einer der anderen auf die Idee kommt, sich die Reste des Netzes genauer anzuschauen und er eins und eins zusammenzählt, dann…« Mit einem dunklen Brummlaut brach er ab. »Du weißt, was ich sagen will. Und trotzdem kann ich nicht glauben, dass du das gewesen sein sollst. Das passt doch gar nicht zu dir. Was zum Teufel hast du da unten nur gemacht!?«

»Ihn freigelassen.«

»Also doch...« Kopfschüttelnd legte Till sich die Hände in den Nacken, während Sandras Blick wieder einmal über meine nackten Arme und Beine huschte. Ja, meine Haut hatte sich verdunkelt – und sah zudem aus, als hätte ich sie mit einem grünlich schimmernden Öl eingetrieben. Doch ich hatte heute weder Sonnencreme noch Insektenschutzmittel verwendet.

»Warum, um Himmels willen?«, polterte Till los. »Warum lässt du den Fisch frei, riskierst dabei dein Leben und sabotierst unsere Arbeit? Es war wirklich nicht leicht, ihn zu fangen! Ich hab keine Ahnung, ob uns das noch einmal ohne Verletzte gelingt...«

»Es ist kein Fisch.«

Till pfiff durch die Zähne, als hätte ihm jemand mit der Faust gegen die Brust geschlagen. »Du – du hast ihn also gesehen?«

»Ja.«

»Und du sagst: Es ist kein Fisch.«

»Ja«, antwortete ich schlicht. »Weil es nun mal kein Fisch ist.«

»Aber was ist es denn dann?«, rief Sandra. »Was genau hast du gesehen, Vicky? Ein Krokodil? Eine Schildkröte?«

Es war meine letzte Chance, mich aus diesem fürchterlichen Schlamassel zu retten. Indem ich einlenkte und meine Aktion als einen dummen pubertären Streich aus Langeweile oder naiver Tierliebe verkaufte. Aber ich konnte nicht. Das Reden fiel mir heute noch schwerer als gestern, und ich brachte nur die Wahrheit über meine Lippen. Die Lügengeschichten hatte ich schon wieder vergessen, bevor ich sie zu Ende denken konnte.

»Einen verletzten Wassermann.«

Mit beiden Händen bedeckte ich mein tränennasses Gesicht, damit ich ihre entsetzten Mienen nicht sehen musste – und sie mich nicht sehen konnten. Denn alles an mir zitterte; meine Lippen, meine Augen, meine Nasenflügel. Ich hörte, dass Sandra schluckte und Till sich erneut durch seine feuchten Haare fuhr.

»Vicky, Liebes…« Sanft drückte er mein Knie. »Jetzt wird mir einiges klar. Du wolltest unbedingt in der Cenote schwimmen, oder?«

Unter Tränen nickte ich.

»Und dann bist du nach unten getaucht, weil du sehen wolltest, was wir gefangen hatten?«

Wieder nickte ich. Bis hierher hatte ich nicht lügen müssen.

»Okay, dann weiß ich, was geschehen ist. Ist ja auch kein Wunder…« Er hörte sich fast erlöst an. »Du warst kurz vorm Ertrinken da unten und bist das Tauchen nicht gewöhnt. Ich hab dich aus mindestens drei Meter Tiefe nach oben gezogen... Es ist nicht selten, dass man unter diesen Umständen etwas zu sehen glaubt, was nicht da ist. Oder dass Dinge sich verzerren, eine andere Gestalt annehmen... Wie eine Fata Morgana unter Wasser. Ich hab das auch schon mal erlebt. Dein Gehirn war unterversorgt, Schatz. Zu wenig Sauerstoff. Aber was wir gefangen hatten, war ein Fisch, ein verdammt gefährlicher dazu!«

»Nein!«, erwiderte ich heftig und nahm die Hände von meinen Augen, um Till zornig anzublitzen. Ich schaffte es einfach nicht, meinen Kopf aus der Schlinge zu ziehen, obwohl Till mir tausend Chancen dafür gab. »Es ist kein Fisch! Es ist ein Wesen, ein Wasserwesen, mit Oberkörper und Kopf wie ein Mensch und mit einer großen geteilten Flosse statt Beinen und...«

»Vicky.« Till lächelte gekünstelt, als würde ihm leidtun, was er jetzt sagen musste – doch die Erleichterung in seinem Ausdruck war ebenfalls deutlich zu erkennen. »Wir haben Beweisfotos von dem Tier, Michel hat sie heute früh nachbearbeitet. Glaub mir, es ist ein Fisch. Man kann es ganz genau erkennen. Ich kann sie dir gerne zeigen, jetzt sofort.«

Obwohl Tills Worte auf mich wirkten, als hätte ich mir so brutal den Kopf gestoßen, dass mit einem Mal alles um mich herum zu wackeln und zu zittern begann, nickte ich ihm mit zusammengepressten Lippen zu.

»Okay. Ich will sie sehen.«

»Gut. – Wartet hier, ich hole Michels Notebook, dann kannst du sie dir in aller Ruhe anschauen – und danach sprechen wir darüber, warum du überhaupt abgehauen bist, ja? Das hab ich nicht vergessen! Mensch, Vicky, du hättest da unten sterben können!«

Schweigend blieben Sandra und ich neben der Dusche sitzen und warteten, bis Till mit seinen Beweisen zu uns zurückkam. Gestern hatte Michel noch gesagt, seine Aufnahmen seien nichts geworden, Sandra hatte mir davon berichtet, als sie mir das Essen gebracht hatte – und nun sollten sie zweifelsfrei einen Fisch zeigen? Das musste ich mir ansehen, auch wenn ich scheußliche Angst davor hatte, dass Till recht behielt und wirklich kein Wassermann zu sehen war. Denn anfangs hatte mein Gehirn noch nicht unter dem Sauerstoffmangel gelitten. Ich war nicht einmal knapp bei Atem gewesen, sondern hatte mich wohler gefühlt als je zuvor in meinem Leben.

»Was ist nur mit deiner Haut passiert?«, unterbrach Sandra unvermittelt unsere belastende Stille und berührte mit den Fingerspitzen meinen Unterarm. »Sie fühlt sich auch ganz anders an als sonst...«

»Ach, das ist nur das Sonnenöl«, unterbrach ich sie abwehrend, und sofort zog sie ihre Hand zurück. »Das zieht nicht ein. Ist in der Wärme wohl umgekippt.«

Ich wusste nicht, ob sie mir glaubte, doch sie konnte keine weiteren Fragen mehr stellen. Till war zurückgekommen und stellte das aufgeklappte Notebook auf meinen Knien ab, wo es zu rutschen begann und ich es mit einer Hand festhalten musste, damit es nicht auf den Boden knallte.

»Hier. Das ist Michels beste Aufnahme. Und sie zeigt eindeutig…«

»…einen Fisch«, vollendete ich seinen Satz heiser. Meine Kehle war so trocken geworden, dass ich kaum noch schlucken konnte. »Aber das kann doch nicht sein…« Weinend blickte ich auf den Bildschirm des leise summenden Notebooks und versuchte, zu begreifen, was es mir präsentierte: einen langen, kräftigen Fisch, der mit weit aufgerissenem Maul und leicht verdrehten Glupschaugen in die Kamera glotzte; sein Kiefer gesäumt von spitzen, scharfen Zähnen… Zähne, die mir bekannt vorkamen, genauso wie die charakteristische Flosse und der Ausdruck in seinem Blick – vollkommen angstfrei und im tiefen Wissen um die eigene Kraft; eine geballte Energie, die eisige Schauer über meine Wirbelsäule wandern ließ. Trotzdem war das, was ich sah, zweifellos ein Fisch. Verschwommen zwar und an manchen Stellen kaum vom aufgewirbelten Wasser zu unterscheiden, aber ein Fisch.

»Uuuh…«, schnaubte Sandra angewidert. »Was für ein hässliches Ding…«

»Er ist nicht hässlich!«, widersprach ich barsch. Ich war noch immer nicht bereit zu glauben, was der Bildschirm uns präsentierte. Entweder hatte Till recht, und mein Gehirn arbeitete beim Tauchen fehlerhaft, oder es hatten sich zwei Wesen in das Netz verirrt, von denen ich nur einem begegnet war. Oder… Oder die beiden waren eins. Nox und der Fisch. Und es lag an den Menschen, die ihn betrachteten, was sie in ihm sahen oder nicht sahen… Aber das hier war die Aufnahme einer Kamera. Eine Kamera war neutral. Sie lag immer richtig.

»Also, was wolltest du da unten, Vicky? Warum hast du das getan? Wolltest du nur heimlich in der Cenote baden und fühltest dich sicher, weil der Raubfisch im Netz war, oder… oder wolltest du ihn tatsächlich freilassen? Bitte sag schon, was hat dich nur dazu getrieben?!«

Das hätte ich eigentlich schnell und exakt beantworten können, denn es war genau zu benennen: Sehnsucht. Nichts hatte sich an diesem Gefühl geändert;

auch nicht eine Aufnahme, die über jeden Zweifel erhaben sein musste.

Aber ich wusste, was ich gesehen hatte, selbst wenn ich Sandra und Till niemals davon würde überzeugen können. Mit diesem Foto hatten sich tiefe, unüberwindbare Gräben zwischen uns aufgetan, die niemals zu überbrücken waren. Erschöpft gab ich auf und sagte endlich, was sie die ganze Zeit schon hören wollten. »Ich wollte einfach nur in der Cenote schwimmen«, antwortete ich müde und klang dabei schwach und kränklich wie ein uraltes Weiblein. Zu lügen, zog das letzte Quäntchen Energie aus mir heraus. »Sonst nichts. Und dann hab ich im Dunkeln die Orientierung verloren … und Dinge gesehen, die nicht da waren …«

Ich hörte ihnen kaum zu, als sie zu zweit auf mich einredeten, dass ich das auf keinen Fall noch einmal tun dürfte, weder nachts noch tagsüber. Die Cenote sei verbotenes Terrain für mich. Von nun an müsste ich immer in ihrer Nähe bleiben, um ihnen zu beweisen, dass sie mir noch vertrauen könnten. Punkt. Mein Ausflug wäre lebensgefährlich gewesen, schon allein beim Abstieg im Finsteren hätte ich mir den Hals brechen können, der Dschungel wäre kein Spielplatz und, und, und … Ich verteidigte mich nicht und folgte Sandra nach der Standpauke willenlos zu unserem aufgeheizten Zelt, wo ich mich hinlegen und ausruhen sollte, zusammen mit ihr, bis ich mich vom Schrecken der Nacht erholt hatte.

Sie verstanden nicht, dass die Welt oberhalb der Cenote langsam, Stunde um Stunde, viel gefährlicher für mich zu werden begann, als Nox es jemals sein konnte. Die Sonne stand noch nicht im Zenit, als die Kerben hinter meinen Ohren zu stechen und brennen anfingen, als hätte ich Säure darauf gekippt, und meine Haut wurde mit jedem Herzschlag trockener, empfindlicher und brüchiger. Schon nach meiner Lüge hatte sie ihren dunklen Schimmer verloren.

Doch am meisten ängstigte mich das Atmen. Die Luft war zu dünn und leicht für mich geworden. Egal, wie tief ich sie in meine Lungen sog – ich spürte genau, dass ich mich damit nicht mehr lange am Leben halten konnte. Ich musste erneut in die Cenote hinabtauchen, dieses Mal für einen längeren Zeitraum als nur ein paar Minuten.

Einzig das beständige Rauschen in meinen Ohren schenkte mir Trost und Besänftigung – denn in seinem gleichmäßigen Rhythmus hörte ich Nox nach mir singen.

Und solange ich ihn singen hörte, war ich am Leben.

Ein Fisch auf dem Trockenen, aber – am Leben.

WIEDERBELEBUNGS-
MASSNAHMEN

Ich wunderte mich darüber, wie einfach plötzlich alles lief – bis ich begriff, dass es keine Aneinanderreihung von Zufällen, sondern Fügung war; wie eine Bestätigung und Aufforderung zugleich, meinen Instinkten zu folgen; allen strengen Anweisungen zum Trotz.

Nachdem Sandra mich dazu gezwungen hatte, mich am helllichten Tage wie ein krankes Kind ins Zelt zu legen und mich von ihrem Luftbett aus dauergähnend bewachte, brach draußen plötzlich ein wahrer Tumult los, durch dessen Lärm immer wieder Antonios aufgebrachtes Schimpfen und Zetern dröhnte.

Man musste kein solch gutes Gehör haben wie ich, um mitzubekommen, was geschehen war und meinen nächtlichen Tauchgang im Nu in den Hintergrund rücken ließ. Ursprünglich hatten die Männer gegen Nachmittag in die Stadt fahren wollen, um ein neues Netz zu organisieren und die Sauerstofftanks auffüllen zu lassen. Doch sie konnten das Camp nicht verlassen. Irgendjemand hatte nachts auf dem Parkplatz sämtliche Reifen der Jeeps zerstochen, und es dauerte Stunden, bis Antonio über sein Handy genügend Helfer aufgetrieben hatte, die zum Parkplatz gefahren kamen, die Männer auflasen und mitnahmen. Jetzt galt es nicht nur, innerhalb weniger Stunden ein neues Netz zu kaufen und die Tanks zu füllen, sondern auch jede Menge neuer Reifen zu besorgen. Der ganze Trupp würde wahrscheinlich erst nach Einbruch der Dunkelheit wieder zurück im Camp sein.

Till fragte mich gar nicht erst, ob ich die Reifen zerstört hatte, denn mein Alibi war lückenlos. Nun würde auch niemand mehr auf die Idee kommen, zu glauben, dass ich es gewesen war, die das Messer gestohlen und das Netz zerschnitten hatte. Es musste einen Widersacher da draußen geben, der die Expedition möglicherweise torpedieren wollte – und obwohl ich die Vorstellung, dass sich nachts ein Fremder an den Autos auf dem Dschungelparkplatz zu schaffen gemacht hatte, nicht gerade beruhigend fand, wusste ich im Gegensatz zu den anderen wenigstens, dass er weder das Messer gestohlen noch das Netz zerschnitten hatte. Das war allein ich gewesen ... Und jetzt erhielt ich durch diesen Eindringling unverhoffte Hilfe von außerhalb. Nicht nur das: Sandra hatte durch die Aufregung und den Schlafmangel starke Kopfschmerzen und Kreislaufprobleme bekommen. Sie gab sich wirklich alle Mühe, wach zu bleiben und auf mich zu achten, aber nachdem die Männer das Camp verlassen hatten und nur noch Carlos zurückblieb, war es so ruhig geworden, dass sie sich nicht mehr gegen ihren Erschöpfungsschlaf wehren konnte. Sobald ihre Atemzüge lang und tief geworden waren, erhob ich mich und verließ das Zelt.

Carlos war in seiner Hängematte neben dem Küchenbereich ebenfalls eingeschlummert. Auf seiner nackten Brust lagen helle Holzspäne, ein Schnitzmesser und ein Ast, der sich gerade unter seinen Händen in eine Schlange zu verwandeln begonnen hatte. Friedlich und entspannt schnarchte er vor sich hin. Ich musste bei seinem Anblick lächeln, und gleichzeitig tat mein Herz weh, als müsste ich mich auch von ihm bald für immer verabschieden.

Doch meine Schmerzen lenkten mich schnell von meiner Traurigkeit ab. Mit jedem Schritt, der mich der Cenote näher brachte, spannte meine ausgetrocknete Haut stärker und bildete dabei ihr altvertrautes

Schuppenmuster, allerdings um ein Vielfaches massiver und brennender als früher. Keine Creme der Welt, kein noch so lang andauerndes Solebad würden ihr nun Linderung verschaffen. Das einzige Heilmittel war das Wasser der Cenote und eine Begegnung mit Nox. Und allein er konnte mir sagen, was mit mir vor sich ging.

Nur wie ich das Problem mit meiner Atmung lösen sollte, wusste ich nicht. Denn Nox konnte unter Wasser atmen, ich aber nicht – und nun klappte es auch über Wasser kaum mehr. Jedes Luftholen löste ein erstickendes Blubbern in meiner Lunge aus, als würde sie dabei von einer riesigen Faust zerquetscht. Aus den Kerben hinter meinen Ohren sickerten permanent dünne Blutrinnsale meinen Hals und Rücken hinunter. Immer wieder wischte ich mit meinen flachen Händen salzige Tränen aus meinem Gesicht und verteilte sie hinter meinen Ohren, auf meinen Armen und den Beinen, doch sie brachten nur für Sekunden Erleichterung, bevor die Qual von Neuem begann.

Kurz vor der Abbruchkante hielt ich keuchend inne und beugte mich vor, um meine Hände auf den Knien abzustützen und nach Luft zu ringen. Dieses Mal konnte ich den langen, umständlichen Abstieg entlang der Seile nicht bewältigen; das würde ich in diesem Zustand nicht schaffen. Also musste ich springen – so, wie ich es schon bei meinen letzten Besuchen hatte tun wollen. Wegen des starken Schwindelgefühls und meinen Atemproblemen wagte ich es jedoch nicht, mich kopfüber in die Cenote fallen zu lassen. Ich fürchtete, dabei ohnmächtig zu werden. Stattdessen stellte ich mich an die vorderste Kante des Abgrunds, breitete meine Arme weit zur Seite aus, hielt die Körperspannung und sprang mit einer kräftig federnden Bewegung ab.

Der Aufprall meiner Füße auf der Wasseroberfläche war so stark, dass ich metertief hinabsank. Doch ich spürte keinen Druck auf dem Schädel und hatte auch nicht die geringste Eile, rasch wieder nach oben zu gelangen. Ich dachte und plante gar nichts mehr, sondern legte nur genussvoll meinen Kopf in den Nacken, um das wilde Spiel meines Haares zu beobachten, aus dem sich Hunderte von schillernden Bläschen lösten und dessen unterschiedliche Blondtöne durch die hereinbrechenden Sonnenstrahlen golden, bronzen und kupferfarben schimmerten. *Zum Leben erweckt,* dachte ich versonnen… Ja, ich war wieder lebendig und gesund und spürte neue Kraft durch meine Arme und Beine fließen. Meine Haut spannte nicht mehr, sondern fühlte sich weich und glatt an, und die Kerben hinter meinen Ohren hörten auf zu bluten. Stattdessen pulsierten sie rhythmisch mit einem sanften Prickeln vor sich hin.

Doch meine Luft wurde viel schneller knapp als bei meinem nächtlichen Tauchgang. Schon nach wenigen, köstlichen Sekunden unter Wasser war ich gezwungen, wieder aufzutauchen. Aber das Atmen an der Oberfläche half kaum. Das Blubbern in meiner Lunge war sogar stärker und lauter geworden, und ich hatte das Gefühl, nicht ansatzweise so viel Sauerstoff zu inhalieren, wie zum Leben benötigt würde.

Eine Weile dümpelte ich fast bewegungslos in der Mitte der Cenote und konnte die berauschende Schönheit um mich herum kaum noch wahrnehmen, da ich fast ununterbrochen keuchte und zwischendurch sogar röchelte. Irgendetwas machte ich verkehrt – aber was? Wie sollte ich auf diese Weise Nox wieder begegnen, der bestimmt im tiefer gelegenen Bereich der Cenote zu Hause war? So weit hinabzutauchen ohne Sauerstoffflaschen, war nicht nur dumm, sondern lebensgefährlich. Ich klang ja schon über Wasser wie eine sterbenskranke Asthmatikerin.

Er musste wohl oder übel ein Stückchen zu mir heraufkommen, das hatte er schließlich schon einmal getan, als die Taucher die Höhle erkunden wollten, und auch, als er mich aus der Lücke im Netz nach oben bugsiert hatte… Hatte ich das wirklich richtig verstanden – hatte er mich gerettet, indem er mich Till entgegengeschoben hatte, sodass der nach mir greifen konnte, oder hatte ich mir das nur eingebildet? Denn Till hatte ihn mir gegenüber mit keiner Silbe erwähnt… Er hatte ihn nicht gesehen, nicht einmal seinen Schatten. War es lediglich mein Wunschdenken gewesen, dass Nox mich vor dem Ertrinken bewahrt hatte?

Es gab wieder nur einen einzigen Weg, dieses Rätsel zu lösen, und der lag jenseits von Angst, Vorsicht und Misstrauen. Obwohl ich nur noch prustend atmen konnte und meine Fingerspitzen und Zehen alarmierend kalt wurden, tauchte ich kopfüber ab und schwamm mit gleichmäßig paddelnden Bewegungen den Wurzeln entgegen, an deren Ausläufern der letzte Überrest des zerschnittenen Netzes hing und sich sacht im Wasser hin und her bewegte.

Mit der rechten Hand zog ich mich an eine der Wurzelverstrebungen heran und legte beide Arme darüber, sodass ich an ihr hing wie ein Faultier und mein Körper sich etwas ausruhen konnte. Das würde mir helfen, den wenigen Sauerstoff, den ich an der Wasseroberfläche hatte inhalieren können, so gut wie möglich einzusparen.

Ich musste nicht einmal über meine Gedankenkraft nach Nox rufen. Sein dunkler, muskulöser Schatten erschien unter mir, sobald ich mich auf den Wurzeln abgestützt hatte, und er schoss so schnell zu mir empor, dass mir vor Schreck die restliche Luft verloren ging.

Jetzt würde sich endgültig entscheiden, auf welcher Seite er stand... Ob die Rettung durch ihn nur mein heimlicher Wunschtraum gewesen war oder er tatsächlich wollte, dass ich lebte – so, wie ich mir nichts brennender wünschte, als ihn am Leben zu wissen...

Nun schwamm er ganz nah an mich heran, bis seine Luftblasen sich mit meinen vermischten. Meine Lungen verkrampften sich so heftig, dass ich mich vor Schmerzen und Panik krümmte und meine Füße zu zucken begannen, doch wie bei unserer nächtlichen Begegnung hielt ich seinem Blick stand.

»Bitte hilf mir... Ich kann nicht atmen... Weder an der Luft noch im Wasser...« Ich konnte diese Worte nur denken, während ich tief in seine dunkelgrünen Augen eintauchte, Augen aus einer anderen, verborgenen Welt, die mir vertraut und fremd zugleich war. Mit einem einzigen Flossenschlag bewegte er sich noch ein Stückchen an mich heran, sodass ich die winzigen Seepferdchen erkennen konnte, die sich in seinem roten, schlangenartigen Haar verborgen hatten – und auch die beiden gut sichtbaren Kerben hinter seinen Ohren. Sie sahen aus wie meine, nur länger und tiefer. Und sie bewegten sich – ähnlich den Kiemen von Fischen …

»Bitte tu etwas! Ich kann nicht mehr bei dir bleiben … Ich sterbe hier unten …«

»Nein. Du fängst jetzt erst an zu leben … Vertrau mir. Du musst mir vertrauen!«

Wie konnte es nur sein, dass ich ihn hörte, ihn verstand, sein melodiöser, sphärischer Singsang sich für mich in klare, unmissverständliche Botschaften verwandelte? Gab es dafür irgendeine nachvollziehbare Logik? Wieder verkrampften sich meine Atemwege … Es würde nur noch Sekunden dauern, bis ich dem Drang, durch meinen Mund Luft zu holen, nichts mehr entgegensetzen konnte, und dann war es vorbei mit mir … und ich starb direkt vor seinen Augen …

Ich war nicht wie er, verstand er das denn nicht?

Die nahende Bewusstlosigkeit veränderte schon meine Wahrnehmung, ich sah alles nur noch verschwommen, als Nox seinen Mund behutsam meinem Hals näherte. Seine Lippen waren leicht geöffnet und seine spitzen Zähne sichtbar, als wolle er mich beißen, vielleicht sogar verschlingen, mit Haut und Haar …

Doch seine Berührung war zart und beruhigend

kühl. Sacht schmiegte er seinen Mund auf die Kerben hinter meinen Ohren, die unruhig vor sich hin pulsierten, erst links, dann rechts, und sah mich anschließend wieder direkt an, während elektrische Ströme meinen Körper zu durchwandern schienen, von meinen Ohren bis zu den Zehenspitzen. Hatte ich überhaupt noch Füße? Sie fühlten sich so anders an... als wären sie plötzlich miteinander verwachsen...

»Atme. Trau dich... Und vertraue mir. Vertraue dem, was du bist. Atme! Jetzt. Tu es mit mir zusammen. Atme...«

Sein Gesang war so betörend, dass ich gehorchte; ich war sowieso nicht mehr in der Lage, klar zu denken. Ein dünner, kurzer Schrei – das letzte Aufbäumen meiner menschlichen Angst – entwich meiner Kehle, als ich gegen alle Vernunft und Wissenschaft meinen Mund weit öffnete und das kühle, klare und reine Wasser der Cenote einsog. In dem Moment, der eigentlich meinen sicheren Tod hätte besiegeln müssen, vertieften sich die Membrane hinter meinen Ohren bis zu meiner Luftröhre und begannen ihre Arbeit zu erledigen, als hätte man mich neu programmiert. Mein Körper entspannte sich, während ich mit einem Geräusch, das klang, als würde man über die Saiten einer Harfe streichen, den Sauerstoff aus dem Wasser filterte und direkt in meine

Lungen strömen ließ. Schon den zweiten Atemzug bewältigten die Membrane eigenständig, ohne dass mein Mund und meine Kehle noch daran beteiligt waren. Vor lauter Staunen merkte ich erst nach einigen Sekunden, dass ich überhaupt nichts mehr dafür tun musste, um unter Wasser zu bleiben, wo ich war, und die Wurzel längst losgelassen hatte.

Ich schwebte senkrecht an Ort und Stelle, voller Kraft und Anmut, während mein Haar wie eine geheimnisvolle Kreatur über meinem Kopf tanzte und dabei unentwegt neue Muster und Farben bildete – und zum ersten Mal in meinem Leben wusste ich, dass alles an mir perfekt war, und zwar genau so, wie ich einst zur Welt gekommen war. Es gab nichts an mir auszusetzen. Mein Körper war vollkommen, hier, im Wasser, und meine Seele war nie glücklicher gewesen.

»Folge mir! Na, komm schon, Prinzessin…« Ein schallendes, zutiefst amüsiertes Lachen erschütterte das Wasser, als Nox seine Flosse herumwirbelte und gebieterisch mit dem Arm nach unten deutete, in jene Tiefen der Cenote, die die Sonnenstrahlen nicht mehr erreichen konnten. »Lerne meine Welt kennen! Wenn sie dir gefällt, wird sie auch zu deiner werden.«

Angeber, dachte ich lächelnd, und erneut ließ sein lautes Lachen das Wasser beben. Mit einem melodischen Jauchzen stürzte ich ihm hinterher und tauchte in seinem Schatten weit hinab ins Reich der Toten – dorthin, wo Menschen nichts mehr sahen und meine wahre Bestimmung ihren Anfang nehmen würde.

UNGEAHNTE ABGRÜNDE

Das ist nur die Sprungschicht, redete ich mir in Gedanken beruhigend zu, als das Wasser vor uns plötzlich trüb und seltsam weißlich wurde, als hätte jemand literweise Milch hineingekippt. *Kein Grund zur Sorge… es hört gleich wieder auf…*

Onkel Till hatte mir oft von diesem besonderen Phänomen der mit dem Meer verbundenen Cenotes erzählt. Wenn das Süßwasser ins Salzwasser überging, entstand die sogenannte Halocline; eine Art Nebel in flüssiger Form. Ich ahnte schon die ganze Zeit, dass Nox und ich uns einem Zugang zum offenen Meer näherten, und dieser Unterwassernebel war der beste Beweis, dass ich mit meiner Vermutung richtiglag. Wenn wir ins Meer schwimmen wollten, musste ich es hinnehmen, dass ich nicht mehr klar sehen oder gar Entfernungen abschätzen konnte und das beklemmende Gefühl hatte, in der nächsten Sekunde die Orientierung zu verlieren.

Trotzdem breitete sich schon nach den ersten Metern eine tief sitzende, alarmierende Angst in meinem Bauch aus. Plötzlich wollte ich so schnell wie möglich zurück, nach oben, in die altbekannte, sichere Welt oberhalb des Wassers, zu Sandra und Till und seinen Kollegen … ja, ich wollte sogar wieder auf jene Art und Weise atmen, wie ich es bisher immer in meinem Leben getan hatte. Und obwohl ich eben noch mit Leichtigkeit und überschäumender Freude durchs Wasser geschossen war und ohne Anstrengung mit Nox' wahnwitzigem Tempo hatte mithalten können, kam es mir auf einmal vor, als würden sich tonnenschwere Bleigewichte an meinen Füßen befinden.

Was tat ich hier unten nur? Hatte ich jetzt völlig den Verstand verloren? Ich kannte dieses Wesen vor mir doch überhaupt nicht und hatte keinen blassen Schimmer, was Nox mit »mein Reich« meinte … und was er dort mit mir vorhatte … Doch am meisten ängstigte mich, dass ich auch ihn kaum noch erkennen konnte. Vor mir nahm ich nur einen dunklen Schatten wahr, der durch mein verschwommenes Sehen und das irritierend milchige Wasser der Halocline merkwürdig monströs und unheimlich wirkte – noch mysteriöser als ohnehin schon. Aber ich traute es mir auch nicht zu, allein umzukehren und auf eigene Faust zurück nach oben zu schwimmen. Es mussten vierzehn, fünfzehn Meter sein, die mich von der Wasseroberfläche der Cenote trennten, und ich war auf dem Weg nach unten viel zu übermütig gewesen, um auf Einzelheiten zu achten.

Alles war so überwältigend und beglückend gewesen – das sich langsam verdunkelnde Blau des Wassers, die glitzernden, gleißenden Strahlen der Sonne, die bis tief hinab in die Cenote reichten, die kleinen, bunten Fische, die ständig meine Arme, Beine und Wangen streiften, als freuten sie sich, mich endlich bei sich zu wissen. Vor allem aber war da die erlösende Erkenntnis, dass meinem Körper mein ganzes Leben lang einfach nur das Wasser gefehlt hatte. Deshalb hatte ich so viel geweint – etwas, das hier unten gar nicht auffiel. Niemand konnte meine Tränen sehen, niemand sich daran stören.

Doch nun wurden meine Zweifel so stark, dass ich bei der nächsten Bewegung versehentlich durch meinen Mund nach Luft schnappte und unter Wasser husten musste, bis mein Magen sich umzudrehen drohte. Nein, das war zu viel für mich, diese Tiefen überforderten mich, und ich kam nicht damit zurecht, nicht mehr scharf sehen zu können... Schon biss blinde Panik sich in meinem Nacken fest, und ich verspürte das Bedürfnis, laut um Hilfe zu schreien, als Nox' besorgtes Gesicht vor meinen Augen auftauchte. Sanft, aber entschieden packte er mich an den Schultern und drehte mich halb herum, sodass mein Rücken sich an seine Brust schmiegte, er seinen linken Arm um meinen Bauch schlingen und mich durchs Wasser tragen konnte.

»Nicht zweifeln... das ist nur der Übergang... Deine Zweifel nehmen dir die Luft zum Atmen. Lass mich dich tragen, bis wir die Grenze hinter uns gelassen haben.«

Der Übergang – die Grenze? Wovon genau sprach er? War es am Ende gar nicht die Sprungschicht, die meine Sicht trübte und mir das Gefühl gab, in eine finstere Endlosigkeit hinabzugleiten, sondern die Schwelle zwischen zwei Welten, die normalen Menschen stets verschlossen bleiben würde – und warum konnte ich hier unten überhaupt noch etwas sehen? Ja, es war dunkel um uns herum geworden, aber nicht in jener Art und Weise, wie Till es nach unserer Ankunft beschrieben hatte. Ohne Lampen würde man nichts sehen, hatte er gesagt. Doch noch immer erkannte ich schemenhaft Auswüchse der Kalksteinwände, wie starre Statuen, die diesen Teil des Höhlensystems bewachten und nur den passieren ließen, der auch wirklich hierhergehörte... und in diesem Totenreich sehen konnte... Wesen wie Nox und wie – wie ich?

»Es wird gleich leichter werden, hab keine Angst!«

Es überraschte mich, wie gut ich Nox trotz meiner Panik und dem pochenden Dröhnen in meinen Ohren verstand. Offenbar wusste er genau, was in mir vorging. Für ihn war ich wie ein offenes Buch, während er und seine Welt mir immer mehr Rätsel aufgaben.

»Wir haben es gleich geschafft, und dann sind wir wieder im Licht und im klaren Wasser... Vergiss nicht zu atmen, du musst atmen, durch deine Kiemen!«

Ich hatte tatsächlich vor lauter Furcht die Luft angehalten und nun gut damit zu tun, mich auf die Kerben hinter meinen Ohren zu konzentrieren und nicht erneut den Mund aufzumachen. Doch Nox' Arm um meinen Bauch und das Gefühl, sicher von ihm durch das nebulöse Dunkelblau des Abgrunds getragen zu werden, während seine Flosse uns dynamisch nach vorne peitschte, nahmen mir nach und nach meine Angst und schenkten mir neues Selbstvertrauen. Allmählich beruhigte sich mein Herzschlag wieder, und meine Kiemen beförderten ausreichend Luft in meine Lungen, die den Schwindel in meinem Kopf beseitigten.

Okay, gut, beschloss ich in friedlicher Resignation, *dann sehe ich eben nicht, wohin die Reise geht…* Mir blieb jetzt ohnehin nichts anderes übrig, als Nox zu vertrauen und mich seiner Führung zu überlassen. Irgendwie war es sogar schön, sich mal nicht aus eigener Kraft vorwärtsbewegen zu müssen, erst recht in dieser undurchsichtigen Zwischenwelt. Ich begann gerade vorsichtig damit, es zu genießen, nicht klar sehen zu können oder gar entscheiden zu müssen, was es zu tun galt, als das Wasser seine milchige Trübung verlor und mit jedem Meter klarer wurde. Ein leichter Druck auf meinem Kopf verriet mir, dass wir uns nun aufwärtsbewegten. Nox lockerte kaum merklich seinen Griff, doch ich wollte mich nicht aus seiner Umarmung lösen. Noch war ich nicht bereit, wieder selbst zu schwimmen und ihm zu folgen. Neugierig beobachtete ich im Schutze seines Oberkörpers und vorangetrieben von seiner Kraft, wie sich das mystische Schwarzblau um uns herum zunehmend aufhellte, schließlich die ersten Sonnenstrahlen zu erahnen waren und ein paar vorwitzige, bunt gemusterte Fische zu uns schossen, um uns schillernd zu umtanzen.

Als Nox plötzlich eine schwungvolle Wendung vollzog und seine Hand sich dabei ohne Vorwarnung auf meine Augen legte, zuckte ich nur kurz zusammen. Ich spürte genau, dass er mir nichts antun, sondern mich davor bewahren wollte, zu viel zu denken, während wir endgültig in den lichten Teil des Höhlensystems glitten. Gespannt wartete ich, was ich sehen würde, sobald er seine Hand wegnahm. Trotzdem biss ich in sanftem Protest in seinen Daumenballen, um ihm zu demonstrieren, dass ich derlei übergriffige Aktionen eigentlich nicht mochte.

»Du musst glauben können, um wahrhaft zu sehen …«, hörte ich ihn summen. »Sonst ist auch dies nur eine weitere dunkle, tote Höhle für dich. Bist du bereit?«

Ich nickte eifrig, doch er ließ seine Hand noch eine kleine Weile auf meinen Augen liegen, bevor er uns beide in die Senkrechte bugsierte, seinen Oberkörper von meinem Rücken löste und meine Sicht freigab. Lächelnd blinzelte ich und drehte mich übermütig um mich selbst, während ich durstig von dem salzigen Wasser kostete. Was sich mir zeigte, war in keiner von Tills Erzählungen je vorgekommen – und hätte er es erlebt, hätte er es mir niemals verschwiegen. Ein solches Erlebnis hätte selbst der verschwiegenste Mensch nicht dauerhaft für sich behalten können. Einen Moment lang wusste ich nicht, ob ich den Anblick dieser lichtdurchfluteten Unterwasserhöhle kitschig fand oder ob er das Schönste war, was ich je gesehen hatte. Doch dann verstand ich, dass beides wahr war, wenigstens für jemanden wie mich.

Ich hatte das Gefühl, dass sich in jeder Pflanze, jedem Fisch, jeder Muschel und jedem Seestern, die hier unten zu Hause waren, unglaubliche Weiten eröffneten, durch die ich bis in die Unendlichkeit schauen konnte, wenn ich wollte. Es war, als ob selbst die winzigste Garnele um die Geschicke der gesamten Welt wusste und ich alles in ihr finden konnte, was ich wissen wollte, sofern ich mir nur die Zeit nahm, sie bewusst anzuschauen. Ich war im prachtvollsten Aquarium des Universums gelandet.

Alle diese Wesen, die hier wie in Zeitlupe durch das Wasser wanderten, vibrierten sanft und gaben dabei wundersame, sphärische Klänge von sich. Ihre Farben veränderten sich ohne Unterlass und waren ständig in Bewegung; ich konnte sogar sehen, woraus sie beschaffen waren: winzige Lichtpünktchen in allen Schattierungen des Regenbogens, die sich zusammen formierten, um einen ganz bestimmten Farbton zu ergeben, und diese Töne waren so intensiv und leuchtend, dass ich fast geblendet war. Sie erinnerten mich an meine eigenen Augen – ja, diese Kristallpünktchen mussten sich auch in meinen Augen befinden, deshalb sahen sie anders aus als alle Menschenaugen, die mir bisher begegnet waren. Auch in den Augen von Nox waren sie zu Hause. Das Schwarzgrün seiner Iris wirkte niemals dunkel, ebenso wie seine Haut und seine Schuppen – weil sie in Wahrheit aus purem Regenbogenlicht bestanden.

Wahrscheinlich befanden sich diese kristallinen, blinkenden Strukturen sogar in meinen Haaren und in den Pigmentierungen meiner Haut. Doch nur das Wasser konnte sie zum Leuchten bringen. Ansonsten trockneten sie aus… wurden spröde und rissig und schmerzten… verloren ihre Farbe…

Ich war wirklich anders als alle anderen Menschen. Bisher hatte ich immer gedacht, mit etwas Anstrengung, gutem Willen und geschickten Chirurgen würden wir es irgendwann hinkriegen, mich einigermaßen normal aussehen zu lassen, ohne je so recht davon überzeugt zu sein, dass dies sinnvoll war. Aber ich war von Grund auf anders; es lag in meinen Genen. Ich war einfach anders beschaffen – viel eher so wie der kleine, violette Tintenfisch, der gerade an mir vorüberschwebte und mir dabei gelassen in die Augen sah, während seine Haut unzählige Funken in das tiefe Petrolblau des Wassers schickte; wie Morsezeichen. Ich hätte ihn wahrscheinlich stundenlang anschauen können, ohne dass mir dabei auch nur eine Sekunde langweilig wurde, weil ich in ihm mehr entdecken würde, als ich mir in hundert klugen Büchern erlesen konnte. Diese Welt hier verstand ich – und sie verstand mich.

»Willkommen zu Hause«, hörte ich Nox liebevoll neben mir raunen, und ich spürte, dass er lächelte. Noch immer hielt er ein, zwei Meter Abstand zu mir, als wolle er mir genügend Raum geben, alles Neue in Ruhe zu entdecken. Doch dafür würde ich Wochen und Monate brauchen, und die Vorstellung, irgendwann mit ihm darüber sprechen zu können, was ich sah, löste ein freudiges Blubbern in meinem Bauch aus.

Die Kalksteinwände nahm ich überhaupt nicht mehr wahr; sie waren nicht wichtig für mich, sondern gaben diesem Reich lediglich seinen festen Rahmen. Till suchte in solchen Höhlen nach Zeichen aus alten Zeiten, nach Schätzen und Abenteuern. Ich jedoch sah dort etwas, was seinen Augen wahrscheinlich für immer verborgen bleiben würde... Aber er musste seinen Zauber gespürt haben, sonst wäre er nicht immer wieder in die Cenotes hinabgetaucht. Ihre Magie bannte ihn ebenso wie mich. Ich verstand ihn mehr denn je, und zugleich trennte uns mehr denn je. Denn wir waren nicht von derselben Herkunft...

Trotzdem war dieses kleine Salzwasserreich mit

seinen wundersamen Bewohnern nur wie ein Vorge-
schmack für mich – jetzt drängte es mich mehr denn je
nach draußen ins offene Meer, und ich konnte es kaum
abwarten, bis Nox mich dorthin mitnehmen würde.
Ich liebte die Höhle, in der wir uns nun befanden; sie
kam mir vor wie ein geschütztes, harmonisches Zuhause, in dem ich mich erholen und Kraft schöpfen
konnte, fast wie eine Art Unterwasserwohnzimmer;
eben mein eigenes Aquarium. Ich fühlte mich darin
weder eingesperrt noch beengt, aber meine wahre Bestimmung wartete draußen in den Wellen des Ozeans
auf mich. Doch Nox machte keine Anzeichen, unsere
Reise fortzusetzen. Vielleicht glaubte er, ich müsse
mich noch etwas ausruhen, bevor wir weiterzogen –
und noch gab es so viel für mich zu entdecken …

Mein Atem stockte, als ich dem Tintenfisch auf
seinem Weg in die Tiefe hinterherblickte und dabei
meine eigenen Beine nicht mehr erkennen konnte. Es
lag nicht daran, dass das Wasser unter mir schwarzblau wurde oder sich meine Füße etwa noch in der
Sprungschicht befanden. Nein, ich *hatte* keine Füße
mehr. Ich hatte nicht einmal Beine. Was sich unterhalb meiner Taille befand, sah aus wie ein Schweif aus
Lichtfunken, der sich in der leichten Strömung sanft
hin und her bewegte, fast wie eine Wasserpflanze. Irri-

tiert schloss ich meine Augen, wartete ein paar Sekunden ab und öffnete sie wieder. Nox lachte leise, als amüsiere ihn mein Verhalten, doch es klang nicht, als würde er auf mich herabschauen, sondern als würde er sich mit mir freuen. Mein Lichtschweif war immer noch da, und dieses Mal wirkte er sogar greifbarer und echter auf mich als vorhin noch. Seine Regenbogenfunken bildeten ein sattes, helles Türkis, das ab und zu ins Blau und Lila changierte, manchmal auch in ein glitzerndes Gold.

Er erinnerte mich an die Beschaffenheit der kleinen tierischen Meereswesen, die in dieser salzigen Höhle ihr Zuhause gefunden hatten. Wesen, von denen ich glaubte, in ihnen lesen zu können wie in einem Buch. Wenn ich so war wie sie, würde dann auch Nox in mir lesen können? Wusste er deshalb immerzu, was in mir vorging und was ich tun musste, um unter Wasser leben zu können – weil er mich genauso vielschichtig wahrnahm wie ich sie?

Fragend wandte ich mich zu ihm um, doch er antwortete nicht, sondern winkte mich herrisch zu sich und schwamm mir voraus zu einer Stelle im hinteren Bereich der Höhle, wo die Kalksteinwand eine Art Kuppel bildete und die Sonnenstrahlen sie mit tanzenden Reflexen überzogen. Weit entfernt konnte die

Oberfläche nicht sein, ich konnte den Himmel fast erahnen, aber ich hätte Stein und Bein darauf schwören können, dass wir uns mehrere Hundert Meter weit von der ursprünglichen Cenote am Camp entfernt hatten. Hier war wirklich noch nie ein anderer Mensch gewesen, und vielleicht würde Nox mich jetzt endlich zu jenem Teil der Höhle führen, durch den wir hinaus ins Meer gelangten.

Resolut, wie es seine Art war, ergriff Nox mein Handgelenk, bevor ich eigene Erkundungen anstellen konnte, und tauchte unter dem Kuppelbogen hindurch in eine kleinere Grotte, deren Boden über und über mit perlmuttfarbenen Muscheln übersät war. Fast alle waren leicht geöffnet und bewegten sich raschelnd fort. Obwohl mir eine solche Muschelart nie zuvor begegnet war und ich mich gerne in ihren Anblick vertieft und sie berührt hätte, ließ ich es zu, dass Nox mich weiterzog, in einen engen Tunnel hinein, der gerade so breit war, dass wir ihn passieren konnten, ohne uns an seinen scharfkantigen Wänden zu verletzen. Doch dieses Mal blieb meine Panikattacke aus. Denn ich konnte das Meer bereits hören ... Weit mussten wir nicht mehr schwimmen, bis die Höhle uns freigab und ich alles hinter mir lassen konnte, was mich noch an die Menschenwelt band.

Schon veränderte sich die Farbe des Wassers, es wurde wieder heller und türkiser, außerdem schmeckte es kräftiger nach Salz und Algen, und ich sah winzige, leuchtende Planktonteilchen vor meinen Augen tanzen. Da, nur noch wenige Meter, dann waren wir da, und ich…

»Stopp.« Unsanft prallte ich gegen Nox' Oberkörper und geriet ins Torkeln; ein Gefühl, als hätte er mich aus einem wunderschönen Traum gerissen, der mir hatte zeigen wollen, wo ich alles Glück dieser Erde finden würde. Mit ausgestreckten Armen blockierte er den schmalen Durchgang und erzeugte damit eine Art Mauer, die ich nicht durchbrechen konnte. Geschickt versuchte ich, unter seinen Achseln hindurchzutauchen, erst links, dann rechts, doch es war beide Male, als prallte ich gegen eine Wand aus Wasser. Wütend ballte ich meine rechte Hand zur Faust, wagte es aber nicht, sie gegen seine Brust zu schlagen. Denn seine Körperhaltung war unmissverständlich: Du kommst hier nicht durch!

»Was soll das?«, schrie ich ihn an; ein Klang, als setzte sich meine Stimme in einem unendlichen Echo durch die gesamte Höhle fort und würde sogar die Oberfläche der Cenote aufwühlen. »Ich will ins Meer, es ruft mich!«

Ich log nicht. Noch immer hörte ich die Wellen rauschen und jetzt vernahm ich auch zarte, begrüßende Klick- und Pfeiflaute – das mussten Delfine sein, die mich erkannt hatten und mit mir spielen wollten. Sie warteten da draußen auf mich, begriff Nox das nicht?

Ein letztes Mal versuchte ich, ihn auszutricksen und mich an ihm vorbeizumogeln, dann gab ich bitter enttäuscht auf. Plötzlich kam mir die gesamte Höhle farblos und trist vor. Kein Glitzern mehr, keine Regenbogenfunken. Nur noch ein ödes Gefängnis.

»Du bist noch nicht so weit. Ich kann dich das Tor nicht passieren lassen.«

»Aber wieso nicht?«, entgegnete ich weinerlich. »Warum hast du mich hierhergebracht, wenn es ab hier für mich nicht weitergeht?«

»Damit du deine Grenzen kennenlernst! Das da draußen ist das offene Meer. Keine geschützte Höhle mit niedlichen kleinen bunten Tierchen und glitzernden Muscheln.«

Trotzig wich ich Nox' funkelndem Blick aus. Mir passte überhaupt nicht, was hier gerade geschah. Und auch, wie er über meine Höhle redete, mochte ich nicht.

»Dort draußen brauchst du mich, um zu überleben.«

»Du bist doch bei mir, alles gut«, erwiderte ich schnippisch.

»Ja, aber du schaust mich nicht mehr an, seitdem wir das Salzwasser erreicht haben! Du hast nur noch Augen für deine Umgebung und nimmst mich kaum noch wahr... Ich weiß, es ist anders für dich, seitdem wir die Grenze hinter uns gelassen haben.« Nox versperrte mir nach wie vor den Zugang zum Meer, berührte aber mit seiner Flosse verständnisvoll meinen Nixenschweif. »Und die Sehnsucht nach dem Meer überwältigt dich. Ich kenne dieses Gefühl zu gut, glaub mir.« Nun mischte sich Bitterkeit in seinen tiefen, wohlklingenden Singsang. »Es quält mich selbst schon so lange. Aber nur, wenn du dich ganz auf mich einlässt und mir bedingungslos vertraust, kann ich dich hinaus in den Ozean führen. Und dafür musst du Blickkontakt zu mir halten. Das ist der erste Schritt.«

»Das habe ich längst getan...«, verteidigte ich mich matt, obwohl ich mich tatsächlich kaum noch daran erinnern konnte.

»Ja, bei unseren ersten Begegnungen. Das waren jedoch nur Sekundenbruchteile. Und alles ereignete sich in einer ganz anderen Umgebung, einer anderen Situation. Vor allem warst du selbst noch anders. Jetzt aber bist du dabei, dich zu verwandeln. Du kannst unter Wasser atmen, hörst den Ruf der Wellen, dein Körper verwandelt sich. Und nur, wenn du mich ansiehst, können unsere Seelen sich auf jene Weise miteinander verbinden, die wir brauchen, damit ich im offenen Wasser auf dich aufpassen und dich begleiten kann. Das habe ich der See versprochen. Du bist wichtig, Meermädchen ... viel wichtiger, als du glaubst. Wichtig für mich und wichtig für die Ozeane der ganzen Welt. Sieh mich an, mein Herz. Sonst kannst du dort draußen nicht überleben ... Und das darf ich nicht riskieren.«

Entmutigt ließ ich meine Faust sinken. Nox' Worte trafen mich wie ein Schlag vor die Brust, denn er sprach die Wahrheit aus. In der Sprungschicht hatte es mich zwar verängstigt, ihn nicht genau erkennen zu können. Doch sobald wir sie überwunden hatten, hatte ich mich auf die Pflanzen und Meerestiere der Salzwasserhöhle gestürzt und ihn beinahe ignoriert, als wäre er nur noch ein unwichtiger Bote oder Führer für mich, den ich nicht mehr brauchte, sobald ich endlich im freien Meer war und dessen ganze Pracht erleben durfte. Seit unserer Begegnung in der Cenote, als er verletzt im Netz gehangen hatte, und dem Moment, als er meine Kiemen wach gekitzelt hatte, hatte ich ihn nur noch flüchtig betrachtet. Alles hier unten war interessanter gewesen als er, eingeschlossenen mein eigener Nixenschweif. Selbst den kleinsten Fisch hatte ich genauer betrachtet. Das Einzige, was ich ab und zu gewagt hatte, war ein kurzer Blick in seine schwarz-grünen Augen…

Auf einmal fürchtete ich mich davor, Nox anzu-schauen. Wenn ich mich für diese Welt unterhalb des Wasserspiegels entschied, würde ich mich auch für ihn entscheiden müssen… Das hatte er mir eben unmiss-verständlich zu verstehen gegeben. Und ich war mir immer noch nicht sicher, ob ich ihm vertrauen konnte, auch wenn er mir bis jetzt kein Haar gekrümmt hatte. Was, wenn ich etwas entdeckte, was mich abstieß oder ängstigte?

»Es ist eine Prüfung. Und sie ist nicht leicht«, stimmte Nox mir summend zu. »Aber du bist mutig, sonst hät-test du mich nie aus dem Netz befreit. Du hast die Kraft, dich ihr zu stellen, ich weiß es genau.«

Mit einem tiefen inneren Seufzen ließ ich ein paar Luftbläschen durch meine Nase wandern, versuchte meine Angst zu unterdrücken, und hob schüchtern meinen Blick. Die Sicht war kristallklar, keine neblige Sprungschicht, doch als ich versuchte, in Nox' Gesicht zu schauen, fühlte ich mich plötzlich wie farbenblind. Mit einem Schlag zeigte sich mir die Höhle so, wie Till es mir immer beschrieben hatte, um mich vor den Ge-fahren einer Cenote zu warnen. Allein die Lampen der Taucher brachten das Licht und die Farbe in ihre Tiefen… ohne sie war es stockfinster dort unten. Und meine Augen, die offenbar bisher meine Lampen gewesen waren, verloren ihre Kraft, weil sie nicht sehen wollten, was mir möglicherweise das Herz brechen musste. Von allen Seiten driftete die Schwärze des Nichts auf mich zu, und die Temperatur des Wassers sank so schnell, dass ich vor Kälte zu zittern begann und meine Kiemen starr wurden. Ich bekam kaum noch Luft…

»Okay, Zeit für eine Atempause. Ich bin da, keine Angst.« Ehe ich bewusstlos werden und nach unten sinken konnte, ergriff Nox mich, um mich zurück durch den Tunnel und anschließend in einem schwindelerregenden Zickzack nach oben zu ziehen, bis mein Scheitel die Wasseroberfläche durchbrach und ich keuchend zu atmen versuchte. Ich war dem dunklen Sog der Tiefe entronnen – aber wir befanden uns wieder weit jenseits des offenen Meeres. Ich konnte das Rufen seiner Wogen nicht einmal mehr hören.

Nox war immer noch bei mir, ich spürte ihn direkt hinter mir, doch ich wusste, dass ich meine erste entscheidende Prüfung als Wasserwesen nicht bestanden hatte. Es war albern gewesen, zu glauben, ich müsste nichts weiter tun, als ihm hinterherzuschwimmen, um sein Reich besuchen zu können.

Nox hatte mich vor dem Ertrinken gerettet, mir gezeigt, wie ich unter Wasser atmen musste, und mir eine Ahnung von dem vermittelt, was ich war und wo mein wahres Zuhause lag. Das war bereits eine stattliche Liste.

Doch seine Macht war noch viel allumfassender und bestimmender, als ich es die ganze Zeit geahnt hatte.

Denn er allein entschied darüber, ob ich hinaus ins offene Meer schwimmen durfte oder nicht, und bestand ich meine Prüfung nicht, würde ich für immer zwischen der Menschenwelt und der Wasserwelt gefangen bleiben.

Ich hasste und liebte ihn dafür.

MÄRCHEN
AUS ALTEN GEZEITEN

Obwohl ich es kaum erwarten konnte, Nox zu fragen, ob ich meine Prüfung wiederholen durfte, hatte ich erst einmal damit zu tun, meine Kiemenatmung auf Lungenatmung umzustellen. Jetzt hatte ich eine vage Vorstellung davon, wie grauenvoll es für Fische sein musste, auf dem Trockenen zu ersticken… Doch mein Körper hatte nicht vergessen, was er in den vergangenen vierzehn Jahren hatte tun müssen, um mich mit Sauerstoff zu versorgen, und nachdem ich mich mit der Lungenatmung arrangiert hatte, ging es besser als erwartet.

Mein Gefühl hatte mich nicht getäuscht – Nox und ich befanden uns in einer anderen, viel kleineren Cenote. Sie war kaum größer als ein XXL-Planschbecken. Wahrscheinlich gehörte sie zu jenen Löchern in der

Kalksteindecke, die Till und die anderen Männer mithilfe ihrer kamerabestückten Drohne entdeckt hatten. Doch anstelle eines Steilufers fand ich ein paar glatte, ausgewaschene Steine zwischen ihrem Rand und dem Regenwald, an denen ich mich ohne Schwierigkeiten an Land ziehen konnte. Statt einem kristallinen Lichtschweif in Meerjungfrauenform hatte ich wieder zwei Beine, die sich allerdings nicht recht voneinander lösen wollten und grünlich schimmerten. Sie schlangen sich umeinander wie der Knoten einer Brezel, und weil ich keine Lust hatte, mit mir selbst zu kämpfen, ließ ich sie, wie sie waren, und schob sie neben meinem Oberkörper auf den Stein. Doch dort blieb ich allein. Nox folgte mir nicht und hielt sich komplett unter Wasser; er vollführte nicht einmal einen seiner tollkühnen Sprünge, wie ich sie bei unserer ersten Begegnung hatte beobachten können.

Er kann an Land nicht atmen, realisierte ich mit einem hohlen Gefühl im Bauch, und spürte weder Überlegenheit noch Genugtuung dabei. Stattdessen plagte mich beinahe das schlechte Gewissen, weil ich hier oben nicht nur problemlos Luft holen konnte, sondern mich überraschend wohl dabei fühlte, auf meinem Stein zu sitzen und ins Wasser zu schauen. Das hatte ich schon als kleines Mädchen gerne getan, wenn wir an einem See oder am Meer gewesen waren, und daran hatte sich, wie es aussah, nichts geändert. Einsam hatte ich mich dabei niemals gefühlt, und Langeweile war auch nicht aufgekommen. Das Einzige, was mir nun fehlte, waren das Tosen der Wellen um mich herum und der endlose Blick zum Horizont. Hier, auf diesem Stein am Wasser, brauchte ich Nox nicht – und gleichzeitig erfüllte es mich mit tiefem Frieden, zu wissen, dass er unter der Oberfläche der Cenote seine Kreise zog und ich, wenn es Zeit wurde, einfach wieder zu ihm schwimmen konnte.

Plötzlich musste ich an das ewige Spiel von Ebbe und Flut denken. Die Ebbe gab Felsen, Steine, Sand und Muscheln frei, die man während der Flut nicht sehen konnte. Durch sie glättete die See sich, wurde ruhiger und sanfter, ihre Wellen spielerisch und liebkosend. Doch sobald der Meeresspiegel sich wieder hob und die Brandung wild und ungestüm wurde, würde auch meine Sehnsucht aufwachen, mich von meinem Felsen zu lösen und hinab zu Nox zu tauchen, um bei ihm zu sein und zusammen mit ihm Welten zu erkunden, die für Menschenaugen unsichtbar waren. Ohne ihn würde ich die Flut nicht überstehen. Doch wie hier und jetzt auf meinem Felsen zu sitzen, fern von menschlichen Behausungen und Zwängen, war ungeheuer entspannend und beruhigend für mich. Ich wurde sogar ein wenig müde dabei, und meine Fragen kamen mir auf einmal weniger dringend vor. Es interessierte mich nicht einmal mehr, ob ich mit meinem Bild von den Gezeiten richtiglag. Ich wusste nur, dass es sich passend anfühlte, hier zu sitzen.

Nox nahm ich lediglich als einen dunklen Schatten unterhalb der Wasseroberfläche wahr. Gemächlich zog er seine Kreise und sah dabei einem großen Raubfisch zum Verwechseln ähnlich, denn er hielt seine Arme nah am Körper und bewegte sich ausschließlich durch kräftiges Paddeln seiner Flosse fort. Jetzt verstand ich, wieso Till und die Männer niemals Zweifel daran gehabt hatten, dass er ein Fisch sein musste.

Konnte er mich denn noch hören? War es mir möglich, von hier aus Kontakt mit ihm aufzunehmen? Oder wartete er vielleicht sogar schon auf mich und wurde langsam zornig, weil ich hier oben die Zeit vertrödelte?

»Soll ich zu dir kommen, damit wir miteinander über die Prüfung sprechen?«, fragte ich ein wenig schuldbewusst und klaubte eine handtellergroße Krabbe aus meinen Haaren, um sie zurück in die Cenote zu werfen. »Verstehst du mich überhaupt?«

»Wir müssen jetzt nicht sprechen, Meermädchen.

Ruh dich aus und komm zu mir, wenn du so weit bist«, erreichte mich sein Singsang, allerdings etwas dumpfer und verschwommener, als wenn ich mich mit ihm im Wasser unterhielt.

Wenn ich so weit war? Was meinte er damit: dass ich mich dann erneut der Prüfung stellen durfte, ihn ganz bewusst anzuschauen? Würde ich dabei womöglich etwas erblicken, was mir bisher verborgen geblieben war, weil wir uns immer in Ausnahmesituationen befunden hatten, wenn ich ihn betrachtet hatte? Zögernd tauchte ich meine verschlungenen Beine in die Cenote und beobachtete sie argwöhnisch. Doch sie blieben Beine. Kein türkis blinkender Lichtschweif war zu sehen. Trotzdem hatte ich das Gefühl, dadurch eine engere Verbindung zu Nox hergestellt zu haben. Wahrscheinlich hätte es dafür auch ausgereicht, meinen kleinen Finger in die Cenote zu halten.

Zerstreut versuchte ich, meine nassen, verschlungenen Haare mit den ausgespreizten Fingern zu ordnen; ein sinnloses Vorhaben, das mir jedoch süße, willkommene Ruhe schenkte und mich dazu ermunterte, kleine Lieder vor mich hin zu summen; Melodien, die ich zuvor nie in mir wahrgenommen hatte, die aber ganz leicht über meine Lippen kamen und sich anhörten, als würde nicht nur ein Mädchen sie singen, sondern ein ganzer Chor; allerdings in einem zarten Piano. Dieser Klang gefiel mir so gut, dass ich für ein paar Augenblicke alles vergaß, was eben noch so wichtig für mich gewesen war – Nox, der Zugang zum Meer, meine Prüfung und auch die vielen Fragen, die nur Nox mir beantworten konnte.

Erst als in der Ferne leiser Donner grollte und die Sonne hinter drohenden Wolkenbergen verschwunden war, schreckte ich auf und blickte mich verwirrt um. Nox glitt immer noch unter der Wasseroberfläche hin und her, abwartend und wachsam, und nachdem ich ihm eine Weile träge dabei zugeschaut hatte, beschloss ich mit neuem Mut, mich endlich dem zu stellen, woran ich unten in der Salzwasserhöhle so kläglich versagt hatte. Ich musste Nox in aller Ruhe anschauen und mich ganz auf ihn konzentrieren, unter Wasser. Wenn mir das nicht gelang, würde ich niemals das Meer erreichen.

Die Füße voran ließ ich mich in die Mini-Cenote gleiten und sank mit ausgestreckten Armen zu Nox herab, ließ meine Augen aber so lange geschlossen, bis ich meine Atmung umgestellt hatte und mir sicher war, mich ohne Erstickungsängste jenem Wesen zu widmen, das mir so ähnlich war, wie kein Mensch es je hatte sein können.

Dieses Mal verdunkelte sich das Wasser nicht, als ich meinen Blick auf Nox richtete, obwohl ich wieder ein schmerzhaftes Ziehen im Herzbereich verspürte und im ersten Moment am liebsten vor seinem Anblick geflüchtet wäre. Doch ich zwang mich, standhaft zu bleiben und ihn in jener Ausführlichkeit zu betrachten, die ich ihm und mir bislang schuldig geblieben war.

Bestürzt erkannte ich, wie unterschiedlich wir doch waren. Nox hatte zwar Kiemen hinter den Ohren wie ich und grünliche Haut, seine Augen traten ebenfalls leicht hervor, und für einen Jungen hatte er recht üppige Lippen. Doch im Gegensatz zu meinen waren sie auffällig scharf gezeichnet, und als er seinen Mund zu einem leichten Lächeln verzog, blitzten sofort seine spitzen, markanten Raubtierzähne hervor. Ich besaß keine solchen Zähne. Meine waren schon immer eher abgerundet als eckig gewesen. Meine Haut war außerdem wesentlich heller als seine und meine Haare von völlig anderer Struktur. Doch der deutlichste Unterschied zwischen uns war unsere Ausstrahlung. Das wusste ich, ohne mich selbst zu betrachten. Sein ermunterndes Lächeln konnte nichts daran ändern, dass er wirkte wie ein kühner, unerschrockener Unterwasserkrieger, der schon zahlreiche Schlachten geschlagen hatte. Das Netz, mit dem Till ihn hatte fangen wollen, hatte nur eine von zahlreichen Narben auf seiner Brust hinterlassen. Einige von ihnen sahen aus wie Bissspuren, als habe er mit blutrünstigen Haien und Orcas gekämpft, und über seinem linken Oberarm spannte sich der Abdruck eines dicken Taus, das sich tief in seine Haut geschnitten haben musste. Sogar unter seinem rechten Auge prangte eine Narbe, möglicherweise von einem messerscharfen Haken. Doch es waren nicht allein die Kampfspuren, die ihm seine kriegerische Aura verliehen. Sie strahlte aus seiner Körperhaltung, dem Ausdruck seiner Augen, der Art, wie er seinen Kopf bewegte, seiner Wachsamkeit und Bereitschaft, sich jedem Feind in den Weg zu stellen, der es wagte, sein Reich zu bedrohen. Oder mich zu bedrohen?

Mir selbst war überhaupt nicht nach Kämpfen zumute. Ich wollte auch nicht ständig wachsam sein. Ich wollte im Meer auf meinem Felsen sitzen und den Wellen zuschauen, mit den Delfinen spielen, Wale begleiten, Muscheln sammeln, und ich wollte... oje, ich wollte in der Sonne mein Haar ordnen und dabei singen. Das war lächerlich, fand ich – und das absolute Gegenteil von ihm.

»Wir sind so unterschiedlich...«, sprach ich beschämt aus, was ich ununterbrochen dachte und mir kurz ein Gefühl der Einsamkeit vermittelte, wie ich es hier unten niemals vermutet hätte. »Ich dachte die ganze Zeit, wir sind gleich.«

»Wir sind beide Kinder des Meeres«, antwortete Nox nachsichtig. Noch immer lächelte er, doch nun mischte sich ein wenig Traurigkeit in seine Stimme. »Das verbindet uns. Und wir brauchen einander. Aber wir sind nicht gleich.«

»Du – du kannst nicht an Land gehen wie ich, oder? Und dort atmen?«

»Nein.« Sein Lächeln schwand. »Ich würde nach wenigen Sekunden sterben. Ich möchte auch gar nicht an Land gehen … Ich bin in den Tiefen der Ozeane zu Hause und komme nur an die Wasseroberfläche, wenn es gar nicht anders geht.«

»Und ich …« Meine Blicke glitten über seine muskulöse Brust und seinen flachen Bauch und wieder hinauf zu seinem Nacken, der breit, kurz und bullig war, ein starker Kontrast zu meinem zierlichen Oberkörper und meinem Schwanenhals. »Ich brauche die Welt da oben ab und zu. Zumindest jetzt noch … weil ich noch nicht weiß, was ich bin? Ist das der Grund?«

Langsam schüttelte Nox seinen Kopf. »Nein. Es liegt in deiner Natur. Und es wird Teil deiner Aufgabe sein, ab und zu an Land zu gehen … Aber es ist noch zu früh, darüber nachzudenken. Mach dort weiter, wo du eben aufgehört hast. Schau mich an. Präge dir alles ein, jedes Detail.« Mit einem vorsichtigen Flossenschlag wandte er mir seinen Rücken zu, und ein heißer Schauer lief durch meinen Körper, als ich sah, dass ein schwarzer, armdicker Strich aus glänzenden, schwarzen Schuppen über seine komplette Wirbelsäule verlief und sich in der Mitte seiner Schultern eine weitere Flosse sacht im Wasser hin und her bewegte. Jetzt schien die Sonne wieder ins Wasser, sie musste die Gewitterwolken aufgelöst haben, und in ihrem Licht konnte ich die winzigen, smaragdgrünen Musterungen erkennen, die seine Haut unterhalb seines Haaransatzes kennzeichneten – fast wie Tätowierungen des Meeres. Mein Herzschlag setzte für einen Moment aus, als ich die Feder erkannte, die er sich in sein schulterlanges Haar gebunden hatte und ebenfalls in einem satten Smaragdgrün schimmerte – sie stammte aus dem bunten Gefieder des Quetzal. Er hatte sie sich genommen, als der Sog sie hinabgezogen hatte … und damit seine und meine Welt miteinander verbunden, auf dass wir uns gegenseitig befreiten.

Nun hielt ich es kaum aus, ihm nicht ins Gesicht blicken zu können, doch ich nahm mir noch ein paar Sekunden, um seine Haare genauer zu betrachten. Es lebten keine Wasserschlangen in ihnen, aber die einzelnen Strähnen bewegten sich wie Schlangen – und wieder krabbelten filigrane Seepferdchen in ihnen herum. Noch nie hatte ich in der Menschenwelt eine Abbildung von einem Wesen wie ihm gefunden. Wir stellten uns die Wassermänner vollkommen falsch vor …

»Können die Menschen dich sehen?«

Seine Haarspitzen streiften mein Gesicht, als er sich wieder zu mir herumdrehte. »Nein. Nein, Menschen können mich nicht sehen. Sie sehen allenfalls einen Fisch, wenn ich ihnen zu nahe komme oder sie mir zu nahe kommen. Wir Wassermänner sind nicht dazu da, von Menschen gesehen zu werden. Nicht so, wie wir wirklich beschaffen sind. Das würden sie auch nicht verkraften.«

»Aber ich kann dich sehen …«

»Ja.« Nun lächelte Nox wieder, und allmählich gewöhnte ich mich an den Anblick seiner scharfen Zähne. »Ja, du siehst mich. Und Wesen wie du konnten einst von Menschen gesehen werden … vor langer, langer Zeit … Ich kann mich noch daran erinnern.«

»Ich habe so viele Fragen«, flüsterte ich. Vor langer, langer Zeit, hatte er gerade gesagt – wie alt mochte Nox sein? Er wirkte nicht viel älter als ich. Sein Gesicht war faltenfrei, und er platzte schier vor Energie. Allerdings konnte man ihn nicht wirklich als »Jungen« bezeichnen, schon allein wegen seiner kraftvollen Ausstrahlung. Und ich, was war ich denn im Vergleich zu ihm mit meinen zarten 14 Jahren? Etwa eine Art Meerjungfrauen-Baby, kindisch und unreif?

»Hast du dich denn jemals so gefühlt? Unreif?« Er antwortete gleich mit einer Gegenfrage, obwohl ich meine Frage noch gar nicht laut ausgesprochen hatte.

»Nein«, antwortete ich aus tiefstem Herzen und erschauerte, als ich wahrnahm, dass auch meine Worte von einer Art Gesang begleitet wurden, ohne dass ich sagen konnte, woher genau er kam. »Nein, habe ich nie. Ich weiß nicht, ob ich jemals wirklich jung war.«

Ich übertrieb nicht, denn mit den Gesprächsthemen meiner Klassenkameradinnen hatte ich noch nie viel anfangen können und es vorgezogen, mit älteren Menschen zusammen zu sein, die schon viel gesehen und erlebt hatten. Dazu gehörte auch Sandra. Sie war zwar erst Ende zwanzig, hatte aber in ihrer Jugend schon einiges durchgemacht und blickte auf eine turbulente Vergangenheit zurück.

Die Jahreszahl auf meinen Geburtstagskuchen hatte nie etwas über mich ausgesagt, und mein Leben war mir manchmal vorgekommen wie der oberflächlich geschriebene Klappentext eines Buches, in dessen Innerem sich ein völlig anderer Inhalt offenbarte. Doch es war mir nie gelungen, tatsächlich in diesem Buch zu lesen.

»Aber ich fühle mich trotzdem jung«, sprach ich nachdenklich weiter. »Nicht alt. Nur eben nicht in meinem Herzen... Das hat kein Alter. Und ich möchte gerne immer so aussehen wie jetzt. Ergibt das irgendeinen Sinn?«

»Wir bestehen aus Geschichten...«, fuhr Nox leise fort, und ich war nicht sicher, ob seine Antwort meiner Frage galt. »Geschichten, die das Meer schreibt... sie kommen und gehen wie die Gezeiten... und hören nie auf...«

»Warum kann ich dich eigentlich verstehen?«, versuchte ich es weiter, obwohl ich Nox' Singsang stundenlang hätte zuhören können. Doch mein Verstand wollte einfach keine Ruhe geben. Er wollte alles ganz genau wissen. »Wir bewegen nicht einmal unsere Münder, und trotzdem höre ich jedes Wort...«

»Weil du es willst.«

Verwirrt versuchte ich in seinem Blick zu lesen. Ich sah nichts als die Wahrheit. Nox mochte stark und wehrhaft sein, ja vielleicht sogar aggressiv, und ich wollte ihn nicht zornig erleben. Aber er war ohne jede Falschheit. Das, was mich in Menschenaugen so oft gestört und irritiert hatte, gab es bei ihm nicht. Vielleicht wusste er gar nicht, wie so etwas ging... Wozu auch sollte er lügen oder intrigieren? Er hatte vor nichts Angst.

»Und ich kann unter Wasser atmen und deine Welt sehen, weil... weil ich es will? Oder weil auch ich ein Teil von ihr bin?«

Er ließ mich selbst antworten, still und leise in meinen Gedanken. Beides traf zu. Ich gehörte hierher – und ich wollte hier sein. Es zerriss mir das Herz, wenn ich an Sandra und Till dachte und daran, dass ich es ihnen niemals würde erklären können. Aber alles, was geschehen war, hatte ich gewollt. Zum ersten Mal in meinem Leben hatte ich Till angeschrien und war wütend geworden, weil ich ihn unbedingt hatte nach Mexiko begleiten wollen. Ich war nachts aus dem Camp abgehauen, um Nox zu befreien, weil ich wollte, dass es ihn gab, als Wassermann, nicht als Fisch. Ich wollte das so sehr – weil ich wünschte, so zu sein wie er, und ich mich in ihm erkennen wollte. Von unserer ersten Begegnung an hatte ich ihn verstehen und wissen wollen, wo er zu Hause war.

Vor allem aber hatte ich wissen wollen, wo *ich* zu Hause war. Und wer *ich* war. Mein Leben musste endlich einen Sinn ergeben.

»So einfach ist das? Weil ich es will?«

Statt einer Antwort richtete Nox sich im Wasser auf und sah mich fest an. »So ist es immer. Wir sehen, was wir sehen wollen ...«

Wieder tat ich mich schwer damit, den Sinn seiner Worte zu verstehen. Sprach er dabei lediglich von uns Wasserwesen oder auch von den Menschen? Und konnte es nicht doch sein, dass ich mir all das hier nur einbildete, dass es ein langer, unfassbar aufregender und schöner Traum war, den ich gar nicht wirklich erlebte? Wer konnte mir beweisen, dass ich nicht doch meinen Verstand verlor? Plötzlich fröstelte ich, als würde ich wieder in den verschwommenen Sphären der Sprungschicht trudeln, verloren und orientierungslos, und mir graute davor, sie noch einmal durchschwimmen zu müssen. Würde ich mich überhaupt an meine Erlebnisse erinnern können, sobald ich wieder zurück im Camp war? Wie viel Zeit war eigentlich vergangen, seitdem ich mich aus dem Zelt entfernt hatte? Suchte Sandra bereits nach mir? Oder lag ich neben ihr und schlief und wusste es nur nicht?

In einer wellenförmigen Bewegung glitt Nox zu mir und umfasste mein linkes Handgelenk, als wolle er mir damit meine Angst nehmen. Seine Finger fühlten sich beruhigend kühl und fest an. Noch immer blickten seine Augen direkt in meine.

»Du wirst es überprüfen müssen, um es zu glauben. Aber ich bin real. So wie Ebbe und Flut, wie Tsunamis und Seebeben, wie das Singen der Wale und das Spiel der Delfine. Die Menschen müssen wieder bereit dazu sein, an Wesen wie mich zu glauben. Als sie es noch konnten, haben sie uns immer missverstanden. Vor allem Wesen wie dich haben sie missverstanden. Irgendwann wollten sie nicht mehr an uns glauben und haben die Herrschaft über unser Reich an sich gerissen. Ich bin der allerletzte Wassermann, verstehst du?« Sein Gesang hatte sich zu einer gewaltigen Sinfonie verdichtet, deren Paukenschläge mein Herz aus dem Rhythmus brachten und Schauer über meinen Rücken jagten. Gleichzeitig wünschte ich mir, sie würde niemals verklingen. »Es gab einst Tausende und Abertausende von meiner Art und auch Tausende von deiner Art. Sie sind alle fort, weil sie keine Rückzugsräume mehr hatten… Ich habe Jahrhunderte darauf gewartet, dass die See mir ein Wesen wie dich schickt, und bin seit Jahrzehnten in dieser Cenote gefangen… Aber noch darf ich die Höhle nicht verlassen, und du darfst es auch noch nicht. Wir müssen es zusammen tun, doch dafür musst du zwei weitere Prüfungen bestehen.«

»Was für Prüfungen sind das?«, fragte ich, denn nun

war ich zu allem bereit. »Was muss ich tun, um sie zu bestehen, bitte sag es mir!«

»Du wirst es herausfinden. Ich darf dir nur eine davon verraten, und das habe ich vorhin bereits getan. Denn was du im Meer brauchst, ist dein Gefühl, deine Intuition. Du musst lernen, darauf zu vertrauen, dass du bereits alles in dir trägst, was du brauchst, um zu deiner wahren Bestimmung zu finden. Komm morgen wieder zu mir... um die gleiche Zeit. Bis dahin weißt du, was du zu tun hast. Lass dich von deinem Herzen leiten, nicht von deinem Kopf. Aber jetzt musst du zurück zu den Menschen.«

Schweigend sahen wir uns an, während Bläschen aus unseren Haaren nach oben trudelten und unsere Augen zu glitzern begannen, als würde sich ihr Licht miteinander verbinden und dabei intensivieren. Ich konnte sogar sehen, wie das Funkeln meiner Iris das Wasser vor mir erhellte. Doch noch mehr faszinierte mich das, was aus Nox' Augen zu mir sprach. War es bereits geschehen? Hatten unsere Seelen sich miteinander verbunden?

»... du bist also wirklich der letzte Wassermann?«

»Ja. Und ich muss diese Höhle bewachen, denn Wasserwesen brauchen ein geschütztes Zuhause, einen festen Rückzugsort. Sie ist das letzte unentdeckte Höhlensystem mit einem Zugang zum Meer. Die Männer müssen aus ihm verschwinden. Ich habe mich fast dabei umgebracht, als ich das Netz um die Wurzel geschlungen habe. Wenn sie mich ein weiteres Mal fangen und es dieses Mal schaffen, mich an Land zu ziehen, sterbe ich, und dann kann ich nichts mehr für dich tun...«

Das hatte ich längst begriffen. Ich war nicht einmal mehr ärgerlich darüber, dass Nox Till angegriffen hatte. Alles, was er tat, war, sein Reich zu verteidigen. Doch selbst wenn die Männer auf mich hörten, ihre Expedition abbrachen und die Cenote für immer in Frieden lassen würden: Es wäre keine Lösung, denn es würde bedeuten, dass ich Nox verlassen musste. Die Männer mussten im Camp bei der Cenote bleiben, so lange wie möglich, damit auch ich dort bleiben konnte; verstand er das nicht?

»Nein, du verstehst es noch nicht... Die Dinge brauchen noch etwas Zeit und den vollen Mond. Denn er herrscht über die Gezeiten, und die Gezeiten begleiten uns; dich und mich.« Mit seinem Daumen berührte er kurz meine Wange; ein Gefühl, als würde ein Fisch mich zart streifen. Also war das Bild mit Ebbe und Flut richtig gewesen... Sie verbanden und trennten uns, in stetigem Wechsel und geleitet vom Licht des Mondes.

»Ich bringe dich jetzt zurück zu den Menschen und an die Luft der Erde. Du hängst noch zu sehr zwischen den Welten, es wird langsam gefährlich für dich.«

Ich fragte nicht nach, was genau er meinte; ich spürte nur, dass es Zeit für mich wurde, zurückzukehren. Es fiel mir immer schwerer, mich auf meine Kiemenatmung zu konzentrieren, je mehr er mir von seiner Welt erzählte. Gleichzeitig war die Vorstellung, Nox und sein Reich schon wieder zu verlassen, nach so kurzer Zeit, kaum zu ertragen, und ich schlotterte innerlich vor Angst, dass ich beim Auftauchen aufwachen würde und gar nicht in der Cenote schwamm, sondern neben Sandra auf der Luftmatratze lag und stundenlang fest geschlafen hatte.

Doch so war es nicht. Zwar hatte ich das Gefühl, friedlich zu schlummern, als Nox mich durch die Katakomben der Unterwasserhöhle trug und schließlich Meter für Meter nach oben zog, und er musste mir zum Abschied einen kräftigen Stups gegen meine Hüfte geben, damit ich Schwimmbewegungen machte und an Land kraulte. Doch ich erinnerte mich noch an jedes Detail. An die kristallinen Regenbogenfunken der Muscheln, Meerestiere und Wasserpflanzen der Salzwassergrotte, an den Perlmuttschimmer vor dem Tunnel, der zum Meer führte, an die Rückenflosse von

Nox, der Schuppenlinie auf seiner Wirbelsäule, die Feder in seinen Haaren, an jedes seiner Worte… Es war alles noch da.

Trotzdem wusste ich, dass ich niemandem je davon erzählen durfte. Kein einziges Sterbenswörtchen. Es musste alles bei mir bleiben, gut verschlossen in meinem Herzen.

Während ich den mühsamen Aufstieg nach oben bewältigte, rannen Ströme von Wasser aus meinen Haaren; viel mehr, als sie eigentlich hatten speichern können, und auch meine Tränen hatten sich zu kleinen Bächen entwickelt, die mir die Sicht erschwerten und die eigentlich so klare, scharf gezeichnete Luftwelt aussehen ließen, als würde ich an Land durch die Sprungschicht schwimmen.

Deshalb bemerkte ich zu spät, dass ich von der Abbruchkante aus beobachtet wurde, und prallte beinahe mit Carlos zusammen, der mit aufgerissenen Augen vor mir auf dem Pfad stand, in der linken Hand die Schlange, die er geschnitzt hatte, seine Brust immer noch voller Späne. Er musste mich gesehen haben, wie ich aus der Cenote aufgetaucht und an Land geschwommen war…

»Bitte verrate mich nicht…«, flehte ich ihn an, wobei Tränen meine Lippen benetzten, und meine Stimme klang, als befände sich eine Harfe in meiner Kehle. »Bitte, Carlos … Bitte nicht.«

Mit einem leisen Klappern fiel die hölzerne Schlange auf den steinigen Boden. Es vergingen atemlose Sekunden, bis er seine Hand hob – langsam und vorsichtig, als wolle er mich auf keinen Fall erschrecken – und einen fingernagelgroßen, bläulichen Seestern aus meinen Haaren klaubte. Seesterne lebten nicht in Cenoten. Sie lebten im Salzwasser, nicht im Süßwasser. Wenn jemand das wusste, dann er. Oder – oder sah er ebenfalls etwas, das andere nicht sahen? Gab es diesen Seestern wirklich?

Stumm starrten wir ihn an, und ich stieß einen schluchzenden Seufzer aus, als er plötzlich in seiner Handfläche zu flimmern begann und dann verschwand, als wäre er nie da gewesen. Im selben Moment hörten meine Haare zu tropfen auf, und die Fluten aus meinen Augen verwandelten sich in normale Tränen zurück.

»Sirena …«, flüsterte Carlos, der leichenblass geworden war, und trat ehrfürchtig und mit erhobenen Händen einen Schritt zurück, um sich dann abrupt umzudrehen und im Eilschritt zum Camp zu laufen, wo er im Schatten der Küchenhütte untertauchte.

Torkelnd bahnte ich mir meinen Weg zum Zelt. Die anderen Männer waren noch nicht wieder zurück, niemand hielt mich auf. Sandra schlief immer noch fest. Nur Carlos hatte mich gesehen. Hatte er erkannt, was ich in Wirklichkeit war? Himmel, was war ich denn nun wirklich? Ein Mensch oder ein Kind des Meeres?

Als ich mein Handy nahm, um den Internetbrowser anzuklicken und »*Sirena* spanisch deutsch« zu googeln, hatte ich den Eindruck, als sähe ich einen Film, mit dessen Inhalt ich bald nichts mehr zu tun haben würde. Handys, Fernseher, Computer... Sie bedeuteten nichts mehr für mich. Und eigentlich hatten sie das noch nie, ich hatte sie immer nur widerwillig bedient. Doch ich sehnte mich nicht nur nach der heimeligen, geborgenen Salzwasserhöhle und ihren wundersamen Tieren und Pflanzen zurück. Als ich Nox unter Wasser betrachtet und begriffen hatte, wie unterschiedlich wir waren, war etwas in mir passiert, für das es keine Rückkehr mehr gab.

Wir beide waren die letzten Meereskinder dieser Erde. Er hatte jahrhundertelang einsam und allein in den Ozeanen dieser Welt ausgeharrt und jahrzehntelang in der Cenote darauf gewartet, dass jemand wie ich zu ihm kommen und ihm den Weg zum Meer wieder öffnen würde... ohne zu wissen, ob dies jemals passieren würde. Und wenn ich ihm in die Augen sah, zählte nur noch das: dass wir einander gefunden und einander gerettet hatten. Dahinter wartete eine Aufgabe, die ich noch nicht kannte und die wir nur gemeinsam bewältigen konnten.

Er hatte mich vollkommen in Ruhe gelassen, als ich auf meinem Stein gesessen und verträumt vor mich hin gesummt hatte, erinnerte ich mich mit einem warmen, gelösten Kribbeln in meinem Bauch und ließ gedankenverloren das Handy sinken. Als habe er ganz genau gewusst, wie zufrieden ich in diesem Moment gewesen war, und als wolle er dieses Glück auf keinen Fall stören. Doch er hatte auch die ganze Zeit aufgepasst, dass mir nichts geschah.

Ein solches Gefühl hatte ich noch nie in mir gespürt ... und ich konnte es kaum ertragen, dass er jetzt nicht bei mir war, hier oben bei den Menschen, wo es immer schwieriger für mich werden würde zu überleben. Ich sehnte mich nach seinem Lachen, seinem ewigen Singsang, mit dem er zu mir sprach, dem dunklen Leuchten seiner Augen und der Stärke, mit der er mich sicher und wendig durch die engsten Tunnel der Höhle getragen hatte.

»Verliebt in einen Wassermann ...«, wisperte ich ungläubig und blinzelte eine dicke Träne aus meinen Wimpern. Das konnte ich wirklich niemandem erzählen. Keiner würde mir glauben. Doch so war es. Ich hatte mich in Nox verliebt und würde auf der ganzen Erdenwelt niemals einen Jungen finden, der es mit ihm aufnehmen konnte. Selbst unter Wasser nicht.

Denn er war der einzige seiner Art – und wir waren füreinander bestimmt.

Gedankenverloren starrte ich auf mein Handy, bis mir wieder bewusst wurde, was ich eigentlich hatte nachschauen wollen, und klickte die Suchlupe an. Selbst hier, im dichten Regenwald Yucatans, abseits der nächsten Stadt, ließ die Internetverbindung mich nicht im Stich, und als mir das Ergebnis angezeigt wurde, wusste ich, dass ich erkannt worden war.

Sirena war das spanische Wort für Meerjungfrau.

SCHAMANENGETROMMEL

»Vicky … Vicky, bitte wach doch endlich auf … Vicky! Kannst du mich hören? – Verdammt, was soll ich jetzt nur machen …«

Ich kann dich hören. Hab keine Angst. Ich spüre auch, wie du an meiner Schulter rüttelst, um mich zu wecken. Ich bin nur noch nicht ganz hier … in deiner Weilt … ich will noch im Meer bleiben, bei den Delfinen … und mit ihnen springen, tauchen und spielen …

»Vicky!« Aus dem sanften Rütteln wurde ein kräftiger Stoß gegen meinen Oberarm, und Sandras Stimme überschlug sich vor Aufregung. Trotzdem schrie sie nicht und gab sich alle Mühe, leise zu sein – und genau das war es, was mich endgültig aus den Tiefen des Ozeans in die Wirklichkeit zurückholte. Wollte sie nicht, dass Till und die anderen sie hören konnten – und wenn ja, warum?

»Was ist los…?«, murmelte ich schlaftrunken und versuchte meine Augen zu öffnen. Doch sie waren salzverkrustet. Wahrscheinlich hatte ich im Schlaf vor Sehnsucht geweint. Ich musste erst mit den Fingern darüberwischen und die Wimpern von meinen Lidern lösen, damit ich etwas sehen konnte.

»Gott sei Dank, du bist wach…« Sandras Worte klangen wie ein unterdrücktes Stoßgebet. »Ich wusste plötzlich nicht mehr, ob du nur schläfst oder vielleicht schon seit Stunden ohnmächtig bist!«

Seit Stunden…? Mit einem leisen Stöhnen richtete ich mich auf meiner Luftmatratze auf und versuchte blinzelnd, mich zu orientieren. Ich war immer noch im Zelt, zusammen mit Sandra, und draußen herrschte ein trübes, undefinierbares Dämmerlicht, weder Tag noch Nacht.

»Wie spät ist es denn?« Hörte Sandra das melodische Summen aus meiner Brust, das meine Worte begleitete, womöglich auch? Es war immer noch da… und oje, meine Haare…

»Was ist eigentlich mit deinen Haaren passiert?«

Okay, sie hatte es ebenfalls bemerkt. Sie waren

immer noch feucht, als wäre ich erst vor wenigen Minuten aus der Cenote gestiegen, und plusterten sich dabei so voluminös auf, dass sie wahrscheinlich selbst das dickste Haargummi sprengen würden.

»Keine Ahnung«, flunkerte ich und prüfte beim Durchkämmen mit den Fingern unauffällig, ob sich noch kleine Krabben oder Seesterne in ihnen befanden. Doch ich schaffte es nicht, das dichte Lockengewirr zu ordnen.

»Hast du im Schlaf geschwitzt?«

»Wahrscheinlich. Ist – ist jetzt Abend oder…? Wie spät ist es?«

Nachdenklich musterte Sandra mich. Sah sie etwa irgendwelche Meerestiere in meinen Haaren herumkrabbeln? Oder schimmerte meine Haut wieder grünlich?

»Abend…?« Räuspernd versuchte sie, ihre Stimme unter Kontrolle zu bekommen. Doch im Gegensatz zu mir war sie hellwach. »Du hast fast fünfzehn Stunden am Stück geschlafen, Vicky, wie eine Tote… Es ist kurz vor Sonnenaufgang und da draußen…« Erneut musste Sandra sich räuspern. »Hier stimmt gar nichts mehr. Warte, ich zeige dir, was ich meine, aber sei leise, bitte…«

Auf ihren Knien robbte sie zum Zelteingang und zog

in Zeitlupe den Reißverschluss nach unten – nur ein Stück weit, sodass wir durch den schmalen Spalt bis hinüber zur Küchenhütte schauen konnten. Im gleichen Moment setzte die Trommel ein; ein tiefes, regelmäßiges Wummern, das im Nu Gänsehautschauer über meine Unterarme und meinen Bauch wandern ließ. Auch Sandra zitterte leicht.

»Kannst du sie sehen?«

Ich nickte nur; zu perplex, um zu antworten. Vor der offenen Seite der Küchenhütte standen drei halb nackte, dunkelhäutige Männer mit langen, bunten Federn in ihren zu Zöpfen gebundenen Haaren, was mich auf fatale Weise an Nox erinnerte. Ihre Oberkörper hatten sie mit weißen und roten Symbolen bemalt, um die Hüften trugen sie nur einen Lendenschurz aus schwerem Stoff. Bei einem von ihnen bemerkte ich sogar eine Art Totenmaske auf dem Kopf. Er war es auch, der die Trommel schlug, gleichmäßig und fordernd. Als sei dies sein Signal gewesen, trat Carlos aus dem Dunkel der Küchenhütte auf die kleine Lichtung, während beständig Nebel um die Bäume und Büsche waberte und die Szene noch gespenstischer wirken ließ, als sie ohnehin schon war.

»Ich glaube, das sind die Typen, die die Reifen zerstochen haben und den Dieseltank für den Transformator geleert haben…«, wisperte Sandra angespannt in mein Ohr, obwohl die Männer uns unmöglich hören konnten, selbst dann nicht, wenn wir in normaler Lautstärke gesprochen hätten. »Wir haben keinen Strom mehr!«

»Wann ist das denn passiert?«, fragte ich verwirrt, meinen Blick weiterhin auf die drei Männer gerichtet, die Carlos gerade mit einer knappen Kopfbewegung begrüßte. Offenbar hatte ich einiges verpasst, während ich geschlafen hatte.

»Ich weiß es nicht genau«, antwortete Sandra heiser. »Ich wollte vorhin mein Handy aufladen, der Akku ist leer. Aber der Transformator funktioniert nicht mehr, weil der Tank leer ist. Dabei war er gestern noch fast voll! Aber das Schlimmste: Ich kann Till nicht erreichen, Vicky. Er ist nicht zurückgekommen heute Nacht, und als ich eben zu Carlos laufen und ihn um Rat fragen wollte, hast du plötzlich angefangen so komisch zu atmen… fast, als würdest du ersticken… und dann sah ich diese Typen… In welchen kranken Film bin ich hier eigentlich reingeraten?«

»So krank sieht das doch gar nicht aus, oder?«, entgegnete ich und schaffte es nicht, das Summen in meiner Kehle zu unterdrücken. »Sie scheinen sich zu kennen.«

Anders konnte ich mir nicht erklären, warum der eine Mann aufhörte, seine Trommel zu bearbeiten, und Carlos stattdessen liebevoll in seine Arme schloss; eine Geste, bei der die anderen beiden Männer respektvoll zurückwichen. Jetzt erst bemerkte ich, wie alt der Trommler war. Seine Beine wirkten ausgezehrt und sehnig, und die Muskeln seiner Oberarme hingen wie welke Blätter an seinen Knochen. Ich schätzte ihn auf achtzig, vielleicht sogar neunzig Jahre. Dennoch strahlte er eine ähnliche Gelassenheit und Kraft aus wie Carlos – als seien die beiden aus dem gleichen Holz geschnitzt.

»Ob dieser Typ mit der Trommel der Vater von Carlos ist?«

Sandra sprach in Flüsterlautstärke jene Vermutung aus, die auch mir gerade durch den Kopf gegangen war. Hatte Till nicht gesagt, dass Carlos seinen Vater früher auf dessen Expeditionen durch den Maya-Regenwald begleitet hatte und daher nahezu alles über diesen Fleck Erde wüsste? Aber er hatte nicht erwähnt, welchen Beruf Carlos' Vater ausgeübt hatte. Vielleicht war er gar kein Wissenschaftler oder Forscher, sondern ein – ein Medizinmann?

»Er sieht aus wie ein Schamane …«, mutmaßte Sandra, die wieder einmal das Gleiche dachte wie ich.

»Warum sollte er auch sonst diesen ganzen Firlefanz anziehen?«

»Hm. Ich glaube nicht, dass die gefährlich sind.«

Jetzt hatten die Männer miteinander zu reden begonnen. Keiner von ihnen lachte, sie wirkten ernst und besorgt, aber nicht aggressiv. Ihre Unterhaltung sah eher aus wie ein dringend anstehendes Krisengespräch, mit dem sie weiteren Schaden verhindern wollten, und hätten sie andere Kleidung getragen, hätten wir uns wahrscheinlich kaum an ihrer Versammlung gestört.

»Aber was machen sie hier nur, Vicky? Und warum sind Till und die anderen nicht zurückgekommen?«

Ich rückte vom Zelteingang weg, um mich halb umdrehen und Sandra anschauen zu können. Ihre Wangen waren erhitzt, und ihre Augen sahen aus, als habe sie geweint. Außerdem klopfte ihr Herz viel zu schnell; ich konnte seinen unruhigen Takt hören, als wäre es mein eigener.

»Hast du gar keine Nachricht mehr von ihm bekommen, bevor der Akku vom Handy den Geist aufgegeben hat?«

»Nur eine kurze SMS, dass es länger dauert, weil sie noch ein Meeting mit der Expeditionsleitung haben.« Sandra zuckte hilflos mit den Achseln. »Das war gestern Abend um halb neun.«

»Dann war es ihnen bestimmt zu spät, um in der Dunkelheit vom Parkplatz zum Camp zu laufen, und sie haben in der Stadt übernachtet«, versuchte ich, sie zu beruhigen. »Er hat sicher versucht, dich zu erreichen. Meinst du nicht?«

»Ja, kann sein, aber… Das ist es nicht allein, was mich verrückt macht, Vicky.« Sandra ließ ihre verkrampfen Schultern sacken und blickte mich offen an. »Ich bin ohne ihn überfordert. Überfordert mit dir… Ich weiß nicht, *was* mit dir los ist, ich weiß nur, *dass* etwas mit dir los ist. Du sprichst plötzlich so anders. Als würdest du beim Sprechen summen. Und deine Haare… okay, ja, sie waren schon immer speziell, aber jetzt – das sind doch keine Menschenhaare mehr, so was gibt es nur im Märchen! Rapunzel würde vor Neid erblassen. Dazu dein Atem. Mann, ich dachte, du erstickst beim Schlafen! Es hat richtig gegurgelt in deinen Lungen, und ich wusste nicht, wie ich Hilfe holen soll, falls du nicht aufwachst…« Eine Träne rollte aus ihrem linken Augenwinkel, doch sie wischte sie hastig weg, als würde sie sich für ihre Schwäche schämen. »Deine Haut verfärbt sich, ohne dass du in der Sonne liegst«, sprach sie gehetzt weiter. »Und zwar nicht braun, sondern grün. Olivgrün. Sie schimmert ständig, als wäre sie nass, genau wie deine Haare. Die

Kerben hinter deinen Ohren haben sich verändert, ich hab vorhin deine Locken zurückgestrichen und nach ihnen geschaut, weil ich wissen wollte, ob sie wieder bluten – sie sind viel größer und tiefer geworden, und manchmal bewegen sie sich. Du isst kaum noch was, aber trinkst literweise Wasser, ohne deshalb ständig aufs Klo zu müssen. Du hast sogar im Schlaf getrunken, Vicky... im tiefsten Schlaf hast du neben dich gegriffen und getrunken, immer wieder... so gierig, als würdest du gleich verdursten, ich habe so etwas noch nie gesehen... ja, genau so. Heilige Scheiße...«

»Sorry...«, nuschelte ich entschuldigend und schüttete den letzten Rest Wasser meine Kehle hinunter. Ich musste nicht einmal schlucken. »Hab solchen Durst.«

»Ich müsste dich ins Krankenhaus bringen, jetzt, sofort! Keine Ahnung, was für eine Krankheit das sein soll, die du da hast, aber ich müsste dich eigentlich auf der Stelle aus diesem Camp schaffen, zu richtigen Ärzten, die dich untersuchen und dir helfen können, aber ich... erst konnte ich nicht, weil es mir falsch und übertrieben vorkam, und jetzt – jetzt kann ich es wirklich nicht! Weil wir hier eingesperrt sind und keinen Kontakt zur Außenwelt mehr haben! Ich weiß nicht, wie ich dir helfen kann...« Sandra keuchte, weil sie beim Reden das Atmen vergessen hatte und keine Luft mehr bekam. »Das macht mich wahnsinnig. Was soll ich nur tun?«

»Begleite mich runter zur Cenote.«

»Was!?« Entsetzt starrte Sandra mich an.

»Du hast gesagt, dass du nicht weißt, wie du mir helfen kannst. Aber ich weiß es. Komm mit mir runter zur Cenote. Ich muss ins Wasser, dann wird es mir besser gehen.«

Noch war ich nicht in ernsthafter Gefahr. Ich bekam ausreichend Luft, auch wenn mir das Atmen nicht leichtfiel, und meine Haut spannte bisher nur an den Knien, über den Wangenknochen und an den Ellenbogen, auch wenn der grünliche Schimmer von Sekunde zu Sekunde blasser wurde, seitdem Sandra mich geweckt hatte. Im Tiefschlaf, wenn ich in meinen Träumen durch die Wogen des Meeres gleiten konnte, schien es mir körperlich besser zu gehen. Doch jetzt war ich wach, und die Sehnsucht nach dem Wasser bohrte sich mit jedem weiteren Herzschlag tiefer und schmerzvoller in meine Seele. Lange würde es nicht mehr dauern, bis mein Körper diesen Zustand nicht mehr verkraftete und ich auszutrocknen begann.

»Das kann ich nicht, verdammt, ich *darf* es nicht, Vicky!« Angestrengt versuchte Sandra, ihre Tränen in Schach zu halten. »Da unten ist dieser gefährliche

Raubfisch, und ich habe Till mein Wort gegeben, dass ich auf dich aufpasse!«

»Bitte begleite mich zum Wasser, Sandra. Bitte. Sonst muss ich andere Wege finden und … das will ich nicht … Nicht noch einmal.« Schwer atmend hob ich meinen Blick. Ich musste jetzt ehrlich zu ihr sein. »Ich war gestern Nachmittag schon heimlich in der Cenote und habe dort getaucht. Ich will dich nicht schon wieder hintergehen.«

»Du warst – du warst da unten? Allein? Und ich hab hier gelegen und … und du … O Gott, ich dreh noch durch!« Sandra drückte beide Handballen gegen ihre Stirn und presste kurz ihre Augen zusammen. »Ich glaub, jetzt weiß ich, wie es ist, einen hysterischen Anfall zu bekommen. Ich kriege kaum noch Luft!«

»Ich auch nicht«, erwiderte ich tonlos, und als wollten meine Lungen mein Geständnis bekräftigen, gaben sie ein Geräusch von sich, das sich wie das Plätschern sanfter Wellen anhörte, die über Kieselsteine brandeten. Eigentlich ein schöner Klang, doch er ließ Sandra so bleich werden, dass ich die Adern unter ihren Augen schimmern sehen konnte. »Unten am Wasser wird es besser, versprochen. Nein, eher im Wasser …«

»Ich kann das nicht tun, Vicky. Es geht nicht!« Sandra zitterte inzwischen am ganzen Körper, doch ich ließ mich davon nicht beeindrucken, obwohl mein Mitgefühl mich ebenfalls aufwühlte. »Ich muss doch auf dich aufpassen!«

»Und wenn du mich an meinen Händen festhältst, damit ich nicht davonschwimmen kann? Und ich nur bis zur Taille ins Wasser tauche? Von der Plattform aus?« Wieder gab meine Lunge dieses merkwürdige Plätschern von sich, als ich ausatmete.

»Sorry, aber das käme mir vor, als würde ich meiner Tochter gefährliche Drogen verabreichen, weil sie darum bettelt, obwohl ich genau weiß, dass es grundverkehrt ist, das zu tun …« Sandra suchte nach einem Taschentuch, um sich schnäuzen zu können. »Wie sollte ich es mir jemals verzeihen, wenn es schiefgeht?«

Ich erwiderte nichts. Was sollte ich sagen? Sandras Vergleich war gar nicht so verkehrt. Auch Sehnsucht war eine Sucht. Und ich hatte definitiv körperliche Entzugserscheinungen. Doch die Cenote war keine Droge, und Nox war es auch nicht. Ich war nur in der verkehrten Welt zu Hause, und nun, nachdem mein Körper und meine Seele diesen Irrtum erkannt hatten, schrien sie nach meiner wahren Heimat. Vernunft spielte dabei nicht die geringste Rolle.

Sandra putzte sich ausführlich die Nase, dachte kurz nach und fing dann an, mich stumm zu untersuchen, indem sie meinen Puls prüfte, mir in die Augen sah, nach meinem Herzschlag lauschte und meine Temperatur fühlte. Schließlich berührte sie abschließend scheu meine Locken.

»Sie sind immer noch nass... dabei ist es so warm. Und sie sind in den vergangenen Tagen um mindestens fünf Zentimeter gewachsen. Was geschieht nur mit dir?« Weil ich immer noch nichts erwiderte, schüttelte sie seufzend den Kopf und fasste einen Entschluss. »Ich gehe jetzt rüber zu dem Schamanen-Trupp und frage Carlos, ob ich sein Handy benutzen kann. Das ist dein Joker, Vicky. Wenn sein Akku auch leer ist, kann ich sowieso nichts ausrichten und ebenso gut mit dir an die Cenote gehen. Aber wenn ich telefonieren und Hilfe organisieren kann, dann... dann muss ich es tun. Ich muss, es ist meine Pflicht!«

»Einverstanden«, entgegnete ich ruhig, denn ich hatte längst bemerkt, dass Carlos und die Männer sich entfernt hatten. Sandra würde sie nicht finden. Sie waren zusammen durchs Dickicht abseits der Cenote gelaufen, vielleicht der einige Hundert Meter entfernt liegenden Maya-Ruine entgegen, um dort irgendein Ritual zu begehen. Also zog ich mir ein kurzes, leichtes Kleidchen über und folgte ihr nach draußen.

Meine Wahrnehmung täuschte mich nicht – das gesamte Camp war verlassen. Carlos hatte uns lediglich eine handschriftliche Notiz auf dem Esstisch hinterlassen, in der er uns in brüchigem Deutsch mitteilte, dass er eine Weile weg sein würde und wir uns keine Sorgen machen sollten. Doch so leicht ließ Sandra sich nicht abschütteln. Sie suchte akribisch das komplette Equipment durch, bis sie einsah, dass Carlos sein Handy mitgenommen hatte und sie mit den hochmodernen Funkgeräten, die sie in einer der Kisten fand, nicht umgehen konnte, zumal sie kein Spanisch sprach und sich ohnehin nicht würde verständigen können.

Als sie schließlich aufgab und resigniert mein Handgelenk ergriff, um mit mir zur Cenote hinunterzugehen, brannte meine Haut bereits vor Trockenheit, und meine Zunge klebte an meinem Gaumen, sodass ich kaum noch schlucken konnte. Wasser zu trinken, änderte daran gar nichts mehr. Es wurde höchste Zeit, dass ich *ins* Wasser kam, und hätte Sandra mich nicht eisern festgehalten, wäre ich wieder direkt von der Felskante aus hineingesprungen.

Den Abstieg bewältigten wir schweigend. Auf den ersten Metern schluchzte Sandra noch ein, zwei Mal leise auf, wobei ein Beben durch ihren Körper lief und sich auf mich übertrug. Doch je näher wir dem Wasser kamen, desto ruhiger wurde sie, als würde sie endlich begreifen, dass sie das Richtige tat. Ich war ihr so dankbar, dass ich sie beinahe umarmt hätte, nachdem wir die Plattform erreicht hatten und ich mit einem erlösten Seufzen vor ihr auf die Knie sank, um meine Finger durchs Wasser gleiten zu lassen. Allein dieser kurze Kontakt mit der Cenote verschaffte mir ein wenig Linderung. Vielleicht spürte Nox ihn sogar …?

»Wir müssen reden, Vicky.« Die Panik war aus Sandras Stimme verschwunden, als sie sich im Schneidersitz mir gegenübersetzte und meine Hände ergriff, um sanft über meine aufgerissenen Daumengelenke zu streichen. »Offen und ehrlich. Eigentlich wollte ich das mit Till zusammen tun, eines Tages, wenn du alt genug bist, um damit umgehen zu können, ohne zu leiden. Doch darauf kann ich nicht mehr warten. Du musst endlich erfahren, woher du kommst.«

KRISENGESPRÄCHE

»Nur kurz ganz unter Wasser, bitte … Ich tauche nach ein paar Sekunden wieder auf, versprochen.« Zu gerne hätte ich ein, zwei Minuten lang auf meine natürliche Atmung umgestellt und meine Kiemen aktiviert, um noch einmal ausgiebig Sauerstoff tanken zu können, bevor wir miteinander sprachen, doch das konnte ich Sandra nicht zumuten. Zwar wirkte sie immer noch gefasst und lange nicht mehr so panisch wie vorhin im Zelt, aber sie ließ meine Handgelenke keine Millisekunde los und beobachtete mich, als könne ich mich vor ihren Augen in Luft auflösen, wenn sie zu lange blinzelte.

Weil sie nicht widersprach, nutzte ich meine Chance und streckte meine Arme lang aus, sodass ich mit dem ganzen Körper untertauchen konnte. Meine Haut entspannte sich sofort, und das Schwindelgefühl in meinem Kopf verschwand. Doch ich blieb vernünftig und wehrte mich nicht, als Sandra mich wieder nach oben zog – ich machte es ihr sogar leicht, indem ich einen kurzen Flossenschlag mit meinen Füßen vollzog und beim Auftauchen meine Arme an der obersten Tritt-leiste der Leiter einhängte, sodass ich mich nur noch bis zur Brust in der Cenote befand. Das war eine ak-zeptable Lösung für mich: zu zwei Dritteln im Wasser, zu einem Drittel an Land.

»Nein, Vicky«, machte Sandra meine Hoffnung ent-schieden zunichte. »Wenn dieses Untier wieder an-greift, bist du ihm hilflos ausgeliefert, und ich will nicht dabei zusehen müssen, wie es dich in zwei Stü-cke zerreißt. Komm zu mir nach oben, dein Hintern muss auf der Plattform sein und ich muss deine Füße sehen, alles andere ist inakzeptabel.«

Nach einigem Hin und Her fanden wir einen Kom-promiss – ich setzte mich wie Sandra auf die Planken, ließ meine Beine aber ins Wasser baumeln, während sie immer noch den Schneidersitz bevorzugte. So war ich nicht vollständig von der Cenote getrennt, und trotz-dem konnten Sandra und ich uns auf Augenhöhe un-terhalten. Ihre rechte Hand lag griffbereit neben mei-ner Hüfte; bereit, mich jeden Moment zu packen, falls ich abhauen wollte oder das »Untier« angriff.

Doch bevor sie anfangen konnte, zu sprechen, kam ich ihr zuvor – denn ich ahnte längst, was sie mir sagen wollte.

»Ich weiß, dass ich adoptiert wurde.«

Sandra prustete leise, wirkte aber nicht sonderlich erstaunt. Trotzdem blieb ihr Blick ernst und durchdringend. »Stimmt es also? Dass man das spürt? Das hab ich in einem Artikel über adoptierte Kinder gelesen. Hast du es denn gespürt?«

»Ja, das auch«, erwiderte ich ausweichend. Ich hatte es gespürt, schon richtig. Doch ich hatte sie und Till auch ein paar Mal darüber sprechen gehört, bevor ich damit angefangen hatte, mir nachts Stöpsel in die Ohren zu stecken.

»O Mann. Und wir haben uns die Köpfe darüber zerbrochen, wann und wie wir es dir sagen sollten ...« Sandra lachte zögernd. »Wir dachten eben, es sei schon schrecklich genug, als kleines Kind mit einen Schlag beide Eltern zu verlieren, und dass du das erst einmal in aller Ruhe verarbeiten musst, bevor du erfährst, dass es gar nicht deine richtigen Eltern gewesen sind ...«

»Sie waren meine Eltern. Mit Leib und Seele. Es war mir egal, dass Mama mich nicht geboren hat.«

Verwundert hob Sandra den Kopf. »Das heißt – du hast das schon gewusst, als sie noch gelebt haben?«

Ich nickte nur. Ja, hatte ich. Warum, konnte ich nicht sagen. Aber tief in mir war mir immer klar gewesen, dass ich nicht in Mamas Bauch gewesen war.

»Es spielte keine Rolle«, sagte ich kaum hörbar. »Ich habe sie geliebt, und sie haben mich geliebt.« Daran hatte ich niemals auch nur eine Sekunde gezweifelt.

»Tja, vielleicht… vielleicht spielt es doch eine Rolle«, wandte Sandra gedämpft ein und strich leicht über meinen schimmernden Unterarm. Durch das Wasser der Cenote war das grünliche Leuchten wieder zurückgekehrt. »Ich kann mir das alles, was hier geschieht…« Sie machte eine ungenaue Handbewegung in Richtung Himmel, um dann wieder aufs Wasser zu zeigen. »…nämlich nicht anders als mit dieser Geschichte erklären. Der Geschichte, wie deine Eltern dich damals gefunden haben… und vor allem wo.«

»Wo?« Ein unruhiges Flattern ergriff meinen Bauch. Ich war immer davon ausgegangen, dass Mama und Papa mich auf »normalem« Wege adoptiert hatten, über das Amt, in Deutschland – vielleicht, weil Mama keine Kinder bekommen konnte. Ich hatte ja auch keine sonstigen Geschwister. »Wieso ist das denn so wichtig?«

»Weil es *hier* war, Vicky.« Sandra atmete schwer durch. »Nicht nur hier in Mexiko, auf Yucatan, sondern… genau dort.« Sie deutete weit nach vorne. »Wenn du durch die Cenote schwimmen und dann bei den Wurzeln hochklettern und geradeaus durch den Dschungel laufen würdest, bis du an den Strand gelangst, würdest du exakt an jene Stelle kommen, wo die Wellen dich damals angespült haben… na, zumindest sah es so aus, als ob du angespült worden wärest. Du hast auf dem Rücken in der Brandung gelegen, ein winziges, nacktes Bündel, nur wenige Tage alt, aber schon mit dichten, fingerlangen Locken auf dem Kopf. So haben deine Eltern dich gefunden, bei einem morgendlichen Strandspaziergang. Sie hatten Till besucht, der für zwei Jahre als Tauchlehrer für Touristen in einem Sport-Klub gearbeitet hat. Wir waren damals noch nicht zusammen, er und ich.«

»Es…« Meine Stimme versagte, und ich musste mich räuspern, um sie wiederzufinden. Als ich weitersprach, war das Singen und Summen aus ihr verschwunden. »Es war genau hier?«

»Ja. Ich hab es mir auf Google Earth angeschaut, und das… war auch der eigentliche Grund, weshalb Till dich nicht mitnehmen wollte. Weil der Zufall es so wollte, dass die neu entdeckte Cenote genau dort liegt, wo du gefunden worden warst. Er hatte Angst, dass das irgendetwas bei dir auslöst, dass du es vielleicht spürst und anfängst, Fragen zu stellen, die wir dir nicht beantworten können.«

Und *was* es mit mir gemacht hatte, hierherkommen zu können … Till hatte keine Ahnung, und er würde es auch niemals vollends begreifen können.

»Ich lag in der Brandung?«

»Ja. So haben deine Eltern es uns erzählt. Sie dachten erst, sie hätten einen verletzten Delfin gefunden, der von der Flut angespült worden war, aber dann hörten sie dein Weinen und sahen, dass dieses Wesen sich bewegte. Sie haben dich sofort warm eingewickelt und in ein Krankenhaus gebracht. Du warst gesund, hattest kein Wasser in der Lunge oder andere gefährliche Symptome, nur eine sehr empfindliche Haut und diese ungewöhnlichen Kerben hinter den Ohren. Natürlich wurden sofort überall Suchmeldungen herausgegeben, über das Radio und das Fernsehen, und die Polizei hat nach deinen Eltern gefahndet, sogar in den USA und Südamerika. Es gab auch die Vermutung, dass du versehentlich aus einem Boot oder Schiff gefallen bist und wie durch ein Wunder von den Wellen lebendig an den Strand getragen wurdest – aber nichts. Kein einziger Hinweis. Niemand meldete sich, niemand vermisste dich, nirgendwo war ein Baby über Bord gegangen. Das war der Grund, weshalb wir dir nicht davon erzählen wollten. Weil wir dachten, dass es schrecklich für dich sein müsste, zu wissen, dass ... dass du niemandem gefehlt hast und ... absichtlich ausgesetzt wurdest ...«

Dem Meer hatte ich gefehlt. Der Cenote auch. Und Nox hatte dort damals schon auf mich gewartet, eingesperrt zwischen ihren Kalksteinwänden ... Ob er vielleicht sogar gespürt hatte, dass sein Wunsch erfüllt worden war? Und es ab diesem Tag etwas leichter für ihn geworden war, vom offenen Wasser getrennt zu sein?

»Vielleicht hat die See mich geboren. Und es gab niemals leibliche Eltern.«

»Oje, Vicky, sag so was nicht, bitte ...« Sandra wimmerte. »Genau davon hab ich heute Nacht geträumt ... Eine riesige Perlmuttmuschel hat sich vor meinen Augen geöffnet, und in ihrer unteren Hälfte lagst du, als Baby, und hast ganz friedlich geschlafen ... mit einem Lächeln auf deinen Lippen – und als ich dich zu mir nehmen wollte, hat die Muschel sich wieder geschlossen, und die nächste Welle nahm sie mit sich, und ich hab dich verloren ... für immer.«

»Du wirst mich niemals für immer verlieren.«

»Gott, warum bist du bei all dem Chaos nur so ruhig und friedlich? Warum bist du nicht sauer auf deine leiblichen Eltern, warum attackierst du mich nicht mit Fragen? Ich verstehe dich nicht, was ist los mit dir?« In ihrer Not nahm Sandra meinen Oberarm und schüttelte ihn, als wolle sie mich mit dieser Geste aufwecken. »Manchmal kommst du mir vor wie ein Mensch, der genau weiß, dass er bald sterben wird, und vollkommen einverstanden damit ist – und auch damit, dass niemand ihn retten kann ... denn er will gar nicht gerettet werden!«

»Nein, so ist es nicht«, entgegnete ich gelassen. »Aber ich kann mich nur selbst retten – indem ich zurück ins Wasser gehe. Dahin, wo ich geboren wurde. Sonst kann es wirklich sein, dass ich sterbe.«

Wie vorhin schon presste Sandra die Fäuste gegen ihre Stirn und schloss die Augen, um ihre Fassung zu bewahren. »Vielleicht lässt sich alles tiefenpsychologisch erklären ... dass in dir irgendeine frühe traumatische Erinnerung gespeichert ist, und hier wird sie wiedererweckt, und du verstehst sie falsch ... oder ... oder ... du ...«

»Glaubst du, ich bilde mir etwas ein, das gar nicht da ist? Soll ich dir zeigen, dass ich unter Wasser atmen kann?«, schlug ich ihr vor. »Kein Problem. Dann kannst du dich hier und jetzt davon überzeugen. Ich kann stundenlang da unten bleiben, wenn ich möchte.«

»Nein!« Sandras Aufschrei war so gellend, dass sein Echo mehrfach von den Wänden des Steilufers widerhallte und drei bunte Vögel, die sich im dichten Laub der Bäume verborgen hatten, kreischend davonflogen. »Bitte tu mir das nicht an, tauch nicht unter, sonst brülle ich den ganzen Dschungel zusammen! Für mich gibt es so etwas nicht. Von der See geboren, im Meer zu Hause sein, unter Wasser atmen ... wenn ich mich darauf einlasse und dich untertauchen lasse und du ertrinkst oder das Untier packt dich, dann ...«

»Es ist kein Untier, sondern ein Wassermann«, unterbrach ich sie sanft. »Und ich habe mich in ihn verliebt. Wir gehören zusammen.«

Seufzend sank Sandra in sich zusammen, zog die Knie an und schlang die Arme um ihre Knöchel. Minuten vergingen, in denen wir schweigend auf das Wasser schauten und ich ab und zu meine Füße durch sein Petrolblau gleiten ließ, als seien sie eine Flosse. Fische umschwärmten meine Zehen und ruhten sich an meinen Waden aus, und vielleicht sah auch Sandra, dass immer wieder türkisfarbene Funken aus meiner Haut glommen und das Wasser um meine Beine herum erhellten.

»Bitte tauch nicht unter, Vicky«, bat sie mich schließlich trotzdem mit dünner Stimme. »Das könnte ich nicht aushalten. Aber von mir aus erzähl mir von ihm... Erzähl mir von diesem Wassermann, der angeblich da unten lebt und den du – unfassbar –, den du liebst. Ich werde dich nicht auslachen, Ehrenwort. Ich höre dir zu. Denn ich will wissen, was in dir vorgeht, auch wenn ich nicht sagen kann, wer von uns beiden gerade seinen Verstand verliert. Du oder ich. Oder wir beide. Aber ich höre dir zu.«

Ich zögerte keine Sekunde lang. Darauf hatte ich die ganze Zeit gewartet. Von selbst hätte ich nicht anfangen dürfen, meine eigene Wahrheit zu berichten, doch nun hatte Sandra mich darum gebeten. Also war sie bereit dafür. Während ich zu reden begann und dabei versuchte, mich an jede winzige Einzelheit zu erinnern, lösten die Nebelschwaden um uns herum sich auf, und die Sonne kroch Stück für Stück auf die Plattform, um unsere Rücken zu wärmen und farbenprächtige Schmetterlinge anzulocken. Jetzt kehrte auch das mir schon vertraute Summen und Singen in meine Stimme zurück, sodass meine Geschichte sich anhörte wie ein Lied voller Fernweh und Liebe, das einst von den Gezeiten in den Wind und die Wellen geschrieben worden war und niemals sterben konnte. Was ich erzählte, war die uralte Geschichte. Und wahr. Sie musste Sandras Herz erreichen, weil nur ihr Herz sie verstehen konnte.

Für ihren Kopf war es lediglich dünnes, sprödes See-
mannsgarn. Ihr Herz aber verstand.

Als mein Lied zu Ende war, rannen Tränen über ihre
Wangen, und sie hatte den Kampf gegen ihren Verstand
aufgegeben. Mit bitterem Lächeln sah sie mich an.

»Weißt du noch, was du als kleines Mädchen immer
gesagt hast, wenn jemand dich nach deinem Sternzeichen fragte?«

Ich schüttelte den Kopf – nein, daran konnte ich
mich nicht mehr erinnern. Überhaupt fiel es mir seit
einigen Tagen sehr schwer, mich an Vergangenes aus
meinem Menschenleben zu entsinnen. Vielleicht, weil
es nie wirklich wichtig für mich gewesen war.

»Meerjungfrau.« Sandra zog schniefend die Nase
hoch und wischte sich mit dem Ärmel die Tränen vom
Gesicht. »Wir kennen dein genaues Geburtsdatum ja
nicht, aber die Ärzte tippten damals auf September,
deshalb… Sternzeichen Jungfrau. Und du hast immer
im Brustton der Überzeugung »Meerjungfrau« geant-
wortet, sobald du nach deinem Tierkreiszeichen gefragt wurdest, und nicht verstanden, warum die Leute
dann gelacht haben. Aber jetzt… Jetzt frage ich mich,
ob du nicht recht hattest.«

Ja, das fragte ich mich auch. Vielleicht hatte ich mich
nur auf die Menschenwelt eingelassen, weil mir gar

nichts anderes übrig geblieben war. Ob die Muschel aus Sandras Traum sich noch einmal öffnen und mich freigeben würde – dieses Mal nicht an die Menschenwelt, sondern an das Meer?

»Okay, pass auf, ich erzähle dir nun auch etwas«, fuhr sie nach einer kleinen Pause fort. »Ich habe es noch nie jemandem erzählt, weil ich Angst hatte, ausgelacht zu werden, selbst Till weiß nichts davon… Er konnte es ja nicht einmal verkraften, dass ich an Seelenwanderung glaube.« Sandra grinste unsicher. »Denn er glaubt nur das, was man wissenschaftlich nachweisen kann. Also, ich hab auch einmal etwas gesehen, was eigentlich nicht sein konnte… Ich war damals etwas jünger, als du es jetzt bist, zehn oder elf Jahre alt, und hab fast jedes Wochenende bei meiner Oma am Waldrand verbracht. Meine Brüder wollten immer nur Tischtennis spielen, und darin war ich überhaupt nicht gut. Deshalb stromerte ich die meiste Zeit in dem riesigen Garten und im Wald herum, zusammen mit Omas Hund, dem Samson. Samson und ich waren unzertrennlich; ein Herz und eine Seele. Wenn ich mit ihm unterwegs war, machte sich keiner Sorgen um mich, denn er passte auf mich auf, als wäre ich sein Augenstern. Der Wald hat mich magisch angezogen, vor allem eine ganz bestimmte Stelle abseits des Weges… Dort waren einige Bäume umgestürzt, schon vor längerer Zeit während eines Herbststurms, und deshalb gelangte dort mehr Sonnenlicht auf den Boden. Schon im Frühsommer roch es auf dieser Lichtung an warmen Tagen intensiv nach Harz und Tannennadeln, doch gleichzeitig hielt sich unter den Wurzeln der umgekippten Bäume die Kühle der Nacht. Hier blieb es zu jeder Tageszeit dunkel und feucht, vielleicht sogar ein bisschen unheimlich… Wann immer ich von meinen Entdeckungstouren müde war, machte ich an dieser Stelle Rast und lehnte mich an einen Baumstumpf, Samson dicht neben mir. Und eines Nachmittags…«, Sandra verstummte und schloss die Augen, wie um sich genauer zu erinnern, »…es muss schon gegen Abend gewesen sein, die Sonne stand ziemlich tief… bemerkte ich plötzlich, dass Samson und ich nicht mehr allein waren. Ich glaube, der Hund fühlte es im gleichen Moment wie ich. Plötzlich hob er den Kopf, hörte auf zu hecheln und spitzte die Ohren, blieb aber ganz ruhig – nicht, als ob Gefahr drohte, sondern eher so, als würde er etwas Schönes, Spannendes wahrnehmen. Und dann sah ich sie auch, aus den Augenwinkeln heraus… zwei kleine dunkle Wesen im Schatten der umgekippten Wurzel, die mich geduckt beobachteten. Sie waren nicht größer als eine Hand, hatten winzige, menschenähnliche Gesichter, kohlschwarze Äuglein und dunkles, glattes Fell auf ihren Rücken … Es waren keine Tiere, da bin ich ganz sicher, eher so etwas wie … wie Kobolde oder Gnome.« Sandra errötete leicht, als fände sie ihren Vergleich kindisch und albern. »Etwas in dieser Richtung jedenfalls. Keine Elfen oder Feen. Sondern Erdwesen. Sie wohnten wohl unter dieser Wurzel und zeigten sich mir … Vielleicht waren sie schon immer da gewesen, wenn ich Rast gemacht hatte, und trauten sich jetzt erst raus. Ich hatte überhaupt keine Angst. Im ersten Moment war ich nicht einmal überrascht. Es war irgendwie völlig logisch, dass es sie gab und sie dort unter der Wurzel hausten. Und sie zu sehen, gab mir ein Gefühl, als würde sich mir die Wirklichkeit endlich vollständig zeigen und etwas zusammenfinden, was lange getrennt gewesen war. All meine Märchenbücher ergaben auf einmal Sinn. Doch dann schaltete sich mein Verstand ein und behauptete, dass es so etwas nicht geben könnte, dass ich mich irrte oder mit offenen Augen geträumt hätte … Also sprang ich auf und rannte weg. Aber bei meinem nächsten Spaziergang sah ich sie wieder. Etwas weiter entfernt, doch sie waren da. Zum Abschied habe ich ihnen drei gelbe Blumen vor ihre Wurzel gelegt, die ich gepflückt hatte, und als ich zwei Tage später wiederkam, waren die Blumen weg. Es wurde Abend, bis ich die kleinen Wesen entdeckte; sie äugten mich neugierig an, halb unter einem Stein versteckt, und dann hielt ich es nicht mehr aus ... Ich wollte überprüfen, ob es sie wirklich gab. Also hab ich meine Hand ausgestreckt, um einen von ihnen zu berühren ... und sofort waren sie verschwunden. Auf einen Schlag. Sie waren einfach nicht mehr da! Ich habe sie nie wiedergesehen ...« Sandra schluckte. Bei ihren letzten Worten war ihre Stimme zittrig geworden, als trauere sie der Begegnung mit den Erdwesen immer noch hinterher. »Ich weiß bis heute nicht, ob sie wahrhaftig da gewesen sind oder ich sie mir nur eingebildet habe, weil ich mich einsam fühlte und meine kindliche Fantasie mit mir durchgegangen ist. Ich konnte mir ja schon immer die wildesten Geschichten ausmalen ... Aber wenn ich heute im Wald spazieren gehe, schaue ich immer noch unter jede Wurzel von umgestürzten Bäumen, ich kann gar nicht anders. Nie sehe ich etwas. Lediglich totes Holz, Laub, Moos und Erde. – Vielleicht ist ja nur das wahr und echt, was auch dann bestehen bleibt, wenn man es berührt ... Hast du deinen Wassermann denn jemals berührt? Hast du ihn angefasst, mit deinen Händen?« Sandra stieß ganz leicht ihren Ellenbogen gegen meinen. »Denn du fasst nie von dir aus jemanden an ...«

»Nein, habe ich nicht«, antwortete ich ehrlich. Nox hatte mich berührt, das ja. Er hatte mehrfach seinen Arm um meine Taille geschlungen und mich an seine Brust geschmiegt, und ich hatte diese Berührung jedes Mal überdeutlich gespürt. Aber ich hatte ihn noch kein einziges Mal von mir aus angefasst. Sandra hatte recht, das tat ich so gut wie nie. Auch deshalb war ich als Grundschulkind bei einem Spezialisten gewesen, der mich auf Autismus getestet hatte. Sandra und Till waren in großer Sorge gewesen, weil ich so wenig redete, keine Freunde hatte und niemals von mir aus Körperkontakt gesucht hatte. Das war auch den Lehrern aufgefallen, und allein mit der Trauer um meine Eltern ließ sich dieses Verhalten nicht erklären. Doch der Arzt hatte Entwarnung gegeben, da ich Berührungen anderer Menschen problemlos zulassen konnte. So ganz korrekt war das allerdings nicht gewesen. Ich konnte nur Berührungen von Menschen ertragen, die mich liebten und die ich liebte. Till und Sandra zum Beispiel. Und offenbar galt das auch für Wasserwesen... Liebte Nox mich denn ebenfalls? »Du meinst also, ich soll ihn berühren, damit ich... damit ich endgültig weiß, dass es ihn gibt?«

»Nein... um Gottes willen, nein!« Sandra schlug die Hände vor ihr Gesicht, als sie begriff, welche Brücke sie mir mit ihren Erinnerungen gebaut hatte, und schüttelte heftig den Kopf. »Nein, du sollst gar nicht mehr zu ihm hinuntertauchen, ich muss dich von ihm fernhalten wie ein Teenager-Mädchen von einem bad guy, der es nur ausnutzen wird ... Vergiss am besten sofort, was ich dir erzählt habe! Ich wollte dir nur sagen, dass ich auch schon mal etwas gesehen habe, was in keinem Lehrbuch vorkommt, und dass ich bis heute nicht genau weiß, ob es da war oder nicht ... und dass man solche Erlebnisse vielleicht am besten auf sich beruhen lässt und sein Leben weiterlebt.«

»Trotzdem schaust du auch heute noch unter jede Wurzel ...«

»Ja«, gestand Sandra unglücklich und versuchte, mit der Linken ihr verstrubbeltes Haar zu ordnen. »Ja, das tue ich. Und ich mag es nicht, wenn im Wald umgefallene Bäume abtransportiert und ihre Wurzeln ausgegraben werden, weil man nie weiß ... welchen Wesen man seine Heimat nimmt. Oder so ...«, schloss sie fahrig und biss sich auf die Lippe, als habe sie schon zu viel gesagt.

»Aber genauso ist es auch hier. Till darf nicht wieder in der Cenote tauchen, die Männer müssen sie in Ruhe lassen! Sie ist das Zuhause von Nox, sein Refugium, nur hier ist er vor den Menschen sicher, und vielleicht – vielleicht ist sie auch mein festes Zuhause.«

»Das heißt, du willst…« Alarmiert hielt Sandra inne und legte den Kopf in den Nacken, um nach oben ins gleißende Sonnenlicht zu schauen. »Hörst du das auch? Ich glaube, Till und die anderen sind zurück! Endlich… Komm, wir müssen nach oben klettern… Schnell, Vicky!«

Ja, die Männer waren nicht mehr zu überhören, ihre Stimmen schallten laut und hitzig durch die schwüle Windstille zu uns herunter. Sie schienen miteinander zu streiten, wobei Antonio den Ton angab und klang wie ein Offizier, der seinen Untergebenen Befehle entgegenschrie. Sein Gebrüll glich einem Attentat auf die Vertrautheit und Ehrlichkeit, in deren geborgener Ummantelung Sandra und ich uns eben noch ausgetauscht hatten, und ließ mir keine Chance, noch einmal an ihre Erinnerung mit den Waldwesen anzuknüpfen.

Dennoch war mir nun vollkommen klar, was ich tun musste, um endlich hinaus ins Meer tauchen und mich endgültig zwischen der Menschenwelt und dem Wasser entscheiden zu können. Was Sandra mir eben unfreiwillig offenbart hatte, war die zweite Prüfung. Anders konnte es nicht sein. Ich musste Nox aus freien Stücken heraus berühren, mit meinen Händen, und mich davon überzeugen, dass es ihn wirklich gab. Nur so konnten unsere Seelen sich vollständig miteinander verbinden. *Ich* musste auf *ihn* zugehen, nicht umgekehrt.

Womöglich hatte ich deshalb noch nie einen anderen Menschen von mir aus angefasst.

Weil ich die ganze Zeit immer nur geduldig auf den Richtigen gewartet hatte.

Und sobald ich es getan hatte und sicher war, zu welcher Welt ich gehörte, würden wir zusammen hinaus ins offene Meer schwimmen.

Ich wollte endlich zurück zu meiner Mutter.

ERSTKONTAKT

Till fragte gar nicht erst, wo wir gewesen waren, sondern winkte uns gleich zu sich und seinen Kollegen, die zusammen vor der Küchenhütte standen. Noch immer redeten sie wild durcheinander, bis auf Carlos, der mit verschränkten Armen an einem Baum lehnte und sich nicht aus der Ruhe bringen ließ, obwohl Antonio ihn gerade mit Fragen attackierte. Verstehen konnte ich leider kaum etwas, die Männer sprachen englisch und spanisch miteinander, aber sobald wir uns dem Küchenbereich genähert hatten, löste Till sich von seinen Kollegen und eilte mit schnellen Schritten auf uns zu, als müsse er uns etwas Wichtiges mitteilen.

»Da bist du ja endlich…«, begrüßte Sandra ihn leicht vorwurfsvoll, sperrte sich aber nicht gegen seine entschuldigende Umarmung und das Küsschen auf ihrer Wange. »Ich hab mir Sorgen um dich gemacht.«

Mir strich Till nur kurz über den Rücken und lächelte mir anerkennend zu.

»Hey, du hast Farbe bekommen, steht dir echt gut. Und deinen Haaren scheint das Klima auch zu bekommen, klasse.«

Sandra warf mir einen vielsagenden Blick zu und verdrehte dabei leicht die Augen, widersprach ihm aber nicht. Ich zuckte nur kaum merklich mit den Schultern.

»Männer«, raunte sie so leise, dass Till sie nicht hören konnte. »Sind manchmal blind wie Maulwürfe.«

»Wie bitte?« Till musterte uns irritiert, doch ihm schien immer noch nichts Außergewöhnliches an mir aufzufallen.

»Nicht so wichtig. – Was ist passiert, warum drehen alle am Rad, und wieso seid ihr jetzt erst zurück?«

»Sorry, wir haben die Reifen erst heute Morgen bekommen und hatten gestern noch eine lange Besprechung.« Tills Blick verdunkelte sich, und sein Mund bekam einen harten Zug, als gefalle ihm nicht, was er nun sagen müsse. »Kommt mal mit, ich will nicht, dass die anderen uns hören können.«

Er führte uns zum Banjo, was ungute Erinnerungen an seinen Fisch-Beweis in mir weckte. Womit würde Till uns jetzt konfrontieren?

»Ich bin gelinkt worden«, brach es aus ihm heraus, nachdem er sich auf den Klappstuhl gesetzt hatte. »Das hier ist gar keine rein wissenschaftliche Forschungsexpedition. Es geht um etwas völlig anderes.« Mit ausgestrecktem Arm deutete er in den Dschungel hinein. »In vier Wochen sollen hier die Bauarbeiten für eine gigantische Hotelanlage beginnen, die bis zum Meer reicht. Hunderte Bungalows, mehrere Pools und als Highlight: die hauseigene Cenote mit Zugang zum Riff. Deshalb macht Antonio solchen Druck, und nur deshalb werden wir so gut bezahlt… Es ging niemals um echte Höhlenforschung. Wir sollten die Leinen für den Zugang ins Meer spannen und garantieren, dass das Höhlensystem für erfahrenere Taucher keine Gefahr darstellt. Was wir bisher allerdings nicht geschafft haben…«

Wieder wechselten Sandra und ich einen raschen Blick miteinander. Ich schaffte es kaum noch, ruhig sitzen zu bleiben. Es war alles viel dramatischer, als ich gedacht hatte – die Männer sollten die Cenote samt ihres Höhlensystems nicht nur erforschen und nach einiger Zeit wieder von hier verschwinden, sondern sie sollte Mittelpunkt einer riesigen Hotelanlage werden und jährlich Tausende von Touristen anlocken! Niemals würde sie auf diese Weise jenes abgeschiedene Refugium bleiben können, dass Nox (und ich?) so dringend brauchten. Bisher hatte ich noch gehofft, es könnte einen Mittelweg geben, irgendeinen Kompromiss, und dass ich Nox vielleicht überreden könnte, zu warten, bis die Expedition vorüber war und der Trupp wieder abreiste, ohne zu wissen, welche Rolle ich dabei einnehmen sollte. Doch was Till uns gerade erzählte, ließ die Lage aussichtsloser erscheinen denn je. Fahrig verschränkte ich meine Finger ineinander, damit Till nicht sehen konnte, wie sehr meine Hände zitterten.

»Und jetzt spielen zu allem Überfluss auch noch ein paar einheimische Umweltaktivisten verrückt. Junge Leute, die diesen Teil des Waldes für besonders artenreich und…«, Till runzelte die Stirn, »…heilig halten. Na, wegen der Mayakultur und weil hier kürzlich zum ersten Mal ein Jaguar gesichtet worden ist, ganz in der Nähe der Cenote.«

»Prost Mahlzeit«, kommentierte Sandra trocken. »Ich fühle mich von Tag zu Tag wohler in Mexikos Dschungel.«

»Ich auch«, erwiderte Till grimmig. »Aber die Artenvielfalt um die Cenote herum ist wohl besonders groß, und Cenotes waren bei den Mayas außerdem heilige Kultstätten. Die Aktivisten sind der Ansicht, dass schon genügend Touristen in den Cenotes ihr Unwesen treiben und es nun reicht. Wenigstens diese muss unberührt bleiben. Deshalb haben die besonders radikalen Mitstreiter unter ihnen uns die Reifen zerstochen und sich nachts ins Camp geschlichen, um den Diesel aus dem Generator abzulassen. Was natürlich extrem umweltfreundlich ist, wenn dabei die Hälfte danebengeht.« Till schnaubte verächtlich. »Immerhin, sie haben uns damit erst einmal ausgebremst. Das ist ihnen gelungen. Und nun schaltet sich der Chef-Schamane persönlich ein. Der ist kein anderer als ...«

»... der Vater von Carlos«, führten Sandra und ich Tills Satz im Chor zu Ende.

»Ihr wisst davon?« Erstaunt hob er den Kopf und blinzelte wie ein müder Uhu.

»Wir haben es uns gedacht. Er war vorhin hier.« Sandra deutete zur Küchenhütte. »Mit zwei anderen Halbnackten. Er hat ein bisschen getrommelt, und dann haben Carlos und er miteinander geredet. Eigentlich ganz friedlich.«

»Ja, das ist er wohl auch, und er genießt bei den Einheimischen ein hohes Ansehen. Deshalb soll er nun zwischen den Parteien vermitteln. Er schlägt irgendein Ritual vor, das er hier abhalten würde, und ihr könnt euch denken, wie Antonio und die Investoren darauf reagiert haben ...« Till knetete sich gähnend den Kiefer. Er sah aus, als habe er die Nacht über kaum ein

Auge zugetan. »Das ist ein milliardenschwerer Riesenkonzern aus Texas. Die können mit solchem Hokuspokus gar nichts anfangen. Doch die Aktivisten drohen mit weiteren Anschlägen und sind auch nicht damit zu beeindrucken, dass durch die Hotelanlage unzählige Arbeitsplätze geschaffen werden. Die Umweltbehörde unternimmt nichts, ist wahrscheinlich geschmiert worden. Hier geht es um Millionen…« Wieder musste Till gähnen, machte sich aber nicht einmal die Mühe, die Hand vor den aufgerissenen Mund zu halten. »Wir haben bis in die Morgenstunden miteinander diskutiert. Immerhin sind sich in einem Punkt alle einig: Solange wir den Fisch nicht gefangen und ausgeschlossen haben, dass es da unten noch mehr von der Sorte gibt, kann der Bau nicht beginnen. Das ist selbst den Texanern zu riskant, und die Versicherungen würden dann auch aussteigen. Ich weiß nur nicht genau, ob ich… ob ich noch mitmischen will. Ich war heute früh kurz davor, mich aus der Sache rauszuziehen. Auf der anderen Seite hab ich einen Vertrag unterschrieben und schon einen Haufen Kohle dafür bekommen.«

Sandra legte ihre Hand auf sein Knie und lehnte seufzend ihre Wange an seine Schulter. »Dieser Antonio hat mir von Anfang an nicht gefallen. Ich mag den Kerl nicht.«

»Ach, der ist in Wahrheit auch nur ein Handlanger der Investoren aus Texas. Er heißt auch eigentlich Anthony, nicht Antonio. Den Namen benutzt er nur, um bei den Mexikanern besser anzukommen. Das sind eiskalte Geschäftsleute, die kümmern sich einen Scheiß um Tradition und Umwelt. Wir sollen die Cenote für sie klarmachen, damit sie mit dem Bau beginnen können, basta.«

»Was schlägt der Schamane denn für ein Ritual vor? Was soll das bringen?«, fragte ich so beiläufig wie möglich und lauschte dabei aufmerksam in mich hinein, ob ich beim Sprechen wieder sang. Doch Till schien nichts Ungewöhnliches zu bemerken.

»Ich weiß es nicht genau, Vicky. Ich weiß nur, dass es morgen Abend stattfinden soll, weil dann Vollmond ist – aber eben nur, falls Antonio es zulässt. Ich glaube allerdings, ihm wird kaum etwas anderes übrig bleiben. Carlos meint jedenfalls, es wäre vernünftig, für Frieden zu sorgen zwischen den Aktivisten und den Bauherren. Sonst würde der Krieg auch dann weitergehen, wenn das Hotel steht... Und das würde die Touristen vergraulen.« Ächzend lehnte Till sich zurück und schloss die Augen. »Ich bin echt sauer. Ich glaube zwar nicht an den Schamanenkram, aber ich mag diese Touri-Cenotes nicht. Gibt schon genug davon, da haben die

Aktivisten schon recht. Und jetzt soll diese Schönheit auch eine davon werden …« Er verzog den Mund, als habe er in eine Zitrone gebissen. »Egal, wir müssen so oder so erst mal abwarten. Und das Camp bewachen, statt weitere Tauchgänge zu unternehmen, bis wir Verstärkung vor Ort haben. Die Amis organisieren uns jetzt professionelle Security-Leute, damit wenigstens unsere Ausrüstung, die Autos und der Generator heil bleiben.«

»Klingt ja tatsächlich nach Krieg.« Sandra war blass um die Nase geworden. »Du bist wirklich sicher, dass du nicht abbrechen und nach Hause fahren willst? Wir kriegen das schon irgendwie hin, wenn die Texaner das Geld zurückhaben wollen, dann haben wir eben eine Weile Schulden, na und? Wären nicht die ersten.«

»Ich möchte meine Männer nach wie vor nicht allein lassen.« Till hatte seine Augen immer noch geschlossen und nuschelte vor Müdigkeit. »Außerdem hab ich einen guten Draht zu Carlos und zu Antonio. Vielleicht kann ich auch ein bisschen vermitteln. Aber ihr solltet unbedingt ins Hotel zurückfahren …«

»Kommt nicht infrage.« Meine Stimme klang so klar und entschieden, dass Till schlagartig wieder wach wurde und sich kerzengerade aufrichtete. »Nein, ich will hierbleiben, unbedingt.«

»Okay...« Zweifelnd beäugte Till mich. »Findest du es nicht – langweilig?«

»Überhaupt nicht«, antwortete ich im Brustton der Überzeugung, worauf Sandra ein verzweifeltes Kieksen unterdrückte. »Es ist der schönste Urlaub, den ich je erlebt habe.«

»Also, mein schönster Urlaub ist es leider nicht. Ganz und gar nicht.« Sandra richtete sich ebenfalls auf. »Aber von mir aus... bleiben wir.«

Danke, danke, danke!, jubelte es in mir, auch wenn Sandra wirkte, als sei ihr sterbensübel, weil sie gerade gegen all ihre Prinzipien verstoßen hatte. »Warten wir ab, was die Amis entscheiden und der Schamane vorhat. Ich wollte schon immer mal einen Medizinmann in Action sehen. Und bis dahin...?« Fragend schaute sie Till an.

»Bleibt einfach in meiner Nähe und vertreibt euch die Zeit, so gut ihr könnt.« Till erhob sich, ließ ein weiteres geplagtes Ächzen ertönen und streckte sich, wobei seine Schultern laut knackten. »Wir haben gleich eine Zoom-Konferenz mit ein paar Biologen und Zoologen, möglicherweise ist der Fisch ein Verwandter des Sechs-Kiemen-Hais aus der Tiefsee...« Nun war ich es, die ein Kieksen unterdrücken musste. Sandra zuckte lediglich zusammen. »Keine Sorge, er kann ja nicht an Land kommen.« Till tätschelte mir beruhigend die Schulter. Richtig, das konnte er nicht. »Danach fertigen wir ein neues Spezialnetz an und bestücken es mit Unterwasser-Kameras. Wir haben also bis abends gut zu tun. Haltet euch von der Cenote fern und verlasst das Camp nicht… Der Generator läuft wieder, wir haben auf gut Glück Diesel mitgebracht, ihr könnt also eure Handys aufladen. Lebensmittel sind auch wieder ausreichend da, habt ihr schon gefrühstückt? Wir haben frisches Obst, Kuchen und Brot besorgt.«

»Nein, haben wir nicht, und ich sterbe vor Hunger.« Jetzt erhob sich auch Sandra, um sich ebenfalls ausgiebig zu recken. »Komm, Vicky, Essen fassen.«

Ich widersetzte mich nicht, obwohl ich wusste, dass ich keinen Bissen herunterbekommen würde, und blieb fast zwei Stunden lang brav in ihrer Nähe, bis sie verkündete, Schlaf nachholen zu wollen, mich mitschleppte und mir im Zelt demonstrativ den Rücken zuwandte, als hätten wir uns nichts zu sagen. Nach einigen Minuten gab sie sogar leise Schnarchgeräusche von sich, die ganz und gar nicht überzeugend klangen.

»Schläfst du?«, fragte ich wispernd und beugte mich über ihr Gesicht. Ihre Lider zuckten, doch sie antwortete nicht. Träumte sie bereits, oder war sie in Wahrheit hellwach und schenkte mir eine günstige Gelegenheit, zu verschwinden? Sie hatte unser Gespräch nicht fortgeführt, obwohl wir es jetzt ungestört hätten tun können. Und sie hatte mir nicht verboten, noch einmal in der Cenote zu schwimmen. »Danke«, flüsterte ich, zog mein Kleidchen aus und huschte im Bikini zwischen den Zelten und durch das Dickicht hindurch zum Steilufer. Die Männer hatten Planen zwischen die Pfosten des offenen Küchenbereichs gespannt, um Schutz vor der gleißenden Mittagssonne zu haben, während sie über ihren Laptops brüteten, und die Security-Leute waren noch nicht eingetroffen. Niemand sah mich, alle waren mit anderen Dingen beschäftigt. Trotzdem sprang ich nicht in die Cenote, weil ich fürchtete, dadurch zu auffällige Wassergeräusche zu erzeugen, und nahm den vorgesehenen Abstieg. Unbehelligt erreichte ich nach einer schweißtreibenden Klettertour die Plattform und hechtete kopfüber in die Tiefe.

Nox wartete bereits auf mich – dort, wo die Farbe des Wassers sich verdunkelte und es angenehm kühl wurde – und gab mir ausreichend Zeit, meine Kiemenatmung zu aktivieren, wobei er reglos vor mir in der Cenote schwebte. Obwohl ich den gesamten Morgen nur auf diesen einen Moment hingefiebert hatte, fühlte ich mich in seiner Gegenwart plötzlich befangen und ein wenig verlegen. Und jetzt? Ihn einfach anfassen?

Nein, das konnte ich nicht tun. Ich schaffte es ja kaum, ihn anzusehen, und als ich mich endlich dazu überwinden konnte, schoss glühende Hitze in meine Wangen. Er feixte mich in bester Laune an, und seine Augen blitzten unternehmungslustig. Wie im Reflex lächelte ich zurück.

»Verrätst du mir deinen Namen, Meermädchen?«

»Meinen – meinen Menschennamen?«

»Ja. Es ist wichtig, dass du ihn nicht vergisst. Er wird dich daran erinnern, woher du kommst und dass es Menschen gab, die dich liebten. Deshalb muss ich dich ab und zu mit diesem Namen ansprechen.«

»Es gibt diese Menschen immer noch … und sie lieben mich. Sogar sehr …« Plötzlich war mir jämmerlich zumute. »Du redest, als würde ich sie nie mehr wiedersehen. Dabei habe ich erst eine Prüfung bestanden …«

»Nein, die zweite auch.« Belustigt wickelte er eine meiner Locken um seinen Finger und zog ganz leicht daran. Meine Haare bewegten sich ganz von allein auf ihn zu, als wüssten sie, was ich heute vorhatte.

»Ich habe dich nicht angefasst«, erwiderte ich reserviert, und die Gluthitze in meinen Wangen wurde trotz des kühlen Wassers schier unerträglich.

»Stimmt. Das wüsste ich.« Sein Grinsen verbreitete sich, und er gab meine Locke wieder frei. »Alles zu seiner Zeit …«

Also *war* das wirklich eine der Prüfungen? Ihn anzufassen? Ich wusste nicht, ob ich mich darüber freuen oder davor fürchten sollte.

»Nein, die zweite Prüfung bestand darin, dich einem Menschen anzuvertrauen und ihm zu erzählen, was du in den Tiefen der Cenote gesehen und erlebt hast. Auch deshalb war es so wichtig, dass du dir jedes Detail an mir einprägst und mich ganz genau anschaust. Denn nur so konntest du glaubhaft über mich berichten.«

»Sandra…«, blubberte ich, nickte und vergaß die Hitze in meinem Gesicht. »Ja, stimmt, ich habe ihr heute Morgen von dir erzählt. Ich konnte nicht anders!«

»Das ist gut, es war richtig!« Sein Grinsen wurde zu einem liebevollen Lächeln, wobei mein Blick wieder einmal an seinen spitzen Zähnen hängen blieb. »Wie nennt sie dich? Wie lautet der Name, mit dem sie dich ruft?«

»Vicky. Ich heiße eigentlich Victoria, aber sie nennen mich Vicky… Sie und Till. Sie sind nicht meine Eltern, meine Eltern leben nicht mehr und waren auch nie meine leiblichen Eltern. Ich… ich wurde als Baby adoptiert und…« Stotternd brach ich ab. »Nox, wie bin ich eigentlich entstanden? Weißt du das?«

»Vicky rufen sie dich also…« Nox ignorierte meine Frage und schloss sinnend seine Augen. »Vicky.« Mein

Name klang aus seiner Kehle wie ein weiches, warmes Summen. Was eigentlich kaum möglich war… »Vergiss ihn nicht. Es ist ein schöner Name, er passt zu dir. – Deine dritte Prüfung besteht aus zwei Teilen«, wechselte er unvermittelt das Thema. Die Frage, wie ich entstanden bin, hatte er offenbar längst wieder vergessen. »Den zweiten kennst du ja bereits.« Nox zwinkerte anzüglich, doch in seinem Blick lag eine solch beruhigende Wärme, dass ich den Impuls, ihm die Zunge herauszustrecken, unterdrückte. »Es kann nur am Tor zum offenen Meer geschehen. Und den Weg dorthin musst du dieses Mal allein finden. Ohne meine Hilfe. Ich darf dich auch nicht tragen, selbst in der Sprungschicht nicht. Du musst die Grenze zwischen Süßwasser und Salzwasser eigenständig überwinden. Eine Königin sollte sich in ihrem Schloss auskennen und nichts darin fürchten müssen. Ich bleibe hinter dir, aber ich werde nur im äußersten Notfall eingreifen.«

»Alles klar.« Nein, gar nichts war klar, aber ich wollte auf keinen Fall kneifen. Ich hatte schon jetzt Angst vor der Sprungschicht und dem erdrückenden Panikgefühl, das sie in mir ausgelöst hatte, und dummerweise hatte ich mir bei unserer ersten Reise zum Tor nicht gemerkt, wann wir Abzweigungen nach rechts und links genommen hatten. Ich musste mich nun ganz auf meinen Instinkt und meine Intuition verlassen.

»Verbinde dich mit den Wellen des offenen Meeres. Versuche sie zu hören – und folge ihrem Klang. Bist du bereit?«

Ich nickte knapp, begab mich schwungvoll in die Waagrechte und schoss mit einem dynamischen Hüftschwung an ihm vorbei, um hinab in die Tiefe zu tauchen. Ein kurzer Blick über meine Schulter gab mir die Gewissheit, dass Nox dicht hinter mir blieb, und sobald das Wasser dunkler wurde, hatte ich das Gefühl, dass meine Beine miteinander verschmolzen und sich in meinen Nixenschweif aus Licht zu verwandeln begannen. Doch ich sah nicht nach unten, sondern konzentrierte mich ausschließlich auf das, was vor mir lag. Noch konnte ich die Wellen des Meeres nicht hören, aber ich spürte rasch eine Art Kompass in meiner Herzgegend, der immer dann zuckend ausschlug, wenn ich eine falsche Richtung einschlagen wollte. Schließlich wurden meine Bewegungen träge und schwer, als würde ich gegen einen Widerstand anschwimmen wollen, und ich fühlte mich müde und kraftlos. Nahm ich hingegen die richtige Richtung, glitt ich mühelos durch die Katakomben der Höhle.

Der Kompass ließ mich auch im Nebel der Sprungschicht nicht im Stich. Nun spürte ich Nox nicht mehr hinter mir, und hätte ich mich umgedreht, hätte ich ihn vermutlich lediglich als vagen Schatten wahrnehmen können – falls überhaupt. Doch ich verließ mich einfach darauf, dass er weiterhin auf mich achtete, und lauschte aufmerksam in mich hinein, statt im Außen nach Halt und Sicherheit zu suchen. Zwar verspürte ich wieder ein unruhiges Zittern in meiner Magengegend, sobald ich in den Nebel eingehüllt war, aber es gelang mir, meinen Kurs zu halten, sodass wir die Sprungschicht schnell hinter uns lassen konnten. Die größte Schwierigkeit bestand anschließend nur noch darin, in der Salzwassergrotte nicht langsamer zu werden, denn sie verzückte mich wie bei meinem ersten Besuch. Zu gern hätte ich mich auf dem muschelbedeckten Boden niedergelassen und mich genauer umgesehen. Aber auch diese Herausforderung meisterte ich und steuerte mit angelegten Armen den letzten Tunnel zum Tor an. Obwohl wir keine Lampen mit uns führten, blieb er wie beim letzten Mal stets schwach erhellt – es mussten tatsächlich unsere Augen sein, die für das nötige Licht sorgten. Ich mochte diesen engen Gang nicht, doch nun konnte ich die Wellen nicht nur über den Kompass in meinem Herzen spüren, sondern auch hören und schürfte mir in meinem aufkeimenden

Übermut beinahe den Ellenbogen auf, als der Tunnel plötzlich eine scharfe Biegung machte und ich eine zu kühne Wendung vollzog.

Doch dann veränderte das Wasser nach und nach seine Farbe, sein Salzgehalt nahm zu, und der Tunnel verbreiterte sich wieder. Ich hatte die richtige Abzweigung gewählt. Während des Schwimmens trank ich genüsslich ein paar Schlucke und wirbelte dabei einmal um meine eigene Achse, so stolz und froh war ich, den Weg zum Meer gefunden zu haben.

Auf den letzten Metern überholte Nox mich und bremste mich geschickt ab, bevor ich durchs offene Tor stürmen konnte. Wieder postierte er sich als Wächter zwischen den Felsen, die Arme weit zur Seite ausgestreckt – eine unüberwindbare Wand. Dieses Mal reagierte ich nicht mit Wut, sondern nur mit leichter Gereiztheit, die jedoch verflog, sobald mir bewusst wurde, dass mein Alleingang nur die halbe Prüfung gewesen war – ach, eigentlich nur die Vorbereitung. Die Situation hatte sich dadurch kein bisschen vereinfacht. Noch immer kam es mir unpassend und schräg vor, Nox ohne jede Erklärung, Absicherung oder Vorwarnung zu berühren. Musste ich das nicht irgendwie ankündigen? Oder ihn gar um Erlaubnis bitten? Auf der anderen Seite wirkte er nicht wie jemand, der zu

Muschelstaub zerfallen würde, sobald ich ihm zu nahe kam. So narbenübersät, wie er war, spürte er meine Hände vielleicht gar nicht.

»Es wird leichter für dich, wenn du mir in die Augen siehst.«

»Das glaube ich nicht.«

»Aber die Trefferquote wird höher …«

Seine Bemerkung brachte mich zum Lachen, und unzählige türkis glitzernde Bläschen trudelten aus meinem Mund und verfingen sich in meinen Haaren, die sich ihm schon wieder so frech entgegenschlängelten, wie ich es nicht zu sein wagte. Aber näher kommen musste ich ihm, sonst würde ich die Prüfung niemals bestehen.

Ein kurzer Blick nach unten bewies mir, was ich schon die ganze Zeit geahnt hatte – meine Beine hatten sich wieder in den schimmernden Nixenlichtschweif verwandelt, und er ermöglichte es mir, ganz langsam an Nox heranzudriften, fast wie in Zeitlupe. Genauso so fühlte ich mich auch. Es war wie bei meinem ersten Blick auf die Cenote, als ich glaubte, die gesamte Welt sei stehen geblieben. Meine Sehnsucht drängte mich immer noch nach draußen ins Meer, doch es gab auf einmal keine Eile mehr, keine Hast, keinen Druck. Ich hatte alle Zeit der Welt, die dritte Prüfung zu bestehen.

Zögernd hob ich zunächst meinen Blick und dann meine Hand. Mein Ziel stand längst fest, auch wenn es ein sehr persönliches war: sein Gesicht. Ja, ich würde Nox' Gesicht anfassen. Doch wo genau sollte ich es berühren? Selbst ein Tier hatte ich bisher nicht von mir aus angefasst, diese ungeschriebene Regel hatte sogar für meine geliebten Fische gegolten. Aber nun erinnerte ich mich daran, dass sie mich manchmal gestreift hatten, wenn ich sie gefüttert hatte und meine Finger dabei kurz ins Wasser gehalten hatte – und dann hatte ich den Buntbarschen über den Rücken gestreichelt. Ich hatte das immer gemocht und mich über diesen zarten, vertrauten Kontakt gefreut. Und ich wollte Nox ja nicht wehtun, ich tat nichts Verbotenes, ganz im Gegenteil, ich musste es tun... nicht nur, damit ich hinaus ins Meer konnte – er blieb sonst ebenfalls in dieser Höhle gefangen und hatte hier schon lange genug auf mich gewartet... Meine Berührungen würden ihn befreien.

Unsere Blicke begegneten sich, und das kristalline Glitzern in seiner Iris blendete mich beinahe.

»Dir passiert nichts«, murmelte er kaum hörbar, ohne dass seine Lippen sich bewegten. »Ich könnte dir niemals wehtun. Ich bin nur nicht so schön und wohlgestaltet wie die Menschenmänner, die du kennst. Aber vielleicht gewöhnst du dich mit der Zeit daran.«

»Ich kenne keine Menschenmänner. Und du *bist* schön. Für mich bist du schön.« Ja, er war es, und nun fühlte ich es auch. Scheu zeichnete ich mit meinem Zeigefinger seine linke Augenbraue nach, ganz leicht, und dann seine rechte, bevor ich meinen Handrücken vorsichtig an seine Schläfe schmiegte, wobei mein Unterarm sein kräftiges, kurzes Kinn berührte. Er fühlte sich so lebendig an, so voller Kraft... Mir war, als würde unter seiner Haut die Flut tosen und als sei er permanent in Bewegung, obwohl er vollkommen ruhig und reglos vor mir verharrte. Doch das Schönste dabei war: Er verschwand nicht. Ich konnte ihn berühren, und er verschwand nicht!

»Du bist wirklich da. Kein Traumbild.« Ich weinte vor Erleichterung, weil ich erst jetzt merkte, wie sehr mich die Vorstellung gequält hatte, er würde sich in nichts auflösen, sobald ich ihn berührte – wie die Erdwesen, die Sandra im Wald beobachtet hatte. »Du lebst...«

»Mehr denn je.« Seine Mundwinkel vertieften sich in der Andeutung eines Lächelns, doch seine Lippen blieben geschlossen, als wolle er mich in diesem sensiblen Moment auf keinen Fall mit seinen Zähnen erschrecken.

Langsam drehte ich meine Hand und ließ meine Fingerspitzen über seinen Hals wandern. Seine Haut war fester und rauer, als ich gedacht hatte, obwohl sie metallisch glänzte – und seine Haare? Ich verschluckte mich beinahe vor Schreck, weil sie sich zuckend um meine Finger wickeln wollten, als ich sie berührte. War das eine Abwehrreaktion? Oder verbargen sich etwa doch Schlangen in ihnen?

»Entschuldige …«

»Nichts passiert. Sie haben zu viel Zeit mit Quallen, Kraken und Tintenfischen verbracht.«

»Aber das ist eine Weile her, oder?« Noch einmal wagte ich es, eine Strähne zu berühren, und zog meine Hand nicht weg, als sie sich um meinen Daumen wand und sich dann wieder löste.

»Ja, es sind viele Jahre vergangen. Ich musste hier in der Höhle bleiben, um die Cenote zu bewachen, damit du ein Zuhause hast, falls das Meer dich mir schenkt. Ich bin lange nicht mehr in seinen Tiefen geschwommen.«

»Kennst du dich denn da draußen überhaupt noch aus?«

Nox begann herzlich zu lachen, wobei eine Wolke aus Luftbläschen aus seinem Mund und seiner Nase tanzten. »Keine Sorge, das tue ich … sogar blind … und das muss ich auch, wenn ich mich in den Tiefen der See bewege, wo selbst meine Augen kaum Licht in die Dunkelheit bringen können. Aber du kennst dich

259

im Meer noch nicht gut aus. Ihr Menschen kennt sowieso nur einen Bruchteil der Ozeane, und von der Tiefsee habt ihr keine Ahnung. Für dich wird alles neu sein, auch wenn du von der See geboren wurdest. Deshalb musst du mir eines versprechen, bevor ich das Tor freigebe, selbst, wenn es dir schwerfallen wird.«

Ich nickte ergeben und zog meine Hand mit leisem Bedauern zurück. Ich würde sie zum Schwimmen brauchen, und ja, ich wollte endlich das Tor passieren.

»Bleib immer bei mir, in meiner Nähe. Keine Einzelaktionen.«

»Oh, diese Worte habe ich in den vergangenen Tagen oft gehört...« Viel zu oft für meinen Geschmack.

»Und du hast dich nicht daran gehalten.«

»Stimmt, hab ich nicht.« Ertappt blinzelte ich ihn an. »Sonst wäre ich nicht hier.«

»Ich weiß, mein Herz. Aber jetzt musst du dich daran halten. Es ist überlebenswichtig für dich. Bleib immer in meiner Nähe, und wenn du Angst bekommst oder das Gefühl hast, in Gefahr zu geraten und mich zu brauchen, dann tauch sofort zu mir und greif nach meiner Rückenflosse. Auch wenn es nur eine kleine Bucht ist, in die wir jetzt schwimmen, ist sie im Vergleich zur Cenote doch ein ganzes Universum. Und du wirst alles anders wahrnehmen... anders, als du es kennst. Nach dem Tor beginnt meine große Prüfung. Die See will wissen, ob ich dich beschützen kann, und nun wird sie vor allem mich prüfen, nicht dich.«

»In Ordnung, ich verspreche es.« Mir war bei Nox' Worten ein wenig mulmig zumute geworden, doch ich hatte alle drei Prüfungen bestanden, hatte mich sogar allein durch die Sprungschicht gekämpft – dann würde auch das Karibische Meer mich nicht schrecken können. An Nox' Beschützerqualitäten zweifelte ich ohnehin nicht. Wie zur Besiegelung drückte ich meine Stirn an seine. »Ich bleibe in deiner Nähe.«

Seine Hände lösten sich von den Kalksteinwänden, und er wich elegant zur Seite, um mich als Erste durch das Tor in das lichtdurchflutete Blau des Riffs schwimmen zu lassen.

»Danke, Meermädchen. Deine Freiheit ist meine Freiheit!«, hörte ich ihn noch rufen, bevor er sich mir hinterherstürzte und wir kopfüber unserer wahren Bestimmung entgegenschossen.

Mein neues Leben hatte begonnen.

GEWÖHNUNGS-SCHWIERIGKEITEN

»Nox!« Ich konnte meinen eigenen Hilfeschrei nicht mehr hören – und sehen konnte ich vor lauter Panik auch nichts. Konfus paddelte ich mit den Armen und Beinen und presste mir zwischendurch immer wieder kurz die Hände auf meine Ohren; ein sinnloser Versuch, mich vor dem entsetzlichen Dröhnen und Scheppern zu schützen, das von allen Seiten auf mich einprügelte. Ich hörte es nicht nur, ich spürte es auch, wie eine Salve winziger elektrischer Schläge, die das Wasser auf meine Haut übertrug und denen ich nicht entkommen konnte.

Ich hatte mit allem gerechnet, nachdem ich durch das Tor geschwommen war – mit angreifenden Raubfischen, Schwärmen von Quallen mit giftigen Drüsen und stacheligen Seeigeln, doch was jetzt geschah, versetzte mich in eine Art Schockzustand. Das Meer schrie mich an, und ich hatte das Gefühl, dass meine Ohren dabei zu bluten begannen und ich wie in der Sprungschicht gänzlich die Orientierung verlor. Selbst der Kompass in meinem Herzen funktionierte nicht mehr. »Nox! Wo bist du?«, unternahm ich einen zweiten Versuch, gegen das unaufhörliche Dröhnen anzubrüllen. Wieder ging mein Rufen darin unter.

Mittlerweile wusste ich nicht mehr, wo der Meeresboden und wo die Wasseroberfläche waren. Alles befand sich in ständiger Bewegung, und auch ich wurde unruhig hin und her geworfen. Ich solle mich an seiner Rückenflosse festhalten, sobald ich in Gefahr geriete, hatte Nox eben noch zu mir gesagt. Doch wie sollte mir das gelingen, wenn ich ihn überhaupt nicht sah? »Nox, hilf mir!«

»Ich bin da… Keine Angst, ich hab dich.« Fest schlossen sich seine Hände um meine Ohren und dämmten das Dröhnen ein wenig; dann schmiegte sich sein Oberkörper an meinen Rücken, und er schob uns durch kräftige Bewegungen seiner Flosse nach vorne. »Schling deine Arme um meinen Hals«, forderte er mich auf, als ich erneut ins Trudeln geriet, weil ich mithelfen wollte, voranzukommen. »Du musst jetzt nicht schwimmen. Ich mache das für uns. Wir sind gleich an einem Ort, der die Schallwellen dämpft.«

Dankbar drehte ich mich um und legte meine Hände um seinen Nacken, wobei ich meine Stirn vertrauensvoll an seine Wange schmiegte. Er hatte recht gehabt – ohne ihn kam ich im offenen Meer nicht eine Sekunde lang zurecht, und hätte ich diese Erkenntnis nicht als fatale Niederlage empfunden, hätte ich ihn an Ort und Stelle angebettelt, mich sofort wieder zurück in die sichere, geschützte Höhle zu bringen, wo es still war und das Wasser ruhig blieb. Ja, Wellen rauschten, und ich hatte immer schon ein besseres Gehör besessen als andere Menschen – aber das, was mir eben widerfahren war, kam einer Folter gleich. Niemals würde ich dieses Tosen länger als ein paar Minuten aushalten, ohne dabei den Verstand zu verlieren.

Nox ließ seine Hände auf meinen Ohren ruhen, bis der entsetzliche, durchdringende Lärm etwas leiser geworden war und die Wellen um uns herum sich beruhigt hatten. Vorsichtig wagte ich es, meine Augen wieder zu öffnen, die ich fest geschlossen hatte, nachdem Nox mich aus dem Strudel gefischt hatte. Über seine Schulter hinweg blinzelte ich in das sonnendurchflutete, hellblaue Wasser über uns; ich schätzte die Entfernung zum Meeresspiegel auf nur wenige Meter. Ich wollte ihn gerade fragen, wo wir waren, als er kopfüber mit mir nach unten tauchte und zwischen zwei

Felsen glitt, die über und über mit Korallen, bunten Muscheln und den verschiedenartigsten Wasserpflanzen bewachsen waren.

Das Riff hatte eine Wirkung wie eine Lärmschutzmauer. Als Nox mich behutsam auf dem hellen, schimmernden Sand absetzte, drang das Dröhnen nur noch als ein leises, erträgliches Summen zu uns. Ich hatte sogar den Eindruck, dass es sich entfernte.

»Was ist das nur? Klingt so das offene Meer? Dann mag ich es nicht...«, murmelte ich erschöpft und wollte mich an einen Stein lehnen, doch Nox hob warnend die Hand.

»Nein, nicht dort, Vicky...«

Ich reagierte zu langsam. Kaum hatte meine Hüfte den Felsen berührt, schoss mir eine grausige Fratze entgegen und riss in einem stummen Fauchen ihr missgestaltetes Maul auf, aus dem mir unzählige spitze, kleine Zähne entgegenblitzten. Doch das Erschreckendste waren ihre violetten Augen – noch nie hatte mich jemand oder etwas so hasserfüllt angeblickt. Winselnd schob ich mich rückwärts und wandte mich Schutz suchend an Nox, der gelassen über dem Boden schwebte und ein Schmunzeln unterdrücken musste. Ja, ich hatte mich gerade alles andere als elegant bewegt.

»Sie droht nur, keine Sorge.«

»Sie?«, erwiderte ich furchtsam und strich über meine fröstelnden Oberarme. Blitzschnell zog das Wesen sich wieder in seine Höhle zurück, als habe es beschlossen, dass ich es nicht wert sei, weiter von ihm bedroht zu werden. Jetzt erst erkannte ich, dass es eine Art Fisch war, dessen Kopf nahtlos in seinen lang gezogenen Körper überging.

»Die Muräne. Davon gibt es jede Menge in der Karibik. Sie leben zwischen den Felsen und sind immer in Kampfstellung. Wenn du Abstand hältst, tun sie dir nichts. Respektiere einfach ihr Revier. – Geht's wieder?«

»Ich weiß nicht«, antwortete ich kläglich und bewegte meinen Nixenschweif, um mich seitlich auf den Sand zu kauern und mit der Hand abstützen zu können.

»Du kannst dich an mich anlehnen, wenn du dich schwach fühlst.« Nox deutete auf seine Schulter. »Aber dieser Felsen gehört der Muräne.«

»Schon okay.« Unsere Arme berührten sich leicht, und allein dieser Kontakt ließ mich ein wenig ruhiger werden, obwohl mein Herz immer noch raste. »Mit Muränen komme ich klar, bin nur erschrocken, weil ich nicht mit ihr gerechnet hatte. Aber dieser Krach … Sind das etwa die Wellen? Hören nur wir sie so laut?«

»Nein, das waren keine Wellen. Und es tut mir leid, dass wir einen derart ungünstigen Zeitpunkt erwischt haben, durch das Tor zu schwimmen.« Entschuldigend streichelte Nox mit dem Handrücken meine Wange. »Ich hätte daran denken sollen und vorauslauschen. Aber sie waren schnell und haben mich überrascht... Und wie es aussieht, sind es mehr geworden. Viel mehr.« Er lächelte bedauernd. »Damals war das Meer noch ruhiger.«

»Du sprichst von Menschen, oder?«

»Ja. Menschen und ihre Motoren. Das eben müssen winzige Boote gewesen sein, mit denen sie einzeln über das Wasser gerast sind.« Nox runzelte grübelnd die Stirn. »Ich bin mir nicht sicher, ob ich sie kenne.«

»Jet-Skis«, half ich ihm auf die Sprünge. »Ich glaube, du meinst Jet-Skis.«

»Hm. Das war jedenfalls das Scheppern. Das Dröhnen kam von einer großen Jacht und von einem weiter entfernten Kreuzfahrtschiff. Wir Wasserwesen können durch diese Geräusche und den Radar der Schiffe die Orientierung verlieren. Das passiert auch Walen manchmal... sie stranden dann und sterben.« Nox sah abwesend an mir vorbei. »Das Meer ist nicht mehr so wie früher, und ich wünschte, deine erste Begegnung mit ihm wäre anders verlaufen.«

»Hier zwischen den Felsen ist es aber ganz schön«, erwiderte ich optimistisch und zwang mich ebenfalls zu einem Lächeln, obwohl mir das Herz dabei wehtat. Würde ich das Meer überhaupt jemals ohne den Lärm von Schiffsmotoren erleben können? »Abgesehen von der Muräne…«

»An die wirst du dich schneller gewöhnen als an die Motoren. Und sie irgendwann vielleicht sogar mögen. Sie wollen auch nur leben, wie wir.«

Schweigend ließen wir einen Schwarm zartgelber Fische vorüberziehen, die dunkelblaue Streifen auf dem Rücken trugen und deren Schuppen in der einfallenden Sonne golden funkelten. Einige von ihnen schauten mich direkt aus ihrem mir zugewandten Auge an, ernsthaft und in verhaltener Neugierde. Ich wagte es nicht, sie zu berühren, doch sie zu sehen, war nach dem Schrecken, der mir eben widerfahren war, wie heilender Balsam.

»Es ist doch nicht immer so laut wie eben?«

»Nein, zum Glück nicht. Du musst trotzdem lernen, mit solchen Situationen umzugehen. In den ersten Sekunden war selbst ich kaum in der Lage zu reagieren. Am besten tauchst du dann so weit in die Tiefe ab wie möglich – und wenn das nicht geht, schwimmst du im Zweifelsfall zurück in die Cenote. Auch deshalb brauchen wir sie.« Nox legte den Kopf in den Nacken und schloss die Augen, als wolle er dadurch seine Sinne schärfen. »Das große Schiff entfernt sich, und die Jet-Skis sind wieder zurück in der anderen Bucht. Der Motor der Jacht wird zu ertragen sein, sie bewegt sich ebenfalls von uns weg. Ich möchte dir gerne den Himmel des Meeres zeigen. Denn auch er kann dich verwirren, besonders bei starkem Seegang. Und heute ist es recht stürmisch da oben.«

»Okay, dann machen wir das«, beschloss ich tapfer. »Tschüss, Muräne«, rief ich dem Gruselfisch einen betont lockeren Gruß zu und heftete mich an Nox' Schwanzflosse, um ihm in entspanntem Tempo aus den schützenden Felsen heraus zu folgen. Jetzt spürte ich die Bewegungen des Wassers von vorhin wieder deutlicher und sah unter mir, wie sie die bunten Fischschwärme sanft hin und her schoben. Nichts stand still, sogar die Korallenfelsen wirkten durch ihren Bewuchs aus biegsamen Wasserpflanzen wie lebendige, atmende Wesen. Hinzu kam das flirrende Spiel der Sonnenstrahlen – selbst der Sand sah aus, als bewege er sich unentwegt. Allein dieser Anblick sorgte für einen leichten Schwindel in meinem Kopf, auch wenn ich den ewigen, rhythmischen Tanz der Unterwasserwelt wunderschön fand.

»Dreh dich auf den Rücken«, forderte mich Nox einige Meter weiter auf, wo das Ziehen und Schieben der Wellen noch stärker zu spüren war. »Und schau nach oben. Nimm meine Hand, damit wir uns nicht verlieren.«

Schüchtern griff ich nach seinen Fingern, die meine sofort fest umschlossen. Dann drehten wir uns synchron um, sodass wir rücklings im Wasser lagen und Richtung Sonne guckten. Jetzt wusste ich, was Nox mit dem »Himmel des Meeres« meinte... Wir mussten uns an einer Stelle der Bucht befinden, wo der Wellengang besonders kraftvoll war – und wie ich jetzt erkannte, waren die Wellen nicht nur oberhalb des Wasserspiegels sichtbar, sondern auch unterhalb und erinnerten mich dabei an Gewitterwolken, die sich rasend schnell auftürmten und in Sekundenbruchteilen ihre Form veränderten. Der einzige Unterschied zum Himmel war, dass sie nach unten wuchsen statt nach oben und sich wie im Zeitraffer vergrößerten. Winzige Fische trudelten in ihren wuchtigen Ausbuchtungen, die sich mal weiß, mal grau und mal tiefblau verfärbten. Ab und zu glaubte ich, ihre Ausläufer würden uns jeden Moment einfangen und in sich hineinziehen. Trotzdem war ihr Spiel so faszinierend, dass ich übers ganze Gesicht zu strahlen begann.

»Ich könnte stundenlang dabei zusehen …«

»Ja, ich kenne es schon so lang, doch es wird niemals langweilig. Ich mag den Meereshimmel vor allem nachts, bei Mondschein, wenn das Wasser besonders sauerstoffreich ist und das Plankton blau leuchtet.« Schelmisch zwinkerte Nox mir zu. »Du gehörst zu den Wellen, Meermädchen, und bekommst nie genug von ihnen. Denn mit ihnen spielen auch deine besten Freunde.«

»Delfine …« Ich musste schlucken, doch dann ließ ich meinen Tränen freien Lauf – ich war unter Wasser, wen sollte es stören, und wer wusste schon, ob nicht auch Nox ununterbrochen weinte. Vielleicht war das ja normal für uns. »Du meinst die Delfine, oder?«

»Ja. Und mit dieser Dame hier müsstest du dich auch prächtig verstehen …«

Lachend und weinend zugleich drehte ich mich zu der farbenprächtigen Schildkröte um, die gerade neben uns Richtung Wasseroberfläche schwamm und mich sanft aus ihren klugen, runden Augen anblinkerte. Sie sah aus, als ob sie lächelte … weil sie mich erkannte? Erkannte sie mich tatsächlich, wusste sie, dass ich kein Mensch war?

»Natürlich weiß sie das.« Nox las wieder einmal meine Gedanken. »Schildkröten gehören zu den klügs-

271

ten und geheimnisvollsten Wesen auf diesem Planeten. Die Menschen haben es immer noch nicht geschafft, sie zu verstehen. Lieber fangen und essen sie sie.«

Ich regte mich nicht, als die Schildkröte näher kam und mich zart mit ihrer Nase an meiner Wange berührte. Wie von selbst streichelte ich mit der flachen Hand über ihren Panzer. Das hatte ich doch schon einmal getan... ich kannte dieses Gefühl... oder kam es mir so vertraut vor, weil mich mit diesem Wesen mehr verband als mit allen Menschen dort draußen? Ob ich mich wohl eines Tages mit ihr unterhalten konnte? Welche Geschichten würde sie mir dann erzählen?

Nox ignorierte sie vollkommen. Er schien für sie uninteressant zu sein. Aber mein Streicheln ihres schweren, gemusterten Panzers schien sie zu genießen. Langsam schlossen sich ihre Augen, und sie legte den Kopf verzückt in die Schräge, als ich sie mit dem Zeigefinger vorsichtig am Hals kraulte. Noch einmal stupste sie mich, dieses Mal an der anderen Wange, und paddelte dann wieder zurück an die Wasseroberfläche.

»Ich fühl mich, als wäre ich einer Verwandten begegnet. Klingt das verrückt?«

»Nein, gar nicht.« Nox legte mir kurz die Hand auf den Rücken, um mich aus meinem Bann zu lösen, und zog mich sanft weiter. »Komm, schwimm ihr nach, denn sie hatte eine Botschaft für dich. Dort oben, zwischen den Wellen, nähern sich gerade weitere Familienmitglieder. Du kannst versuchen, mit ihnen zu spielen, wenn du magst.«

»Mit Schildkröten?«, fragte ich verdutzt. So vertraut sich dieses Wesen auch angefühlt hatte – wie ich mit Schildkröten spielen sollte, konnte ich mir nicht vorstellen.

Doch Nox musste mir nicht mehr antworten, denn nun hörte ich selbst, welche »Familienmitglieder« er meinte. Wir hatten vorhin erst über sie gesprochen. Gestern vor dem Tor hatte ich sie bereits gehört und war dabei fast außer mir gewesen vor Sehnsucht und Fernweh. Ihre Klick- und Pfeiflaute waren wie Musik in meinen Ohren gewesen, und auch jetzt ließen sie mich im Nu die brutale Lärmattacke der Motoren vergessen. Dort oben mussten Delfine durch die Wellen springen, sie riefen schon nach mir!

»Na los, worauf wartest du?« Lachend gab Nox mir einen Knuff in die Seite. »Sie freuen sich auf dich… Aber bleib in meiner Nähe!«

Seine letzten Worte hörte ich kaum noch. Wie ein Torpedo schoss ich Richtung Wasseroberfläche, wo die Wellen mich erst einmal unkontrolliert nach links und rechts schleuderten, weil ich mich versehentlich gegen sie bewegte. Doch kaum hatte ich ihren Rhythmus begriffen, packte mich Nox und zog mich wieder einige Meter unter Wasser.

»Erst in aller Ruhe schauen«, ermahnte er mich streng. »Wann immer du mit ihnen spielst: Versichere dich, dass kein Boot in nächster Nähe ist.«

»Es sind keine da, ich würde sie doch hören!«, wehrte ich ab und versuchte ihn zappelnd loszuwerden.

»Auch die Segelboote?«

»Segelbote machen keinen Lärm.« Ungeduldig peitschte ich meinen Nixenschweif durch das Wasser.

»Und was ist, wenn sie ihren Hilfsmotor anwerfen?«

»Okay, ist ja schon gut, ich gucke nach.« Mir war klar, dass Nox wusste, dass keine Boote in der Nähe waren. Sonst hätte er mich niemals aufgefordert, mit den Delfinen zu schwimmen. Trotzdem bewegte ich mich pflichtschuldig an die Grenze zur Wasseroberfläche und schaute kurz nach rechts, links, als würde ich in der Menschenwelt an einer Kreuzung stehen. »Kein Boot weit und breit«, vermeldete ich knapp, als ich wieder bei Nox war. »Und jetzt lass mich spielen!«

Kopfschüttelnd und mit einem Grinsen gab Nox mir einen auffordernden Klaps auf den Rücken, und ich schoss erneut an die Wasseroberfläche. Dieses Mal bewegte ich mich sofort mit der Strömung – und fand mich rundum umgeben von Delfinen wieder. Es waren mindestens zwanzig Tiere, vielleicht sogar mehr, die sich zusammen mit den Wellen aus dem Wasser erhoben und in einem eleganten Bogen durch die Luft schwebten, um kopfüber wieder einzutauchen und ihren übermütigen Tanz mit der nächsten Welle fortzuführen. Auch sie sahen aus, als würden sie lächeln.

Keck äugten sie mich an, wie zur Aufforderung, es ihnen gleichzutun, doch ich wusste nicht, wie… Immer, wenn ich versuchte, aus dem weiß sprühenden Wellenkamm herauszuhechten, verlor ich an Schwung und driftete abwärts. Irgendetwas machte ich falsch, und wenn ich es nicht bald schaffte, mich ihnen anzuschließen, waren sie wieder weg… Doch beim nächsten Anlauf bekam ich unerwartete Hilfe von unten. Nox packte mich an den Hüften und warf mich genau in dem Moment in die Luft, als auch die Delfine neben mir aus der Gischt schossen, sodass ich zusammen mit ihnen in das nächste Wellental tauchen konnte, wo er mich erneut nahm und dieses Mal so kräftig nach oben katapultierte, dass ich mich bei meinem Sprung in die Luft um mich selbst drehen konnte, genauso wie die zwei langen, kräftigen Delfine vor mir es mir immer wieder zeigten…

Was sie und ich taten, war nicht nur ein Spiel. Es klang für mich wie ein Konzert aus purer Lebensfreude und Übermut, und bei jedem Sprung spannten sich goldene Lichtbögen über das Wasser. Oder bildete ich mir das nur ein, weil ich so glücklich war?

»Genug für heute.« Nox' Griff ließ mir keine Chance, mich zu entziehen, doch das hielt mich nicht davon ab, ihn wie ein widerspenstiges Kind zu knuffen und zu beißen, bis wir den sandigen Grund erreicht hatten und ich völlig entkräftet in seinen Armen erschlaffte. Mein Herz schlug wie ein Presslufthammer, und meine Kiemen arbeiteten so schnell, dass sie dabei schmerzten. Sogar die Muskeln in meinen Armen und in meinem Bauch zitterten. Trotzdem rutschte ich von ihm weg, als er mich losließ, und blickte nach oben in den Meereshimmel. Ich konnte keine Delfine mehr sehen. Sie waren weitergezogen…

»Es war so schön, ich will zurück zu ihnen…«

»Das kannst du ja auch bald wieder. Aber du musst noch mehr Kraft und Ausdauer entwickeln, um gefahrlos mit ihnen mithalten zu können. Dann kannst du auch ohne meine Hilfe durch die Wellen jagen. – So, und genau das darf niemals passieren, niemals, hörst du?« Nox klopfte mir zart auf die Wangen, denn ich hatte mich gerade neben ihm zusammengerollt. Ich war plötzlich so müde, dass ich mir nicht vorstellen konnte, auch nur eine weitere Minute wach zu bleiben. »Schau mich an, Vicky. Hey…« Wieder gab er mir eine zärtliche Ohrfeige; mehr ein Streicheln als ein Schlag.

Unwillig öffnete ich meine Augen. Der Sand unter mir war wunderbar weich, ein willkommenes Bett, in das ich mich auf der Stelle einkuscheln wollte. Konnte er mich nicht ausruhen und ein wenig schlummern lassen?

»Du darfst niemals im offenen Meer schlafen. Nicht für eine einzige Minute. Ist das klar?«, bläute er mir mit strenger Miene ein, und es rührte mich, zu sehen, dass seine Sorge echt war. »Zum Schlafen musst du die Cenote aufsuchen. Auf deinem Felsen darfst du ruhen und träumen, so viel du willst, dafür ist er da, aber hier unten, jenseits des Tores, ist fester Schlaf dein sicheres Todesurteil. Ein hungriger Hai unterscheidet nicht zwischen Fischen, Robben oder Nixen. Fleisch ist Fleisch. Hast du das verstanden?«

»Aye, aye, Käpt'n!« Ich salutierte und unterdrückte ein monströses Gähnen. »Dann will ich jetzt auf meinen Felsen. – Wo ist mein Felsen?«

»Dort, wo es dir gefällt… und wo ich schnell einen finde«, grummelte Nox kapitulierend, weil mir schon wieder die Augen zufielen, und wuchtete mich hoch, um mich ein weiteres Mal mit sich durch das Wasser zu ziehen. Ich verlor dabei jegliches Gefühl für Raum und Zeit, wurde aber nach und nach munterer, sodass ich schließlich eigenständig neben ihm herschwimmen konnte. Jetzt arbeitete der Kompass in meinem Herzen wieder zuverlässig und leitete mich in eine kleine, abgelegene Bucht, aus der mehrere Mini-Inseln herausragten, von denen ich zielstrebig die mittlere ansteuerte. Ohne Mühe oder gar Konzentration gelang es mir, mich mit der nächsten Welle auf ihre Uferfelsen spülen zu lassen und meine Kiemenatmung in Sekundenbruchteilen auf Menschenatmung umzustellen.

Ja, an diesem Ort konnte ich nach Herzenslust vor mich hin träumen und Kraft schöpfen. Felsen, ein paar Muscheln und Krebse zwischen den Steinen, um mich herum das Meer, über mir das Kreischen der Möwen – das war alles, was ich brauchte. Wie gestern blieb Nox in meiner Nähe und zog in der Tiefe seine Kreise, immer wachsam. Seine Silhouette glich erneut der eines großen Fischs. Die Bucht war menschenleer, nicht mal eine Jacht hatte sich hierhin verirrt, und statt eines Sandstrands wucherte am Ufer dichter Mangrovendschungel, der mir vorkam wie eine sichere Grenzmauer. Vom Landesinneren her würden sich nur Tiere ans Wasser wagen, und mein Felsen schenkte mir freie Sicht aufs offene Meer. Zufrieden begab ich mich in eine für mich bequeme Position, schloss meine Augen halb, nestelte in meinen Haaren herum und summte dabei vielstimmig vor mich hin. Es geschah ganz von selbst, als würde ab dem Moment, in dem ich mich auf meinem Felsen entspannte, ein uraltes Programm in mir ablaufen. Wieder fühlte sich das, was ich tat, natürlich, leicht und vollkommen an, doch verstehen konnte ich es nicht und schon gar nicht erkennen, wozu es gut sein sollte. Nox hütete die Tiefen und beschützte mich, und seinen Narben nach zu urteilen, ging es dabei alles andere als zimperlich zu. Und ich – ich spielte mit Delfinen, plauderte und schmuste mit Schildkröten und sang vor mich hin, während ich mit meinen Haaren spielte? Das sollte allen Ernstes meine zukünftige Lebensaufgabe sein?

Mein schläfriger Blick blieb an einem weißen Segel hängen, das hinten am Horizont aufblitzte und sich im Wind bog. Eine Jacht… mit Menschen an Bord… Menschen wie Till und Sandra. Waren sie glücklich? Oder befanden sie sich vielleicht in Not? Sollte – sollte ich zu ihnen schwimmen und mich ihnen zeigen? Oder sie mit meinem Gesang zu mir locken? Womöglich gab es in dieser Bucht etwas, was sie dringend brauchten und wonach sie sich sehnten, und ich konnte sie dorthin führen, indem ich zusammen mit den Delfinen in den Bugwellen vor ihnen herschwamm... oh, ich wollte zu ihnen... jetzt...

Fragend sah ich zu Nox hinunter, der weiter nach oben getaucht war und sich auf den Rücken gedreht hatte, sodass er mich anschauen konnte – und sein Blick sagte: »Nein. Nein, tu das nicht, auf gar keinen Fall. Du bleibst hier, auf deinem Felsen.« Und das war mir zu wenig, so wohl ich mich auf meiner kleinen Insel auch fühlte. Frustriert ließ ich mich von dem warmen Stein rutschen und tauchte zu ihm ab.

»Schon fertig?« Mitfühlend, aber auch ein wenig spöttisch glitten seine schwarzgrünen Augen über mein Gesicht.

»Womit denn?«, entgegnete ich patzig. »Mich frisieren und dabei ein Liedchen trällern? Das ist albern!«

»Ist es überhaupt nicht«, widersprach Nox ruhig und wich geschmeidig einem kleinen Schwarm silbriger Fische aus, von denen einige Tiere rasch wieder umkehrten und neugierig an seinen Haaren zu knabbern begannen. »Sondern deine Bestimmung.«

»Das kann keine Bestimmung sein...« Ich lachte abfällig. »Es nützt doch niemandem was! Wie kann das, was ich da oben tue, nur sinnvoll sein?«

»Bist du denn glücklich auf deinem Felsen?«

»Ja«, gab ich widerstrebend zu. »Ja, ich bin zufrieden mit mir und der Welt, wenn ich dort sitze. Es fühlt sich an wie glücklich sein. Auf eine stille, tiefe Art und Weise.«

»Dann ist es auch sinnvoll. Und es hat tatsächlich eine tiefere Bedeutung. Du bringst damit einen bestimmten Klang in die Welt, eine besondere Energie … und lockst jene Menschen an, die bereit sind, Wesen wie dich wieder zu sehen und dadurch mehr über das Meer und ihre Welt zu erfahren, als sie bisher gelernt haben. Das kann alles verändern – wenn die Menschen wieder anfangen, an Wesen wie uns zu glauben. Und du bist der Schlüssel dafür. Denn im Wasser sind sie noch am ehesten bereit dazu. Es weckt all ihre Gefühle … Deshalb hat das Meer dich geschickt.«

»Hm«, machte ich und dachte ein Weilchen über seine Worte nach. Was ich auf dem Felsen tat, war also doch mehr als Summen und sinnbefreites Frisieren … Es konnte, wenn ich ihn richtig verstanden hatte, die gesamte Menschheit verändern. War ich eben etwa schon dabei gewesen, meiner Bestimmung nachzukommen, ohne es gemerkt zu haben? »Diese Menschen auf dem Segelboot da hinten …«

»… sind noch nicht bereit, dir zu begegnen«, vollendete Nox meinen Gedanken nachdrücklich.

»Ich hab mich aber von ihnen angezogen gefühlt«, gestand ich, was er wahrscheinlich ohnehin schon wusste. »Irgendwie wollte ich zu ihnen und mich ihnen zeigen. Oder sie zu mir locken. In dem Moment hab ich für sie gesungen. Ich glaube, sie sind nicht glücklich. Irgendetwas stimmt bei ihnen nicht. Deshalb wollte ich Kontakt mit ihnen aufnehmen...«

»Ja, genau das ist es, was Wesen wie du früher getan haben. Das war ihre Aufgabe.« Nachdenklich musterte Nox mich, als erstaune es ihn, was ich wahrgenommen hatte. »Sie haben sich einsamen Seeleuten gezeigt, die vor Heimweh fast vergingen, sie haben Ertrinkende begleitet und sie getröstet, sie waren da, wenn Schiffe sanken und ihre Passagiere in der Weite des Ozeans verloren gingen. Und irgendwann fingen die Menschen damit an, diese Zusammenhänge falsch zu deuten. Sie dachten, die Unglücke passieren durch die Nixen, durch ihren Gesang, ihre unglaubliche Schönheit, ihren Zauber, und dass sie in Wahrheit von Grund auf böse sind und die Menschen unter Wasser ziehen wollen, um sie dort gefangen zu halten...«

»Nein, das wollte ich nicht!«, rief ich mit einer Heftigkeit, die mich selbst überrumpelte. Dabei war Nox der Letzte, vor dem ich mich verteidigen musste. »Ich wollte ihre tiefste Sehnsucht erfüllen und ihnen zeigen, dass es mehr gibt, als sie zu träumen wagen... ihnen Hoffnung geben... dass das Meer noch voller Geheimnisse ist, und mein Lied... mein Lied sollte sie trösten und ihnen neuen Mut schenken. Auf keinen Fall wollte ich sie unter Wasser ziehen!«

»Ich weiß.« Nox seufzte schwer. »Ich weiß das alles, Vicky. Und deshalb ist es so wichtig, dass du dir Zeit lässt und das Meer erst kennenlernst, deine Kräfte aufbaust und weißt, wo Gefahren wittern und wo nicht. Ab und zu muss ich hinunter in die Tiefen, um meine Aufgaben zu erfüllen. Ich habe dort einiges nachzuholen und kann nicht ununterbrochen bei dir sein. Bei Ebbe wirst du es am leichtesten haben. Dann kannst du ganz frei und ohne mich im Riff schwimmen, mit den Delfinen spielen, auf deinem Felsen sitzen und singen. Ich muss nicht immer in der Nähe sein. Aber jetzt... jetzt brauchst du meine Begleitung noch, bei Ebbe und bei Flut. Und was glaubst du, was hier los ist, wenn im Frühsommer die Walhaie die Bucht besetzen... es sind Hunderte!«

»Für dich scheint schon so klar zu sein, dass ich bleibe...«

»Für dich nicht?«

»Wie bin ich eigentlich entstanden?«, wich ich ihm mit einer Gegenfrage aus, denn ich fühlte mich nicht in der Lage, zu antworten. Es würde wehtun, die Wahrheit auszusprechen. »Kannst du mir das verraten? Woher komme ich? Ich hab dich das schon einmal gefragt – und jetzt sag nicht ›aus dem Meer‹!«

Nox lachte kurz, wurde aber sofort wieder ernst. »Ehrlich, ich weiß es nicht. Ich weiß nicht einmal genau, wie *ich* entstanden bin. Ob ich überhaupt Eltern habe. Wasserwesen sind Einzelgänger, vor allem Wassermänner. Es gibt bei uns keine Familien wie bei den Menschen. Unsere Seelenverwandten sind die Meerestiere. Bei dir sind es die Delfine, Wale, Schildkröten; sie müssen wie du ab und zu auftauchen, und die meisten Menschen lieben sie. Bei mir sind es die Haie, Fächerfische, Schwertfische und die Bewohner der Tiefsee. Also das, was die Menschen im Meer nicht so sehr lieben oder noch gar nicht kennen. So weit hinunter wie ich wirst du niemals tauchen können. Dafür kann ich niemals wie du auf einem Felsen sitzen. Sähe auch eher komisch aus, oder?« Selbstbewusst feixte er mich an. »Nein, das müssen weibliche Wasserwesen tun, mit langen Haaren und berührenden Stimmen…«

»Und du hast wirklich keine Ahnung, woher ich komme?«

»Nun, es gibt da eine Legende.« Nox schaute beinahe verträumt in das bewegte Wasser über uns, und in seinen Augen schimmerte dabei ein geheimnisvolles Blaugrün. »Ich weiß nicht, ob sie wahr ist. Aber sie erzählt, das Wesen wie du aus Babys entstanden sind, die von ihren menschlichen Müttern in großer Not ins Meer hinein geboren wurden. Sie kamen also vom Wasser ins Wasser, ohne Luft geatmet zu haben, und wurden von Walen gesäugt und behütet, bis die Wellen sie ans Land zurückgaben. Wenn aber die Zeit reif ist und das Lied der See in ihnen erwacht, müssen sie sich beim Dezembervollmond entscheiden, ob sie von nun an bei den Menschen oder im Wasser leben wollen. Sie können beides. Es verlangt eine Entscheidung – und ist sie einmal gefallen, ist sie unwiderruflich.«

Ja. Wenn ich mich entschied, würde es keine Rückkehr mehr geben.

»Aber unser Zuhause…«, flüsterte ich, und meine Tränen vermischten sich untrennbar mit dem Salz des Meeres. »Ich weiß nicht, wie ich unser Zuhause retten soll, Nox. Und das brauchen wir doch! Genauso wenig kann ich erlauben, dass du die Männer verletzt oder gar tötest, denn Till hat mich großgezogen, ich liebe ihn! Und der Dezembervollmond ist morgen!«

»Weißt du denn schon, wo du gerne leben möchtest?«

Ich antwortete nicht. Ja, mein Herz hatte diese Entscheidung längst getroffen; seitdem ich ahnte, wozu ich auf dem Felsen saß, gab es in ihm sowieso keine Zweifel mehr. Ich wollte unglücklichen Menschen neue Hoffnung schenken, so, wie Till mir damals mit seinen Geschichten über die Cenotes neue Hoffnung geschenkt hatte. Doch wie konnte ich ihm und Sandra klarmachen, was mit mir geschehen würde? Niemals konnte ich ihnen zumuten, zu glauben, ich sei in der Cenote untergegangen und ertrunken oder von dem Untier in Stücke gerissen worden. Auf der anderen Seite würde Till mir kein Wort glauben, wenn ich ihm die Wahrheit erzählte. In Sandra gab es eine Seite, die an meine Geschichte glauben konnte. Und darauf musste ich vertrauen. Aber Till? Till war noch nicht so weit. Er würde sich mit eigenen Augen davon überzeugen müssen, um mir glauben zu können: Ich als Meermädchen, mit Kiemen und Nixenschweif. – Und vielleicht würde er selbst dann noch daran zweifeln und es sich selbst als Halluzination verkaufen.

»Menschen können mich sehen, hast du gestern gesagt?«, vergewisserte ich mich.

»Wenn sie innerlich bereit dazu sind.« Nox' Nicken glich einer kleinen, respektvollen Verbeugung. »Oder… oder wenn sie dich so sehr lieben, dass sie alles dafür tun würden, um dich zu retten und dir ein festes Versprechen zu geben; so wie du mich gerettet und mir ein Versprechen gegeben hast. In diesem Fall, sagen die Legenden, ist es ebenfalls möglich.«

»Gut.« Ich presste meine zitternden Lippen zusammen, richtete mich auf und legte meine Hand auf Nox' rechte Wange. »Dann bring mich zurück in mein altes Zuhause.«

Hier im Meer würde ich nicht in Ruhe nachdenken können. Es gab zu viele Ablenkungen, und außerdem war ich vom vielen Schwimmen und Tauchen so müde geworden, dass mir fast ein wenig übel war. Ich würde noch eine Nacht bei den Menschen verbringen müssen – oder sämtliche Nächte meines restlichen Lebens, wenn ich keine Lösung für Nox und mich fand? Während wir zum Tor zurückschwammen, ohne ein einziges Wort miteinander zu wechseln, brannte meine Brust unentwegt, als hätte mein Herz sich entzündet. Für die Schönheiten um mich herum hatte ich keinen Blick mehr. Ich hatte nur eine einzige Nacht, einen einzigen Versuch, um Nox und unser Zuhause zu retten und unser Überleben zu sichern. Wenn mir das nicht gelang, würde ich ihn nie mehr wiedersehen, und die Wasserwesen würden für immer aussterben. Das war mehr Last auf meinen Schultern, als ich tragen konnte, und auf den letzten Metern der Cenote musste ich um jede Schwimmbewegung kämpfen, so ausgelaugt und ohnmächtig fühlte ich mich.

Doch ich war nicht bereit, aufzugeben. Auch wenn ich mir nicht vorstellen konnte, wie ich einen Weg für uns alle finden sollte: Ich würde es versuchen.

»Ich weiß nicht, ob ich dich je wiedersehe...«

»Doch, das wirst du. Du *wirst*.« Mit seiner Rechten umfasste Nox meinen Nacken und zog mich tröstend an sich. »Selbst dann, wenn du dich für die Menschenwelt entscheidest. Du findest mich in deinen Träumen... oder wenn du einem Wasserfall lauschst... in einem See badest... im Meer schwimmst... Ich werde niemals fort sein. Du hast mich gerettet, Meermädchen. Durch dich konnte ich wieder im Ozean schwimmen. Das werde ich nicht vergessen.«

Kühl berührten seine Lippen meine, ganz kurz nur, bevor er mich losließ und so schnell nach unten abtauchte, dass ich nicht einmal mehr seinen Schatten sehen konnte.

Ich war wieder allein – und zum ersten Mal kam mir die sonnendurchflutete Cenote wie ein düsteres Gefängnis vor.

Als ich aus dem Wasser stieg und meine nackten Fußsohlen die Planken der Plattform berührten, war meine Entscheidung gefallen.

OPFERGABEN

Meine Beine hatten das Gehen fast schon verlernt – und das Klettern überforderte sie maßlos. Die Seile schnitten tief in meine Haut, wenn ich mich an ihnen festhalten wollte, und kamen mir vor wie dicker Stacheldraht, und meine Fußsohlen schmerzten bei jedem Erdkontakt. Durch das Schwimmen im offenen Meer hatte sich mein Körper noch einmal verändert – und die Abenteuer, die ich dort innerhalb kürzester Zeit erleben durfte, hatten mich fast sämtliche Kraftreserven gekostet. Nach jedem zweiten Schritt musste ich ausruhen, meine blutenden, rutschigen Finger um die Seile geklammert, und warten, bis ich wieder genug Energie gesammelt hatte, um den nächsten Höhenmeter zurückzulegen. Gleichzeitig zog und zerrte die Cenote wie ein Magnet an mir, und das Wasser lief in Strömen aus meinen Haaren, was mir den Aufstieg zusätzlich erschwerte, weil ich ständig auf den nassen Felsen auszurutschen drohte.

An der letzten Kante verlor ich fast die Balance und griff Halt suchend nach vorne, um mich zu stabilisieren – und bekam zu meinem Schrecken statt einem Ast eine menschliche Hand zu fassen. Sie kam mir so trocken und heiß vor, dass ich leise aufschrie, doch sie ließ mich nicht los, sondern zog mich langsam und vorsichtig nach oben. Keuchend sank ich auf die Knie, und es dauerte einige Augenblick, bis ich mein Kinn heben und überprüfen konnte, wer mir eben geholfen hatte. Wenn es Till war, würde ich keine Chance mehr haben, das Zuhause von Nox und mir zu retten… Dann war alles aus und vorbei. Ich würde ihm kaum glaubhaft erklären können, warum ich immer wieder heimlich in der Cenote schwamm, selbst mit Sandras Unterstützung nicht, und wahrscheinlich würden wir sofort abreisen.

Doch es waren nicht Tills braune Augen, denen mein flehender Blick begegnete. Es waren die von Carlos, und sie sahen im Schatten der Bäume, deren dichte Blätterkronen sich über uns wölbten, beinahe schwarz aus. Hinter ihm stand sein Vater, dieses Mal ohne bunte Federn im Haar und auch ohne Trommel in der Hand. Er trug ein blaues, dünnes Hemd, feste Schuhe und eine Stoffhose. Und hätte er nicht eine auffällig große Muschel an einem Lederband um seinen Hals getragen, hätte er auf mich gewirkt wie ein ganz normaler mexikanischer Mann.

Doch die Art und Weise, wie er und Carlos mich ansahen, bewegte sich weit jenseits von Normalität. Mir kam es sogar so vor, als hätten die beiden Männer stundenlang an der Kante des Steilufers ausgeharrt und darauf gewartet, dass ich auftauchte und nach oben kletterte, damit der Schamane sich mit eigenen Augen davon überzeugen konnte, was Carlos gestern Nachmittag schon in mir zu sehen geglaubt hatte: die Sirena.

Und er hatte recht gehabt… Ich kam aus dem Wasser. Wusste er das? Oder war er nur ein wenig abergläubisch? Hatte er vielleicht sogar einen Scherz gemacht, den ich nicht richtig verstanden hatte?

Atemlos erwiderte ich ihre Blicke, während das Wasser in riesigen Tropfen aus meinen Haaren auf den braunen, trockenen Boden des Waldes tropfte und sich raschelnd winzige Muscheln aus meinen Locken lösten. Muscheln, die es nur im Meer gab.

»Bitte helft mir«, hörte ich mich flüstern, obwohl ich eigentlich gar nicht vorgehabt hatte zu sprechen. Es geschah wie der Gesang auf meinem Felsen, ich konnte nichts dagegen tun, und nun klangen auch meine Worte vielstimmig. »Ihr seht mich, oder? Ihr wisst, wer ich bin!« Verstanden sie mich? Hörten sie den Singsang, der meine Worte begleitete? Oder sahen sie nur ein rebellisches Mädchen, das seine Grenzen nicht kannte? »Ich kann nicht mehr bei den Menschen leben, und ich brauche die Cenote als mein Zuhause… Bitte helft mir, bitte!«

Weil die beiden immer noch nichts erwiderten oder taten, stand ich vor Schmerzen stöhnend auf, wobei sich neue Tropfen aus meinen Haaren lösten, und berührte erst Carlos, dann seinen Vater leicht mit meiner Hand an der Schulter. Sofort wanderte eine Gänsehaut über ihre Unterarrme. Meine Berührung musste sich kalt anfühlen… wie ein Gruß aus den Tiefen der See…

»Ich kann bei euch nicht mehr leben. Bitte helft mir.«

Sie hielten mich nicht auf, als ich mich nach einem letzten wortlosen Summen, das ich nicht verhindern konnte, von ihnen abwandte und schwankend zurück zu den Zelten stolperte, wobei ich immer wieder auf meine Knie fiel und mich mühsam zurück auf meine Füße kämpfen musste. Die Sonne war bereits so weit gen Westen und dem Horizont entgegengewandert, dass mein Schatten grotesk lang vor mir herzuckte, und die Luft war drückend schwül geworden, doch die Planen an der Küchenhütte waren immer noch aufgespannt. Till und seine Kollegen konnten mich nicht sehen, und auch Sandra schlief noch, als ich mit bebenden Fingern den Reißverschluss des Zelts öffnete und neben ihr auf das Luftbett kroch, anstatt mich auf meine Matratze zu legen.

Wie eine Ertrinkende schlang ich meine Arme um ihre Taille und schmiegte meine Stirn an ihren verschwitzten Rücken, bevor meine Sinne mich verließen und ich in einen traumlosen, bleiernen Erschöpfungsschlaf fiel, in dem selbst meine Sehnsucht nach Nox und dem Meer keinen Platz fand.

Erst spätabends kam ich langsam wieder zu mir. Ich lag noch immer auf Tills Seite des Luftbetts, doch Sandra kauerte auf meiner Luftmatratze und beobachtete mich aufmerksam. Wieder wirkten ihre Augen leicht gerötet, als ob sie geweint hätte. Mein Gähnen glich einem lauten Blubbern, bevor ich meine verkrampften Arme und Beine dehnte und mich langsam aufsetzte. Obwohl die Luft mild und weich war, kam es mir vor, als würde sie meine Haut bei jeder Bewegung reizen. Meine Knie und Ellenbogen fühlten sich wund an, und als ich versuchte, Sandra anzulächeln, entstanden winzige Risse in meinen Mundwinkeln.

»Wie geht es dir?« Sandras Stimme klang besorgt.

»Ganz gut…« Ich konnte ihr nicht die Wahrheit sagen, auch wenn meine Augen und mein Atmen sie verrieten. Ich hatte ihr schon genug erzählt, und den Rest sah sie selbst. »Es ist so still hier…« Kein Stimmengewirr, kein Klappern von Geschirr, kein dröhnendes Männergelächter. Nur ab und zu ein kaum hörbares Raunen in fremden Sprachen. Ansonsten nur das endlose Zirpen der Grillen und ab und zu der Ruf eines Vogels. »Haben sie aufgehört zu streiten?«

Sandra nickte lächelnd. Sie sah so weich und verletzlich aus… so jung. »Ja, es ist entschieden. Carlos und sein Vater werden morgen Abend das Ritual am Steilufer der Cenote vollziehen, auch wenn Antonio sie vor allen anderen ausgelacht hat und drohte, Carlos nie wieder einen Auftrag zu verschaffen.«

»Was bedeutet das denn jetzt genau?« Ich versuchte nicht mehr, das Singen in meiner Kehle zu unterdrücken. Und zum ersten Mal machte Sandra keine Bemerkungen über das feuchte Schimmern meiner Haut, das Rasseln in meiner Lunge und mein nasses Haar. Ich war dankbar dafür. Wir waren beide traurig, aber wir hatten aufgehört, an etwas festzuhalten, was einfach nicht mehr funktionierte. Selbst, wenn ich bei den Menschen bleiben sollte – glücklich würde ich dort nicht werden, und das wusste Sandra ebenso gut wie ich. »Wird die Expedition fortgesetzt oder nicht?«

»Ja, sie machen weiter.« Sandra nickte unglücklich. »Das Ritual soll die Geister des Wassers besänftigen oder so… ganz genau habe ich es nicht verstanden. Till hat es mir nur grob übersetzt. Danach soll die Expedition fortgesetzt werden, doch nur, wenn niemand dabei sein Leben verliert und alle Menschen…« Sandra hielt inne, wie um sicherzugehen, dass sie Tills Worte genau wiedergab, »…ja, wenn alle Menschen, die hier sind, unversehrt bleiben und niemand während der Expedition ums Leben kommt, darf das Hotel gebaut werden. Alles andere, sagt der Schamane, wäre ein Zeichen, dass die Menschenwelt und das Reich der Cenote voneinander getrennt bleiben müssen. Ehrlich, ich finde das unheimlich.« Sandra bewegte ihre Schultern, als wolle sie sich etwas vom Rücken schütteln, das sich an ihr festklammerte. »Ich meine, mir war klar, dass die Amis nicht klein beigeben und der Schamane irgendeinen Weg finden muss, beiden Parteien gerecht zu werden… und er stellt es nun so dar, als würde die Cenote über ihr eigenes Schicksal entscheiden. Wenn sie sich jemanden vom Team holt, wird die Expedition abgebrochen, und sie darf unberührt bleiben. Wenn sie jedoch alle, die hier im Camp sind, am

Leben lässt, kann das Hotel gebaut werden. Das ist wirklich krass… Die Männer und Antonio haben nur zugestimmt, weil sie sich sicher sind, dass schon niemandem etwas passieren wird.«

»Wann ist die Entscheidung denn gefallen? Ich hab so lange geschlafen.«

»Ja, hast du. Und du hast mich dabei umarmt…« Sandra schluckte und drehte ihren Kopf zur Seite, damit ich die Tränen in ihren Augen nicht sah. »Wann bist du denn zu mir aufs Luftbett gekommen?«

»Irgendwann gegen Abend«, mutmaßte ich. »Ich hatte wohl schlecht geträumt.«

»Sie haben um Mitternacht entschieden, vor einer knappen Stunde. Jetzt sitzen sie immer noch da draußen, und Carlos und sein Vater verbrennen zur Vorbereitung irgendwelche Kräuter…« Wieder schüttelte Sandra sich. »Ich kenne mich in dieser ganzen Geschichte nicht mehr aus, Vicky. Alles ist durcheinandergeraten. Wir schlafen tagsüber und sind nachts wach, es passieren so viele merkwürdige Dinge, und dann… dann du… und… deine Veränderungen und… o Gott, ich kann es nicht einmal aussprechen! Ich kann unser Gespräch, das wir auf der Plattform hatten, nicht weiterführen, es geht einfach nicht, ich bekomme zu große Angst… Manchmal denke ich, das ist alles nur ein ewig langer, anstrengender und verrückter Traum!«

»Ja, das denke ich auch«, erwiderte ich seufzend. »Aber wenn wir sowieso wach sind – warum gehen wir dann nicht rüber zu Till und den anderen? Es ist so stickig hier drinnen.«

»Okay, gern, gute Idee.« Sandra wirkte erleichtert, als habe sie die ganze Zeit nur auf meinen Vorschlag gewartet. »Antonio ist sowieso in der Stadt, zum Glück, und sie sind jetzt wieder alle ganz ruhig und friedlich. Du hast doch auch sicher Hunger...«

Nein, hatte ich nicht, aber sobald wir bei den Männern unter dem Dach der Küchenhütte saßen und dabei zusahen, wie Carlos und sein Vater Kräuterbüschel in die Flammen des Lagerfeuers hielten und unter leisen Gesängen das Camp räucherten, tat ich wenigstens so, als würde ich ein wenig Obst und Brot essen, um Sandra nicht weiter zu beunruhigen.

Till hatte einen ähnlich weichen und verletzlichen Ausdruck in seinem Lächeln wie sie; auch er sah in dieser Nacht jünger aus als in den vergangenen aufreibenden Tagen. Seine Müdigkeit stand ihm ebenso gut wie ihr. Ich versuchte mir jedes Detail ihrer Gesichter einzuprägen. Tills große, dunkelbraune Augen, die niemals böse gucken konnten, seine dichten sandfarbenen Wimpern und Brauen, die zwei markanten Querfalten auf seiner Stirn, die sich immer dann zeigten, wenn er angestrengt nachdachte, und das schlecht gestochene, dunkelblaue Orca-Tattoo auf seinem rechten Oberarm... die vielen Sommersprossen auf seinen Schultern und in seinem Nacken... die kleine Lücke zwischen seinen Vorderzähnen... Seine Angewohnheit, in seinen kurzen Haaren zu wühlen, wenn ihm etwas nicht passte... sein jungenhaftes Grinsen... Und dann Sandra... Sandra, die so eigen und natürlich war, viel natürlicher als die meisten anderen Frauen, die ich kannte. Sie schminkte sich fast nie, trug ihre Haare kurz und wirkte doch so weiblich dabei... alles an ihr war ein bisschen rund und strahlte Wärme aus. Ihre Augen wirkten immer etwas verschlafen, aber ich liebte den Ausdruck darin: offen, neugierig, humorvoll. Vor allem offen. Hätte sie mich nicht aufgefordert, ihr alles zu erzählen, was ich in der Cenote erlebt hatte, hätte ich die zweite Prüfung niemals bestehen können.

Ich konnte mich kaum sattsehen an der ehrlichen, aufrichtigen und tiefen Liebe, die ich in diesen verwunschenen Stunden am Feuer zwischen Till und ihr wahrnahm. Sie würden ohne mich zurechtkommen, ganz bestimmt, wahrscheinlich nach einiger Zeit sogar besser als mit mir. Denn sie würden sich keine Sorgen mehr um mich machen müssen.

Jetzt wusste ich, wovor mein Herz zurückgeschreckt war, als ich Nox unter Wasser ganz bewusst hatte ansehen wollen und die Höhle um mich herum plötzlich stockfinster geworden war. Es hatte schon die Konsequenzen erahnt, denen ich mich stellen musste, wenn ich mich für das Meer entschied. Ich musste jene Menschen, die ich liebte, zurücklassen, um zu dem zu werden, was ich in meinem Innersten längst war. Und das würde schmerzen. Vielleicht sogar für immer. Denn das eine gab es nicht ohne das andere.

Jetzt, wo das Feuer flackernd über ihre Gesichter huschte, verbrannten auch meine letzten Zweifel in seiner Glut. Und es tat weh. »Ich liebe euch«, wisperte ich und schob mich ungewohnt zutraulich zwischen sie, um mich an Tills Schulter zu kuscheln und auf der anderen Seite Sandras Hand zu nehmen. Ich spürte, wie die beiden einen fragenden Blick miteinander wechselten, weil sie dieses Verhalten von mir nicht kannten. Doch dann entspannte sich Till wieder und legte seinen Arm beschützend um meine Schultern, um mich noch näher an sich zu ziehen, während Sandras Hand die meine fest drückte; mehr als nur eine Geste… Es kam mir vor wie ein Zeichen, das mir sagte: Ich weiß, wer du bist. Und ich weiß, wohin du gehen möchtest... Aber ich darf nicht mit dir darüber sprechen. Ich darf dich auch nicht danach fragen. Ich darf nicht einmal davon wissen.

Als alle anderen außer mir schliefen, sogar Carlos und sein Vater, schlich ich mich noch einmal zurück zur Küchenhütte und setzte mich mit einem Blatt Papier und einem Stift bei Kerzenlicht an den Tisch, um im ständigen Wetterleuchten einen Brief zu schreiben. Immer wieder tropften Tränen auf meine Zeilen und verschmierten meine Schrift, und meine Buchstaben sahen aus, als habe meine Hand unentwegt gezittert; kindlich und krakelig. Doch ich schaffte es nicht, sauberer zu schreiben, es gelang mir einfach nicht mehr, den Stift ruhig zu führen. Das Wichtigste würde zu lesen sein, darauf vertraute ich.

Als ich fertig war, faltete ich das Blatt zusammen und schob es in den Bund meiner Hose. Bis morgen Abend würde es bei mir bleiben müssen. Dann löschte ich die Kerze, stolperte durch die Dunkelheit zurück zum Zelt, legte mich hin und lauschte bis zum Morgengrauen dem regelmäßigen Atem von Sandra und Till, bis auch ich endlich schlafen konnte und erst am späten Abend von den Trommelschlägen des Schamanen wieder wach wurde.

Unter meiner Wange knisterte es, als ich mich zur Seite drehte. Sandra hatte mir einen Zettel auf dem Kopfkissen hinterlassen.

»Wir sind am Steilufer, um uns das Ritual anzusehen. Komm dazu, wenn du möchtest. Sandra & Till«

Ich unterdrückte einen kleinen Schmerzensschrei, als ich mich aufrichtete, und griff gierig nach der Wasserflasche neben meiner Luftmatratze, um mir die eine Hälfte über den Kopf zu gießen und die andere hastig auszutrinken. Die Haut an meinen Knien, Ellenbogen und Fingergelenken waren inzwischen so ausgetrocknet, dass sie an den Gelenken aufplatzte und zu bluten begann, sobald ich mich bewegte, doch das Blut sah auffällig dünn und wässrig aus.

Obwohl die Trommelschläge schneller wurden, verspürte ich keine Eile oder gar Angst, etwas zu verpassen. Das Ritual war auf mehrere Stunden ausgelegt; Carlos' Vater würde sich dabei in Trance tanzen, um mit den Geistern der Cenote kommunizieren zu können. Deshalb nahm ich mir die Zeit, mich noch einmal auf das Luftbett von Till und Sandra zu legen und meine Nase in ihre Schlafsäcke zu drücken, um ihren

Geruch tief einzuatmen und in mir abzuspeichern. Dann schob ich den Brief in Sandras Kulturbeutel, verschloss ihn sorgfältig, zog mein Sleepshirt aus und meinen Bikini an und machte mich auf den Weg zum Steilufer.

Die Nacht wirkte, als habe jemand blaue Farbe über den Dschungel gegossen, in der winzige Diamantsplitter enthalten waren, die der Mond nun zum Glitzern brachte. Selbst meine Haut schimmerte nicht grün, sondern bläulich-silbrig, und ich war sicher, dass auch meine Haare dieses Funkeln in sich aufnahmen. Heute würden alle aussehen wie verzaubert, die Menschen, die Tiere und die Wasserwesen. Der Vollmond vereinte uns und schenkte uns eine Magie, die uns untrennbar miteinander verband.

Der Schamane hatte überall kleine Windlichter aufgestellt, die sanft vor sich hin flackerten – auf dem Tisch der Küchenhütte, zwischen den Zelten, auf Baumstümpfen und Steinen und entlang des Steilufers. Wie vorige Nacht roch die schwüle Luft nach verbrannten Kräutern, die ich nicht zuordnen konnte – aber ich fühlte mich an das Aroma von frischem Seetang erinnert, was mich beruhigte und zugleich ermutigte.

Sandra, Till und die anderen Männer hatten sich zwischen die Windlichter am Steilufer gestellt, abwartend und ihre Köpfe leicht gesenkt. Selbst Antonio war gekommen. Alles an ihm signalisierte eine einzige Abwehrhaltung: der qualmende Zigarillo im Mund und seine verschränkten Arme. Doch er sagte nichts. Carlos' Vater tanzte gegenüber des Abstiegs zu seinen eigenen Trommelschlägen langsam und fast ein wenig schwerfällig im Kreis, doch er strahlte dabei eine Kraft und Ruhe aus, die sich automatisch auf mich übertrug. Die gesamte Atmosphäre wirkte feierlich und andächtig, und als ich zwischen den Kerzenflammen auf einer kerzengeraden Linie der Cenote entgegenschritt, war mir, als gälten die Schläge der Trommel allein mir – wie ein letzter Gruß der Erde, bevor ich ihr für immer den Rücken zuwandte und zurück ins Wasser ging.

Es dauerte, bis Till und Sandra mich erblickten, der Tanz des Schamanen hatte sie bereits in ihren Bann gezogen – doch als sie sahen, wie ich am Steilufer zum Stehen kam und meine Arme zur Seite ausbreitete, meterweit entfernt vom nächsten Menschen, schrien sie so laut auf, dass sich sämtliche Augenpaare auf mich richteten.

Jetzt, sagte ich mir. *Jetzt, du befindest dich direkt unter dem Mond, du musst es tun… tu es jetzt, oder der Moment ist vorüber und wird nie wieder kommen…*

Die Schläge der Trommel wurden schneller und fordernder, der Schamane befand sich in Trance, und ehe Till mich erreicht hatte und packen konnte, hob ich ab und sprang kopfüber in die schwarz schimmernde Cenote hinab, vor den Augen aller anderen. Jeder sah mich, auch Antonio, ich spürte es. Mein Sprung war niemandem entgangen, und als ich mit meinen Fingerspitzen ins Wasser eintauchte, heulte ich gellend auf, weil der Abschiedsschmerz mir das Herz zu zerreißen drohte. Denn ich durfte nicht wieder auftauchen. Ich hatte Sandra womöglich zum letzten Mal gesehen, lediglich als ein dunkler, schmaler Schemen am Rande des Steilufers, im Mondlicht kaum zu unterscheiden von den Männern. Nun musste ich darauf vertrauen, dass ich ihr Gesicht und ihr Lächeln niemals vergessen würde. Till hingegen würde ich gleich noch einmal begegnen.

Das Wasser verschluckte meinen Schrei, für die anderen war er nicht zu hören. Wie erwartet, dauerte es nur wenige Sekunden, bis ein zweiter Körper ins Wasser der aufgewühlten Cenote eintauchte. Ich war bereits mehrere Meter hinabgetaucht und hatte meine Kiemenatmung aktiviert, und diese wenigen Sekunden hatten genügt, um die Wunden an meinen Knien, Ellenbogen und Händen heilen und meinen Nixen-

lichtschweif entstehen zu lassen, der im Licht des Voll-
monds nicht türkis, sondern in einem geheimnisvollen
Dunkelblau glitzerte.

Ruhig wartete ich ab, bis ich Tills Schatten über mir
erkennen konnte, dann ruderte ich mit weichen Bewegungen in seine Richtung, sodass ich ihm ins Gesicht
sehen konnte. Ich hatte gewusst, dass dies der schwie-
rigste Teil meines Plans werden würde, und ich war
nicht sicher, ob ich ihn durchziehen würde. Es wäre so
viel leichter, mich von ihm retten zu lassen ... leichter
für den Augenblick. Aber nicht für die Zukunft. Mit
dem heutigen Tag würde nur eine lebenslange Qual
beginnen, für mich und für ihn, denn er würde mir in
meinem Leid nicht helfen können. Das konnte ich ihm
nicht antun.

Seine Augen waren vor Panik geweitet, und dicke
Luftblasen trudelten aus seinem Mund, als er mich
sah. »Vicky!«, brüllte er unter Wasser, sein Mund ver-
zerrt und seine Wangen leichenblass, doch ich zwang
mich, mein Lächeln beizubehalten, und schwamm ihm
noch ein Stückchen entgegen, nur so weit, dass ich ihm
jederzeit ausweichen konnte, wenn er nach mir griff.
Ich wusste, dass Till ohne Sauerstoffgerät drei Minuten
unter Wasser bleiben konnte, wenn es sein musste –
diese Zeit blieb uns für unseren Abschied.

305

»Schau mich an!«, forderte ich ihn singend auf und neigte meinen Kopf zur Seite, um auf meine Kiemen zu deuten. Erst rechts, dann links. Konnte er sie sehen? Noch immer waren seine Augen geweitet, doch er schrie nicht mehr, sondern versuchte nach wie vor verzweifelt, mich zu packen. Jedes Mal wich ich ihm blitzschnell aus, er hatte keine Chance, mich zu erwischen, und seine Panik wuchs. »Till, du musst mich anschauen... schau mir in die Augen und hör mir zu, bitte...«

Wieder schnellte sein Arm nach vorne, und seine Hand verfehlte mich nur um Millimeter – und jetzt merkte er, dass etwas nicht stimmte und ich gar nicht von ihm gerettet werden wollte. Jedenfalls nicht auf die Weise, wie es für Menschen galt.

Ich musste auf andere Weise gerettet werden. Die Panik in seinen Augen wich blanker Ohnmacht und Fassungslosigkeit, weil ich immer noch lächelte, doch dann wagte er es – er sah mich direkt an, seinen Arm immer noch ausgestreckt, obwohl er längst gespürt hatte, dass er keine Chance gegen mich hatte. Ich war wendiger und geschickter als er.

»Ich möchte in der Cenote bleiben. Bitte, Till, lass mich hier. Ich bin glücklich hier unten...« Verstand er mich? Hatte er meinen Nixenschweif mittlerweile bemerkt? Oder dachte er, ich wolle... ich wolle sterben? »Till… Die Cenote ist mein Zuhause. Ohne dieses Zuhause kann ich im Meer nicht überleben. Bitte versprich mir… versprich mir…« Ich unterdrückte ein Schluchzen und schwamm für einen Sekundenbruchteil mitten zwischen seine fuchtelnden Arme, um ihm einen sanften Kuss auf die Stirn zu drücken. »Versprich mir, dass unser Zuhause nicht von den Menschen geraubt wird. Ich liebe dich – und ich werde dich niemals vergessen.«

Nun ließ ich es doch zu, dass er mich packte und an sich drückte, ich konnte nicht anders, und ich hoffte inständig, dass er meinen Schweif bemerkt und gesehen hatte, wie meine Brust sich atmend hob und senkte. Doch bevor er mich nach oben an die Luft ziehen konnte, befreite ich mich mit einem einzigen, wirbelnden Flossenschlag und tauchte in die Tiefe ab, so weit, dass er mich nicht mehr erreichen konnte, ohne zu sterben. Und das wollte er nicht. Wenn ich mir in einem sicher war, dann darin. Till wollte leben. Genauso, wie ich leben wollte.

Wir konnten es nur nicht in der gleichen Welt tun.

Ich hörte seine Schreie immer noch. Und ich hörte, wie Carlos und die anderen im Wasser nach mir suchten. Aber als sie kurze Zeit später ihre Ausrüstungen überstreifen und nach unten tauchten, bewaffnet mit grellen Lampen, hatte ich mich bereits so weit verwandelt, dass sie mich nicht mehr sehen konnten. Sie waren direkt vor mir, doch ihre Blicke blieben leer.

»Tu dir das nicht an, mein Herz… lass sie suchen, loslassen und dann in ihr Leben zurückkehren.« Nox, der die ganze Zeit stumm neben mir im Wasser geschwebt war, nahm zart mein Handgelenk. Müde lehnte ich meinen Kopf an seinen Hals. »Du kannst bei mir weinen, so viel du willst, und trauern, so lange du willst. Aber du hast sie nicht für immer verloren, so, wie du mich nicht für immer verloren hättest, wenn du bei den Menschen geblieben wärst.«

»Wie meinst du das?« Trotz meines Schmerzes lauschte ich verzückt meiner eigenen Stimme. Jetzt war sie vollendet – ein einziges, melodisches Singen und Summen. Auch die zweigeteilte Flosse an meinem Nixenschweif konnte ich immer deutlicher erkennen, genauso, wie ich spürte, dass ein Teil meiner Haut sich prickelnd in ein sanft glimmendes, widerstandsfähiges Schuppenkleid verwandelte.

»Es gibt ein Zeitfenster, das du jedes Jahr nutzen kannst – nämlich das, in dem du dich entschieden hast. Der Dezembervollmond.«

Noch immer lehnte ich an seinem Hals, wo ich seinen Puls langsam und gleichmäßig pochen hörte, begleitet vom melodiösen Atmen seiner Kiemen; Geräusche, die mich beruhigten und trösteten.

»In diesem Zeitfenster kannst du ihnen begegnen und zu ihnen kommen, hier an der Cenote.«

»Wirklich? Ist das wahr? Und sie werden mich sehen?«

»Ja, wenn sie bereit dazu sind, können sie das.«

Mein Brief, erinnerte ich mich... *Mein Brief an Sandra.* Hatte sie ihn schon entdeckt, vielleicht sogar schon gelesen? Hatte ich ihnen in ihrem Kummer bereits helfen können? *Bitte, finde ihn*, betete ich still. Bitte. *Ich möchte nicht, dass du leidest.*

»Manchmal ist es auch umgekehrt, Meermädchen. Dann musst du die Menschen in ihrem größten Schmerz allein lassen, anstatt zu ihnen zu kommen und sie zu trösten. Das ist der schwerste Teil.«

Ich sagte nichts mehr. Ja, es würde Zeit brauchen. Zeit und Tausende Tränen. Doch das Meer würde mir helfen, die Wunden meiner Seele zu heilen. Nox würde mir dabei helfen. Die Delfine würden es ebenfalls tun... und die Wellen würden mich tragen, wenn ich mich in meiner Trauer verlor.

Sie würden wieder hierherkommen, im Dezember, bei Vollmond. Sie würden kommen, ganz sicher.

Erst zwei Tage später hörten sie auf, nach mir zu

suchen. Sie fanden lediglich meinen Bikini. Sonst nichts.

Der Dschungel wurde still. Die Männer verschwanden. Es kamen keine Hubschrauber mehr, und es rollten auch keine Bagger an, um tiefe Löcher in die schwere Erde zu reißen.

Hin und wieder stand Carlos abends am Steilufer und blickte hinab zur Cenote, und eines Nachts sah ich die gelb glühenden Augen des Jaguars durch das Dickicht blitzen. Der Dschungel eroberte sich das Steilufer zurück. Die Seile verrotteten im Regen und wurden nach und nach vom dichten Grün verschlungen. In der Mittagshitze schrie der Quetzal.

Das Wasser der Cenote wurde klarer und reiner. Es kamen mehr Schmetterlinge und Vögel an ihre Ufer, und sogar in der Bucht jenseits des Tores kreuzten nur wenige Bote.

Als mein erstes Jahr im Meer vorübergegangen war und der Dezembervollmond sich näherte, hatte meine Trauer sich aufgelöst.

Etwas Neues hatte begonnen. Ich spürte es genau.

Die Welt war nicht mehr die gleiche.

Die See war nicht mehr die gleiche.

Und ich – ich war endlich ich selbst geworden.

AUF IMMERWIEDERFÜHLEN

Sie kommen jedes Jahr an die Cenote, genau zu jener Nacht, in der ich gegangen bin. Till befestigt neue Seile an den Felsen und sichert die Plattform, dann steigen sie zusammen hinab und setzen sich ans Ufer, im Mondschein, zünden eine Kerze an und denken an mich.

In den ersten Jahren haben sie dabei oft geweint und viel geschwiegen. Ich habe derweil leise unter Wasser für sie vor mich hin gesummt, um sie zu trösten. Ich weiß nicht, ob sie mich gehört haben zwischen all den Tierstimmen des Dschungels.

Dieses Jahr ist es anders. *Sie* haben sich verändert. Sandra trägt ein blaues Kleid, ihre Haare sind länger geworden – und ihr Bauch rund. Schützend legt sie ihre Hände um ihn, nachdem sie sich neben Till auf die Plattform gesetzt hat, und während sie hinabgestiegen sind, hat er sie keine Sekunde aus den Augen gelassen, als sei sie ein kostbarer, zerbrechlicher Schatz.

»Bist du jetzt bereit dafür?« Sandras Stimme klingt weicher und mütterlicher als voriges Jahr. Ich liebe diesen neuen Klang.

»Ja.« Till räuspert sich. »Ja, ich bin bereit.«

Sandra greift in die Tasche ihres Kleides und zieht ein zusammengefaltetes Stück Papier hervor. Ich wage es, ein wenig näher zu schwimmen und langsam meinen Kopf aus dem Wasser zu schieben.

»Okay... Es ist so seltsam, ich habe das Gefühl, sie ist hier, ganz nah bei uns, und hört uns zu! Spürst du das auch? Es geht mir jedes Mal so, wenn wir die Cenote besuchen...«

»Ich weiß nicht.« Till schaut direkt in meine Richtung, und seine Augen verengen sich leicht. »Aber ich bin bereit für den Brief. Lies ihn mir vor, bitte.«

»Gut.« Sandra faltet ihn auseinander und atmet tief durch.

»*Liebe Sandra,*

niemand ist schuld. Das ist das Allerwichtigste, was du wissen musst! Niemand ist schuld. Du bist nicht schuld, Till ist nicht schuld, auch das

Trommeln des Schamanen ist nicht schuld, Carlos ist nicht schuld ... Ich weiß, die Menschen suchen immer einen Schuldigen, wenn etwas passiert, das sie schrecklich finden. Aber es ist nichts Schreckliches passiert, und es gibt auch keinen Schuldigen.

Ich bin nicht gestorben. Ich lebe, mehr denn je. Ich muss es nur in einer anderen Welt als ihr tun, und ich bin weder in ihr untergegangen noch in ihr ertrunken, und in ihr herrscht auch kein böses Untier, das mich verschlingen will.

Ich bin glücklich in dieser Welt. So glücklich, wie ich bei den Menschen nie sein könnte, sosehr ich dich und Till auch liebe.

Doch das ist nicht der einzige Grund, weshalb ich nun hier lebe. Die Herzen der Menschen müssen sich verändern, sie müssen wieder heller und friedlicher werden, und ich bin ein Teil davon.

Und somit seid auch ihr ein Teil davon. Denn ihr habt mich bei euch aufgenommen, obwohl ihr viel zu jung dafür wart und eigentlich noch nicht bereit für Kinder. Ihr habt mir in all den Jahren kein einziges Mal das Gefühl gegeben, dass etwas mit mir nicht stimmt, und ihr habt nie versucht, mich zu ändern. Ich bin euch so dankbar dafür.

Denn diese Liebe hat mir die Kraft gegeben, mich für meine wahre Bestimmung zu entscheiden, auch wenn es bedeutete, jene Menschen zu verlassen, die ich liebe.

Doch ich bin niemals vollkommen weg. Ihr findet mich, wenn ihr einem Wasserfall lauscht, den Wellen des Flusses zuschaut, in einem See badet oder im Meer schwimmt.

Ich lebe.

Seid euch sicher, ich lebe.

Und ich liebe euch.

Vicky.«

Sandra faltet den Brief wieder zusammen, während Till sich lautstark schnäuzt und anschließend mit dem Handrücken über seine Augen wischt.

»Ich bin sicher, sie ist da...«, flüstert Sandra und deutet aufs Wasser; genau dorthin, wo ich mich gerade befinde. »Und sie hat jedes Wort gehört. Ganz bestimmt.«

»Ich muss immer wieder daran denken, wie sie mich unter Wasser angeschaut hat. Sie hat gelächelt... und ich hatte die ganze Zeit das Gefühl, dass sie mit mir gesprochen hat, und da war so ein … so ein Leuchten in ihren Augen … und ich hörte ein Summen …«

»Ich glaube, es stimmt, was sie in dem Brief geschrieben hat. Sie ist jetzt glücklich.«

Ja, das bin ich.

»Nächstes Jahr …« Till muss sich räuspern, damit seine Stimme nicht bricht. »Nächstes Jahr sind wir zum ersten Mal zu dritt bei ihr.«

»Oh, das sind wir jetzt schon.« Sandra lächelt und nimmt seine Hand, um sie auf ihren Bauch zu legen. »Vielleicht weiß sie es sogar.«

»Kannst du etwas sehen? Ich meine …« Till streicht sich verlegen über den Nacken. »Du hast mir neulich von diesen Kobolden erzählt, denen du als Kind begegnet bist … die hast du gesehen, also richtig gesehen, oder?«

Ich muss mich beherrschen, um vor Freude nicht aus dem Wasser zu hechten und einen Salto zu schlagen wie ein Delfin. Sie hat ihm endlich von den Waldwesen erzählt! Und er hat sie nicht ausgelacht …

»Ja, die habe ich richtig gesehen. Jetzt spüre ich einfach etwas. Ich spüre Vickys Gegenwart – nicht so, wie wenn man am Grab von einem geliebten Menschen steht, sondern anders. Lebendiger. Manchmal glaube ich sogar, dass ich sie lachen höre. In meinem Herzen, verstehst du? Aber trotzdem echt, nicht eingebildet …«

»Hm.« Wieder schweigen sie eine Weile. »Ja, ich glaube, ich weiß, was du meinst. Vor allem will ich es glauben.« Till legt seinen Arm um ihre Schultern und zieht sie liebevoll an sich. Wie schön sie miteinander aussehen … »Doch, ich will es glauben. Sie ist da.«

Du irrst dich nicht. Ich bin da.

Ich weiß nicht, ob Sandra und Till mich jemals leibhaftig sehen werden – und wie lange es dauert, bis die anderen Menschen so weit sind. Aber dieser Tag wird kommen.

Er wird kommen.

Und vielleicht … wird ihre Tochter eine der ersten sein.

Was ist mit dir?

Wirst du mich wahrnehmen, wenn ich in den Wellen auf meinem Felsen sitze und für dich singe?

Willst du daran glauben?

ENDE